KB118397

옛 애인의 선물 바자회

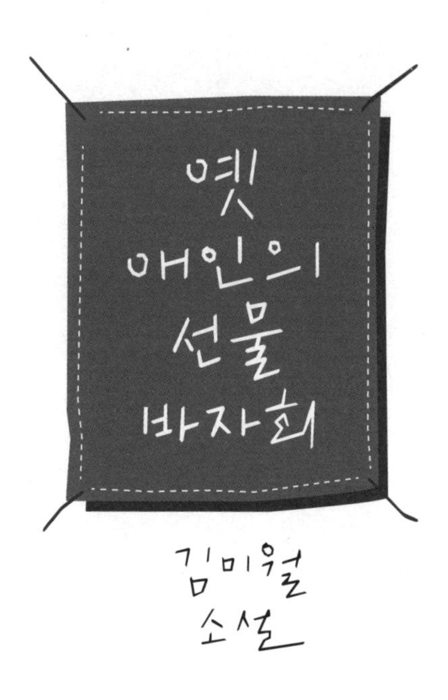

문학동네

차례

가장 아름다운 마을까지 세 시간

그게 언제였더라. 지난가을인가. 아니, 봄이었나.

양희를 만나러 갈 때마다 나는 그녀를 마지막으로 본 것이 언제인지 헤아려보곤 한다. 그러나 빈약한 기억력에 기대 마지막 만남의 조각을 더듬노라면 엉뚱하게도 매번 그녀를 처음 만났던 오래전 그날이 먼저 떠오른다. 학교 화장실이었다. 양치질을 하는데 나밖에 없던 거울 속에 웬 여자애가 불쑥 등장했다. 교복 넥타이 색깔이 같은 걸 보니 나와 같은 학년인데 얼굴이 낯설었다. 누구더라. 그애는 나를 지나쳐 화장실 안쪽 칸으로 들어갔다. 아, 옆반 전학생. 치약 거품을 뱉는 순간 퍼뜩 답이 떠올랐다. 그러고 입을 헹구며 고개를 들었을 때 나는 기겁을 했다. 그 전학생이 새하얀 털모자를 쓰고 빨간 스웨터에 채도 높은 초록색 바지 차림으로 내 옆에 서 있었던 것이다. 해질녘 어둑어둑한 화장실에서 눈 내린 크리스마스 아침의 포인세티아 화분처럼 도드라지던 그 원색 옷차림도 비현실적으로 느껴졌지만, 그보다 나는 변검 장인이 가면 바꾸듯 순식간에 옷을 갈아입은 그 불가능에 가까운 민첩함을 믿을 수가 없었다. 입을 딱 벌리고 있는 내 옆에서 그애는 태연하게 머리를 빗었다. 우리의 눈이 마주쳤다. 내가 눈인사를 했던가. 양희가 미소를 지은 것이 먼저였던가.

아무려나. 그때 양희와 나는 열아홉 살이었다. 믿을 수 없는 숫자다. 화장실에서 단 몇 초 만에 옷을 갈아입는 기민함 같은 것은 그때 우리가 그토록 젊었다는, 그런 젊음이 우리에게도 있었다는 거짓말 같은 사실에 비하면 그리 놀랍지도 않다. 이제는 그런 것을 알 나이가 되었다. 그로부터 벌써 이십 년 세월이 흐른 것이다.

저만치 양희와 만나기로 한 식당 입구가 보였다.

그나저나, 봄이었을까. 아니면 가을이었나.

춥지는 않았고 덥지도 않은 시기였다는 것은 알겠는데 그게 봄인지 가을인지는 끝내 기억이 나지 않았다.

양희는 식당의 온돌방 구석에 오도카니 앉아 있었다.

"선물이야."

그녀가 식탁 위로 건넨 것은 2019년 달력이었다. 앞에서부터 한 장씩 넘겨보았다. 첫번째 장의 사진은 에펠탑, 두번째 장은 노트르담대성당, 세번째 사진은 공원 같은데 어딘지 잘 모르겠고, 네번째 장은 루브르박물관 전경이었다.

"프랑스 갔다 온 거야? 여행?"

"응. 여행."

"얼마나 있었어?"

"두 달."

그럼 회사는, 하고 물으려다 말았다. 이미 답을 알고 있었기 때문이다.

언젠가 양희가 인도에 갔을 때도, 스페인에 갔을 때도, 베트남과 이집트와 미국에 다녀왔을 때도 나는 같은 질문을 했다. 회사를 그만두고 훌쩍 여행을 떠났다가 돌아와서 다시 취직을 하고 몇 년 근속하다가 또 훌연히 사직서를 내고 여행을 떠나는 것은 양희의 특기이자 취미였다. 이십대부터 그러더니 서른아홉인 지금까지 그랬다. 하지만 사직도 취직도 개똥처럼 쉽게 생각하고 일단 저질러보는 그녀의 철없음이랄까, 대책 없음이랄까, 그 터무니없이 즉흥적인 성격은 그녀가 매번 더 좋은 조건으로 이직한다는 점에서 실은 나무랄 데가 없었다.

나무라다니. 진짜 개똥도 개똥처럼 쉽게 생각하지 못해 지극히 사소한 일에도 오만 가지 의미를 부여하다가 번번이 때를 놓치고 마는, 인생의 반은 한 일에 대한 후회요 나머지 반은 하지 않은 일에 대한 회한으로 보내는 나로서는 그녀가 부러울 따름이었다.

식당 종업원이 커다란 쟁반을 들고 우리 쪽으로 다가왔다. 살집이 두툼한 고등어구이와 김이 오르는 계란찜과 시래기된장국과 제육볶음, 굴전, 우렁쌈장, 두부조림, 도토리묵무침, 쌈 채소 등등 산과 해의 소소한 진미가 쟁반에 가득했다. 저걸 이 좁은 밥상에 어찌 다 올리나 싶었으나, 종업원은 숱한 시행착오를 통해 정해졌을 최적의 순서와 간격과 배열에 맞춰 그것들을 일사불란하게 착착착 내려놓았다. 그리고 빈 쟁반을 들고 일어서며 쌈이 모자라면 언제든 말하라 했다. 무심코 들여다본 대바구니에는 상추와 깻잎과 케일이며 근대 같은 흔한 푸성귀 외에도 당귀에 삼지구엽초까지 있었다. 나는 이 식당을 고른 것에 흡족해하며 양희를 슬쩍 건너다보았다. 아니나 다를까, 이미 탐색을 끝낸 그녀는 젓가락을 야무지게 쥐고 밥상으로 막 돌진하려는 참이었다.

"먹자."

"응, 많이 먹어."

우리는 한동안 먹는 데 집중했다.

"프랑스는 어땠어?"

"좋았지. 정말 좋았는데……"

그녀는 방금 전까지 부지런히 국을 떠넣던 숟가락을 입에 문 채 생각에 잠기는 듯했다. 그러더니 숟가락을 입에서 빼면서 대뜸 물었다.

"너 프랑스에서 가장 아름다운 마을 알아?"

"몰라. 그런 게 있어?"

그렇다고 했다. 일명 '프랑스에서 가장 아름다운 마을'은 프랑스 전역에 걸쳐 백 개가 넘는다. 수식어 '가장 아름다운'을 너무 흔히 사용했다기보다 '가장 아름다운' 것처럼 느껴지는 마을이 그만큼 많은 것이다. '프랑스에서 가장 아름다운 마을'은 그것을 선정하는 협회의 명칭이기도 하다. 협회는 훌륭한 문화 및 자연 유산을 지닌 작은 마을들을 지원하는 역할을 한다. 그 결과 대도시 쏠림 현상에도 불구하고 지금까지 많은 시골 마을이 고유의 아름다움과 전통을 잘 보존하고 있다고 양희는 단숨에 설명을 마쳤다. 마치 그 협회의 홍보 담당자라도 되는 듯 대단히 진지하고 열정적인데다 일종의 의무감까지 엿보이는 표정이라 나는 좀 어리둥절했다.

"그래서 너는 거기 다녀왔어?"

"응? 응."

"어땠어? 정말 아름다워? 마을 이름이 뭔데?"

홍보에 개인적 경험을 활용해본 적은 없는지 대답이 금방 나오지 않았다. 그녀는 몇 번인가 입을 열었다 다물기를 반복하더니 숭늉 사발을 입으로 가져갔다.

"그 얘긴 차차 하고. 넌 어떻게 지냈어?"

"나야 뭐 똑같지."

"별일 없었어?"

없었다. 주중에는 회사에서 일했고 주말에는 집에서 혼자 다운받은 영화를 보거나 인터넷 쇼핑을 하거나 책을 읽었다. 그날이 그날이었다. 하루하루가 무료했지만 한편으로는 무료하다는 자각을 할 정도의 심적 여유도 없었다. 어쩌다 여유가 생기면 부질없는 가정을 했다. 이혼을 하지 않았다면 어땠을까. 만약 아이를 가졌더라면. 아니, 아예 결혼을 하지 않았다면. 그랬다면 어땠을까.

"별일 없어야지. 그게 좋은 거야."

양희가 제 질문을 스스로 거둬들였다.

"맞아. 이 나이에 별일 있으면 피곤하지."

문득 우리가 훨씬 더 늙은 사람처럼 말한다는 생각이 들었다. 양희가 손을 들어 종업원을 불렀다.

"여기 공깃밥 하나 주세요."

그새 밥공기를 비운 줄은 몰랐다.

"그리고 이거랑 이것 좀 더 주세요. 아, 이것도요."

양희는 빈 반찬 그릇들을 종업원에게 하나씩 짚어준 다음 나를 돌아보았다.

"나 진짜 잘 먹지?"

"한식이 그리웠다며. 많이 먹어."

"한식이라서가 아냐. 나 요새 종일 먹기만 해."

그러고 보니 몸에 살이 더 붙은 것 같기도 했지만 얼굴은 도리어 전보다 수척해 보였다.

"가만히 있으면 불안해. 막막하고. 그래서 계속 먹는 거야."

"무슨 걱정이라도 있어?"

그녀는 가타부타 말이 없다가 무슨 생각이 났는지 옆에 놔두었던 가방을 열었다. 소지품들을 주섬주섬 뒤지는 손길이 분주했다.

"아, 여기 있다."

그녀가 지갑에서 뭔가를 꺼냈다.

"거기도 지하철역 증명사진 수준은 우리랑 똑같더라."

맙소사. 그녀가 내민 것은 정말 증명사진이었다.

몇 해 전부터, 그러니까 삼십대 중반부터 양희는 일 년에 한 번씩 의식 치르듯 지하철역 즉석사진 부스에서 증명사진을 찍었다. 그곳에서 사진을 찍어본 이는 안다. 손에 쥐는 결과물이 일반적인 포토샵 보정과 정확히 상반되는 목적을 가진, 다시 말해 원판의 장점은 가리고 단점은 돋보이도록 특화된 프로그램을 가동한 후 얻은 듯한 사진이라는 것을.

처음 그 이야기를 들었을 때 나는 대체 왜 거기서 사진을 찍느냐 물었다.

내가 어떻게 나이들어가는지 확인하고 싶어서.

그녀는 마흔이 다 되도록 혼자 살다보니 불현듯 자신이 남들 눈에 어떻게 보이는지 궁금해졌다고 했다. 그런 것은 아무도 제대로 알려주지 않더라는 것이었다.

셀카를 찍으면 되잖아.

천만에.

자기가 자기 사진을 직접 찍는다는 것 자체가 이미 객관적이지 않으므로 좋은 방법이 아니라고 했다. 남에게 촬영을 부탁해도 결과적으로는 마찬가지라나. 그러니 길고 짧은 것도 모르고 더하기 빼기도 모르는 무지막지한 지하철역 증명사진이야말로 자신의 진짜 모습에 가장 가까우리라는 것이 그녀의 주장이었다.

동의할 수 없었지만 사진과 별개로 그 사진을 찍는 행위가 그녀를 아주 잘 보여준다고 생각했으므로 나는 이의를 제기하지 않았다. 그리고 그녀가 사진을 새로 찍을 때마다 한 장씩 기념으로 청했다. 그렇게 모은 사진이 네댓 장쯤 될 것이다.

"나 너무 늙었지?"

사진 속에는 넙데데한 얼굴에 이마는 파종을 해도 될 만큼 편평하고, 눈썹은 그리다 만 것처럼 절반만 있고, 눈은 초점이 어긋나 있으며, 콧구멍 크기는 짝짝이인데다 결정적으로 고개가 마치 여섯시 오분을 가리키는 시곗바늘처럼 우측으로 살짝 기울어져 있어서 좀 모자라 보이기까지 하는 중년 여자가 '이게 바로 총체적 난국이오' 하는 표정으로 앉아 있었다.

"무슨 소리. 넌 아직도 이십대 후반 같아."

진심이었다. 내 눈앞에 실재하는 양희는 예나 지금이나 작은 키에 통통한 몸, 소년처럼 짧은 머리, 동그란 얼굴 가운데 오밀조밀 모인 이목구비, 특히 장난기 가득한 눈 덕분에 나이보다 한결 젊어 보였다. 우리가 함께 있을 때마다 내가 나이 차이 많이 나는 언니처럼 보일까봐 얼마나 전전긍긍했는지 그녀는 모를 것이다.

양희가 내 손에 들린 사진을 턱으로 가리켰다.

"그걸 보면 나에 대한 호감이 있다가도 사라지겠지?"

지하철역 증명사진 애호가답지 않은 질문이었다. 게다가 그녀는 원래 성격이 호방하여 일개 사진이 잘 나왔느냐 못 나왔느냐 따위에 연연하지 않았다.

"아냐. 너를 실제로 만나본 사람이면 황당해하면서 막 웃을걸?"

"그럴까?"

그녀는 연연하고 있었다.

"당연하지."

"정말 그렇게 생각해?"

나는 정색을 했다.

"왜, 남 주게? 절대 안 돼. 주지 마, 주지 마."

우리는 동시에 웃었다. 종업원이 새로 공깃밥과 반찬들을 내왔다. 양희가 수저를 드는 것을 보며 나는 사진을 지갑에 넣었다. 그러면서 설마 이 사진이 그녀를 불안하게 했나, 그래서 전에 없이 탐식하게 만든 걸까, 생각했다. 양희가 고개를 들었다.

"맞아. 그게 중요한 게 아니야."

나는 순간 내가 방금 무슨 말을 했던가 되짚어보았다.

"지금 문제는 그게 아니지."

혼잣말이었다. 그녀의 눈은 밥상 위 어딘가에 고정되어 있었다. 어안이 벙벙한 내 앞에서 그녀는 한숨을 쉬었다. 그러더니 그만 일어나자는 눈짓을 했다.

"시간 괜찮은 거지?"

"뭐가?"

"말했잖아, 오늘 너랑 갈 데가 있다고."

맞다. 안 그래도 그녀를 만나면 어디 갈 거냐고 물어봐야지 해 놓고는 깜빡 잊고 있었다.

양희가 나를 똑바로 바라보았다.

"아버지 만나기로 했거든."

나는 아무 대꾸도 하지 않았다. 그리고 마음속으로 과연 그게 중요한 게 아니었구나, 문제는 그게 아니었구나, 하며 여전히 뜻 모를 그녀의 말을 곱씹었다.

마을버스 종점에서 하차한 것은 우리 두 사람뿐이었다. 인적 없는 찻길을 따라 걸었다. 날이 꽤 추웠지만 며칠째 기승을 부리던 미세먼지가 마침내 걷힌 날이라서인지 찬 공기를 맞으며 걷는 기분이 나쁘지 않았다. 정확히는 나쁘지 않은 게 아니라, 나쁜지 좋은지 분간할 정신머리가 없을 만큼 나는 흥분해 있었다. 양희가 아버지를 만나러 가면서 내게 동행을 청한 것이, 나를 믿어준 것이 고마웠기 때문이다.

양희는 지금껏 아버지에 대한 이야기를 한 적이 한 번도 없었다. 나 역시 아무것도 묻지 않았다. 그래서 저 까마득한 고등학교 시절 옆 반 전학생과 그의 부모에 대해 떠돌던 소문의 진위 또한 확인한 적이 없었다.

휴대폰의 길 찾기 앱이 우리의 목적지까지 일 킬로미터 남았다고 일러주었다.

"아버지를 만나면 어떤 기분일까?"

이곳까지 오는 한 시간 동안 일부러 피하려는 듯 여행 이야기만 하던 양희가 처음으로 아버지 이야기를 꺼냈다.

"정말 만나자마자 첫눈에 알아보게 될까?"

태어나서 수십 년 만에 처음 만나도 부모와 자식은 서로를 곧장 알아본다더라, 핏줄이 당기기 때문이라더라, 하고 그녀는 말했다. 나도 그런 이야기를 어디에선가 들어본 기억이 났다. 하지만 내가 궁금한 것은 이 시간 이후가 아니라 이전이었다.

"왜 갑자기 아버지를 만나고 싶어졌어?"

우리는 가로등 불빛 아래 두 개의 그림자와 함께 걸었다.

"그러게 말이야, 이제 와서."

어조는 담담했으나 목소리가 갈라졌다.

"너 그런 기분 알지?"

"……"

"내일이 시험이고 공부는 하나도 못했는데 벌써 밤이 된 것 같은 기분."

"알지."

"내 기분이 딱 그랬어. 이번 생은 망했구나 싶었지."

밑도 끝도 없는 소리였다. 할말이 없었다. 평소라면 인생 별거 없으니 술이나 마시자, 내가 쏘겠다, 하며 호기라도 부릴 텐데 그럴 분위기가 아니었다. 뭐라고 하면 좋을까. 그녀는 좀 달라 보였다. 오늘 처음 만났을 때부터 어딘가 이상했다.

"어쩌다 그런 생각을 하게 된 거야?"

양희는 시간을 벌려는 듯 헛기침을 두어 번 했다.

"그게, 말하자면 긴데."

길어도 참고 들어달라는 뜻이었다.

이번 여행에서도 그녀는 줄곧 혼자 다녔다. 그러다가 귀국을 사흘 앞두고 탄 기차에서 젊은 한국 여자를 만났다. 두 사람은 자연스레 이야기를 주고받았다. 여자는 이십대 유학생이었다. 양희와 연령대도 다르고 처지도 관심사도 달랐지만 두 사람은 말이 잘 통했다. 결국 기차에서 내린 후 함께 저녁을 먹었다. 유학생이 그녀에게 귀국하기 전 가보고 싶은 곳이 있느냐 물었다. 친절하게도 자신이 프랑스에 오래 체류한 만큼 현지 사정에 밝으니 양희의 여행이 유종의 미를 거둘 수 있도록 도와주고자 했던 것이다.

그리하여 그들은 이튿날 함께 떠났다. 프랑스에서 가장 아름다운 마을로.

"거긴 대중교통으로 가기 힘든데, 걔한테 차가 있었거든."

"응."

"아무래도 시골이니까."

"맞아. 차가 있어야지."

"아니, 내 말은, 시골이니까 영어 하는 사람이 거의 없는 것도 문제였다고."

"아."

"근데 걔가 불어를 하니까 그것도 걱정할 필요가 없었지."

"응."

걱정은 내가 하고 있었다. 길을 잘못 든 게 아닐까 싶어서였다. 마을버스에서 하차한 후 십 분 넘게 걸었지만 지나가는 차가 한 대도 없었다. 일차선 도로 양쪽으로 공터가 이어졌고 이따금 건물을 짓다 만 듯한 공사장이 나타났지만 덜 녹은 눈을 뒤집어쓴 봉분 같은 흙더미가 드문드문 있을 뿐 사람 흔적을 찾기 어려웠다. 인도의 보도블록도 죄 깨져 있어 사람도 차도 오래전에 떠나버린 폐허의 도시를 걷는 기분이었다.

가는 길이 너무나 아름다웠다고 했다. 양희와 유학생의 목적지는 남쪽에 있었다. 그들은 무당벌레처럼 작고 붉은 시트로엥을 타고 달렸다. 차창 안으로 남프랑스의 겨울 햇빛이 쏟아져내렸다. 햇빛은 차창 밖으로 끝없이 펼쳐진 올리브나무 군락과 일찌

감치 수확을 끝내고 서리에 젖어 있는 포도밭에도 아낌없이 내려앉았다. 그들은 달리는 내내 음악을 들었다. 대화에 집중했으므로 사실 음악은 문자 그대로 배경에 불과했는데 그럼에도 그 선율이 참 감미롭다고 양희는 대화하면서 생각했다. 오후에서 저녁으로 넘어갈 무렵 아담한 마을이 나타났다. 그들은 눈에 띈 식당에 들어갔다. 신선한 재료로 정성껏 만든 요리는 혀에 착 감겼다. 더운 음식은 알맞게 덥고 찬 음식은 알맞게 찼으며 양까지 알맞아 더 맛있었다. 식사가 끝난 후에는 마을을 산책했다. 창문 아래 색색의 꽃 화분을 놓아둔 벽돌집들이 길을 따라 늘어서 있었다. 굴뚝이 있는 지붕이며 키 작은 대문의 색깔이 하 알록달록하여 보면 볼수록 장난감 집 같았다. 마당의 빨랫줄에 널린 아기 옷이 바람에 한들거렸다. 바람에서 햇볕에 바싹 말린 라벤더 향이 났다. 골목 안쪽에 누구든 쉬어 가라는 뜻인지 긴 나무의자가 놓여 있었다. 두 사람은 그곳에 나란히 앉았다. 양희는 눈을 감고 이대로 잠들고 싶다고 생각했다. 그러나 어디선가 새소리가 들려와 그녀는 눈을 떴다. 골목을 벗어나자 새떼가 일제히 먼 하늘로 날아오르는 것이 보였다. 새들이 구름 사이로 사라진 후 앞을 보니 거기 눈앞에 선물처럼 호수가 펼쳐져 있었다. 노을이 번지는 호수에 백조들이 고고히 떠다니는 풍경은 아무리 보아도 싫증이 나지 않았다.

하여 두 사람은 그 마을에서 하룻밤 묵기로 했다. 목적지가 멀지 않았기에 부담도 없었다. 외벽이 담쟁이덩굴로 뒤덮이고 주변이 해자로 둘러싸인 고풍스러운 호텔이 그들을 맞이했다. 입구에 보리수 고목이 서 있고 로비에도 그만큼 오래돼 보이는 피아노가 놓인 그곳에서 두 사람은 밤새워 포도주를 마시고 음악에 맞춰 춤을 추고 서로에 대해 이야기를 나누었다.

유학생은 스물여덟 살이었다. 유학 생활 오 년째이며 박사과정을 마친 다음에는 직장을 구해 프랑스에서 계속 살 계획이었다. 연애에는 소질이 없고 결혼에는 뜻이 없다고 했다. 외모에도 관심이 없었다. 머리는 길러서 뒤로 묶었고 화장은 하지 않았다. 옷차림도 평범한 티셔츠와 청바지와 무릎까지 내려오는 두꺼운 외투가 다였다. 그런데도 옷맵시가 좋아서 신기했다고, 팔다리가 길어서 그랬을 거라고 양희는 추측했다.

그 대목에서 나는 무의식중에 유학생의 외모를 상상했고 다음 순간 내가 이런 것까지 알아야 하나 생각했다. 양희의 이야기는 말하자면 길다고 했지만 듣다보니 정말로 길었는데, 그 사실을 때마침 일깨워준 것은 길 찾기 앱의 안내 음성이었다.

"목적지까지 삼백 미터 남았습니다."

주위를 둘러보았다. 뭔가 속고 있는 기분이었다. 이제 주변은 다 논밭이었다. 구멍가게도 하나 없는 이런 길을 삼백 미터 더 간들 아무것도 나타날 것 같지가 않았다.

"길을 잘못 든 거 아닐까?"

"아닐 거야."

외길이긴 했다. 그러나 설령 길을 잘못 들었다 한들 무슨 대수냐는 듯 심드렁한 양희의 말투가 오히려 묘한 불안감을 주어 나는 외길에서도 연신 두리번거렸다. 겨우 저녁 일곱시인데 불빛도 소리도 없는 거리는 한밤 같았다.

새벽이 깊었다. 취한 와중에도 유학생은 포도주 병을 치우고 자리를 정돈한 뒤 양치질을 했다. 그러고는 콘택트렌즈를 뺀 후 침대에 누웠다. 양희는 그의 동작 하나하나를 유심히 지켜보았으나 정작 둘 중 누가 먼저 잠들었는지는 기억하지 못했다. 눈을 떴을 때 유학생은 말끔히 씻은 얼굴에 외투까지 입고서 그녀를 내려다보고 있었다. 미안하다고, 급한 사정이 생겨 먼저 돌아가겠다고 했다. 잠과 술이 한꺼번에 다 깼다. 양희는 몸을 일으켰다. 창밖은 이미 한낮이었다. 유학생이 손바닥만하게 접은 쪽지를 내밀었다. 가장 아름다운 마을은 이곳에서 버스로 세 시간 떨어져 있고, 버스는 하루에 두 번 있으며, 두번째 버스가 한 시간 후에 출발할 예정이라고 했다. 쪽지에는 버스 정류장 약도가 그려져 있었다.

양희는 유학생과 함께 돌아가고 싶었다. 애초에 혼자 시작한 여행이라면 몰라도, 여행 도중에 저만 남는다 생각하자 여행이 아예 끝나버린 듯한 기분이 들었던 것이다. 하지만 유학생이 제시한 선택지에 그들이 함께 돌아가는 것은 없었다. 양희가 제시할 수도 있었을 것이다. 그러나 그녀는 그렇게 하지 못했다. 유학생이 이유를 털어놓았기 때문이다. 그가 왔다고. 전 남자친구가 마침내 돌아왔다고. 그러니 당장 그에게 가야 한다고 말이다.

두 사람은 호텔 로비에서 헤어졌다. 유학생이 먼저 떠났다. 양희는 약도에 그려진 버스 정류장으로 가 제시간에 도착한 버스에 올랐다. 흔들리는 차창에 머리를 기댄 채 생각했다. 가장 아름다운 마을은 가장 아름다울까. 가장 아름답겠지. 가장 아름다운 마을이니까. 가장 아름다울 거야……

버스에서 내렸을 때는 해가 지고 있었다. 발길 닿는 대로 걸었다. 그러다가 문득 길모퉁이에서 한 사내가 땅바닥에 무릎을 꿇고 앉아 있는 것을 발견했다. 호리호리한 몸에 긴 머리를 어깨까지 늘어뜨린 그는 맨발이었고 두 손으로 프랑스어 문장이 적힌 종이를 들고 있었다. 그 문장이 무엇을 뜻하는지 알 수 없었으나 양희는 그가 벗어놓은 모자에 지폐를 넣었다. 얼마나 더 걸었을까. 낯익은 건물이 나타났다. 외벽이 담쟁이덩굴로 뒤덮이고 주변이 해자로 둘러싸인 고풍스러운 호텔. 입구에 보리수 고목이 서 있고 로비에도 그만큼 오래된 피아노가 놓여 있는 곳.

그랬다. 양희는 가장 아름다운 마을에 가지 않았다. 가다가 돌아온 것이었다.

"어머, 정말 안 간 거야?"

"……"

"너 아까 식당에선 갔다 왔다고 했잖아."

"가려고 했었지."

"그런데?"

왠지 가면 안 될 것 같았다고 양희는 말했다. 듣자 하니 점점 모를 소리였다.

그녀는 전날 묵었던 방에 다시 짐을 풀었다. 유학생에게 고맙다는 말도 제대로 못했다는 생각이 들어 메신저로 말을 걸었지만 아무 대꾸도 없었다. 전날처럼 음악을 듣고 포도주를 마셨다. 흥도 안 나고 취기도 오르지 않았다. 침대에 누웠다. 잠이 오지 않았다. 뒤척이다 지쳐 호텔 로비로 내려갔다. 뜻밖에도 거기 놓인 오래된 피아노를 그 늦은 시간에 누군가가 연주하고 있었다. 그였다. 땅바닥에 무릎을 꿇고 앉아 있던 긴 머리 사내. 그의 때에 전 맨발이 피아노 페달을 능숙하게 밟고 있었다. 피아노 선율이 귀에 익었다. 아, 디셈버. 조지 윈스턴. 비로소 기억이 났다. 사내의 레퍼토리는 그녀가 전날 유학생과 차에서 내내 들었던 바로 그 음반 수록곡들이었다.

12월의 마지막 밤, 그렇게 양희는 가장 아름다운 마을에서 버스로 세 시간 떨어진 마을의 호텔 로비에 앉아 맨발 사내의 피아노 연주를 들었다. 그리고 연주가 끝나자 밖으로 나가 한밤의 마을을 천천히 거닐었다. 우중충한 무채색 대문들을 지나 아기 옷을 걸어낸 빈 빨랫줄이 걸린 마당을 지나 아무도 앉아 있지 않은 나무의자를 지나 그녀는 백조가 보이지 않는 호수까지 갔다. 잔잔한 수면에 비친 밤하늘을 올려다보았다. 달빛이 흐리다 했더니 달 주위에 거대한 먹구름이 끼어 있었다. 불현듯 그녀는 불청객이 된 듯한 느낌에 사로잡혔다.

"그때까지만 해도 몰랐어."

어째서인지 나는 점점 모를 소리를 하는 그녀의 말을 점점 알아듣고 있었다.

"그저 마을이 달라 보인다고만 생각했지."

앞뒤가 다 잘려 있는데도 무슨 말인지 어렴풋이 알 것 같았다.

이튿날이 귀국일이었다. 그녀는 공항으로 가는 길 지하철역에서 즉석사진 부스를 보았다. 새해를 맞아 서른아홉 살이 된 기념으로 사진을 찍었다. 평소 피사체의 진짜 모습에 가장 가깝다고 믿어온 전형적인 지하철역표 증명사진이었다. 그러나 그것을 보고 있는데 새삼 자신이 혼자라는 생각이 들었다. 주위를 둘러보았다. 곁을 스쳐지나가는 수많은 인파 속에 그녀가 아는 사람은 한 명도 없었다. 다시 사진을 들여다보았다. 그리고 생각했다. 나는 앞으로도 이렇게 살겠지. 계속 혼자겠지. 혼자 아무도 모르게 늙어가겠지.

돌부리에 걸려 넘어진 것처럼 급작스러운 깨달음이었다. 이제껏 그녀는 자발적으로 혼자였다. 혼자 하는 여행을 선호했고 혼자 사는 삶을 즐겨왔다. 그런데 별안간 혼자라는 사실이 지긋지긋했다. 그녀는 무례한 외판원처럼 함부로 쳐들어온 그 감정을 어쩌지 못해 사진을 쥔 채 멍하니 서 있었다. 가장 아름다운 마을에 가다가 돌아온 것도 그래서였을 것이다. 혼자 간 곳이 가장 아름다울 수는 없었을 테니까.

이윽고 그녀는 걷기 시작했다. 걸으면서 한 걸음 한 걸음씩 서서히 받아들였다. 외판원이 어느 날 갑자기 쳐들어온 것이 아님을, 작년에도 재작년에도 그 이전에도 항상 문 앞에서 기웃거리고 있었으나 자신이 그제야 알아차린 것임을. 특별한 이유는 없었다. 그저 때가 된 것이었다. 서른아홉은 그런 나이였다.

나는 이해한다는 듯 힘주어 고개를 끄덕였다.

"근데 중요한 건 그게 아니야."

양희가 아까도 식당에서 한 말이었다.

"그건 이제 다 지난 일이니까."

"……"

"지금 문제는……"

양희가 말을 멈추었다. 나는 그녀가 바라보는 곳으로 시선을 돌렸다. 운동장 한복판에 놓인 자판기처럼 뜬금없이 허허벌판에 우뚝 솟은 건물이 거기 있었다. 양희가 건물 측면에 고딕체로 쓰인 문자를 소리 내어 읽었다. 훼미리 아파트.

일층 상가에 다다를 때까지 우리는 줄곧 입을 다물고 있었다.

임대 문의 종이쪽이 나붙은 문 닫은 점포들 사이 유일하게 불을 밝힌 마트에서 양희는 귤 한 상자와 유리병에 든 백 퍼센트 오렌지주스 세트를 샀다. 그 집은 이층 복도 끝에 있었다. 입주민이 있긴 있나 싶게 적요한 가운데 어느 집에서인지 아이가 목청껏 노래를 부르기 시작했다. 산중호걸이라 하는 호랑님의 생일날이 되어…… 노랫소리가 점점 커졌다.

현관문이 열렸다. 각색 짐승 공원에 모여 무도회가 열렸네…… 우렁찬 노랫소리가 먼저 우리를 맞았다. 발목까지 오는 긴 치마를 입은, 나이가 많아야 사십대 중반쯤 되었을 여자가 우리에게 머리를 숙였다. 안쪽 거실에서 남자아이가 뛰어다니며 노래를 부르고 있었다.

"토끼는 춤추고 여우는 바이올린……"

여자가 돌아보며 타이르듯 말했다.

"인사해야지."

"찐짜찐짜찐짜찐짜…… 안녕하세요?"

"뛰지 마. 조용히 해."

초등학생으로 보이는 아이는 더 크게 노래 부르며 방으로 뛰어들어갔다. 그리고 그 방에서 한 노인이 천천히 걸어나왔다. 양희가 한 발 앞으로 나섰다. 머리카락이 거의 없고 안경을 쓰고 허리가 굽은 노인과 양희는 드디어 거실 한가운데 마주보고 섰다.

"니가 양희구나."

상봉의 감격에 겨워 말을 잇지 못한다든가 부둥켜안고 대성통곡하는 식의 드라마 같은 장면은 드라마에서만 나오는 모양이었다. 노인이 먼저 거실 바닥에 앉았다. 그의 시선이 내게도 잠깐 머물렀으나 내가 누군지 묻지는 않았다. 양희와 나도 바닥에 앉았다. 소파도 없고 카펫도 깔려 있지 않은 바닥의 냉기가 엉덩이에 그대로 전해졌다. 긴 치마를 입은 여자가 황망한 걸음으로 방석을 내왔다.

"커피를 드릴까요? 녹차도 있고 유자차도 있는데."

양희가 괜찮다고 했다. 나도 괜찮다고 사양하려는 찰나 방에서 아이가 뛰어나왔다. 아이는 그게 정답이 아니라는 듯 안타까운 표정으로 유자차! 유자차! 하고 고함을 쳤다. 노인이 양희와 나를 번갈아 보며 말했다.

"유자차 한 잔씩 들지."

우리는 떨떠름한 채로 그러겠노라 했다. 여자가 노인 옆에서 줄기차게 유자차를 부르짖는 아이를 끌어내다시피 데려갔다. 노인이 양희에게 눈을 돌렸다.

"예까지 오느라 고생했겠네."

"아니에요."

"그래, 올해 나이가 어떻게 되지?"

"서른아홉요."

"벌써 그렇게 되었나."

노인은 눈을 들어 천장의 어느 한 지점을 응시했다. 그러고는 주방 쪽을 슬쩍 쳐다보더니 목소리를 낮추었다.

"그 양반이 언제 가셨다 했지?"

"네?"

"……"

"아, 팔 년 전에요."

"너무 일찍 가셨네."

"……"

"잘 보내드렸는가."

"네."

"그래, 결혼은 했고?"

"아뇨."

"직장은 다니나?"

"네."

"그래, 지금 어디 산다고 했지?"

더없이 진지한 말투와 딴판으로 밀도가 한없이 낮은 대화였다. 하기야 그들이 이제 와서 무슨 속깊은 이야기를 하겠는가. 왜 우리 모녀를 버렸느냐 원망한들 이 몹쓸 아비를 용서해달라 사죄한들 그런 게 다 무슨 소용이 있을까 하고 나는 생각했다.

여자가 쟁반에 찻잔과 귤을 담아 왔다. 아이가 여자의 치맛자락을 붙잡으며 옆에 앉았다. 가까이에서 보니 덩치만 컸지 표정이 한참 앳된 것이 예닐곱 살도 안 되었을 것 같았다.

"안녕? 몇 살이에요?"

아이는 대답 없이 여자 등뒤로 숨었다. 쟁반 위의 찻잔은 네 개였다. 그중 한 잔만 받침이 없었다. 여자가 받침 있는 찻잔을 노인과 양희와 내 앞에 하나씩 내려놓았다. 아이가 벌떡 일어나 주방으로 뛰어갔다. 그 뒷모습을 보며 여자가 말했다.

"이제 여섯 살이에요."

"키가 크네요."

"네."

"또래 중에 제일 크겠어요."

유자차를 마시면서 여자와 나는 노인과 양희처럼 하나 마나 한 이야기를 나누었다. 아이가 우리 쪽으로 뛰어왔다. 품에 유자청이 든 병을 안고 오른손에 숟가락을 들고 있었다. 아이가 나를 향해 자랑하듯 입을 크게 벌렸다. 유자 향이 확 풍겨나왔다. 뒤늦게 아이를 돌아본 여자가 인상을 썼다.

"그렇게 먹지 말랬지!"

아이가 큰 소리로 웃으며 방 쪽으로 뛰어가고 여자가 그 뒤를 쫓았다. 노인과 양희는 화제가 궁해졌는지 요즘 미세먼지 문제가 심각하다는 이야기를 하고 있었다. 그런 화제가 오래갈 리 없었다. 곧 침묵이 흘렀다. 노인이 찻잔을 들어올리며 말했다.

"명함이나 한 장 다오."

"명함 없는데요."

또 침묵이 흘렀다.

"그럼 사진은 있나?"

"없어요."

양희는 아까보다 더 빨리 대답했다. 사진이야 지금 이 자리에서 휴대폰으로 찍어도 될 텐데 노인은 거기까지는 생각하지 못하는 것 같았다. 다시 이어진 침묵 속에서 나는 양희의 가방에 있는 사진을 떠올렸다. 양희가 그것을 노인에게 준다면 어떨까. 두 사람은 어떤 대화를 나눌까.

이게 저예요.

그래.

이 사진을 찍고 나서 문득 깨달았어요, 제가 혼자라는 것을요.

그랬구나.

앞으로도 혼자일 거라는 생각을 하니 막막했어요.

그래.

내일이 시험이고 공부는 하나도 못했는데 벌써 밤이 된 것처럼 말이에요.

그랬구나.

그래서 이렇게 온 거예요. 아버지도 저처럼 혼자인지 알고 싶어서요.

……

여자가 유자청 병을 들고 방에서 나왔다.

"죄송해요. 애가 말썽을 부려서."

여자가 내 앞으로 와서 앉으려고 허리를 숙이는 순간 느닷없이 거실 전체가 캄캄해졌다. 정전이 아니었다. 잽싸게 여자를 뒤따라 나온 아이가 형광등 스위치를 내린 것이었다. 어둠 속에서 가벼운 소란이 일었다. 곧 형광등이 켜졌다. 여자가 스위치에 손을 올린 채 난처한 표정을 짓고 있었다.

"정말 죄송해요. 애가 자꾸……"

말이 끝나기도 전에 다시 불이 꺼졌다. 여자가 소리를 질렀고 아이가 웃음을 터뜨렸다. 불이 다시 켜졌다. 여자가 아이를 방으로 밀어넣고 문을 닫았다. 아이의 웃음소리가 멀어졌다.

캄캄해졌을 때도 밝아졌을 때도 변함없는 자세로 마주보고 있던 노인과 양희는 이제 아무 말도 하지 않았다. 노인이 찻잔을 들다가 잔이 빈 것을 알아차렸는지 도로 내려놓았다. 사기로 된 잔이 받침에 부딪히면서 달그락 소리를 냈다.

바깥은 온통 암흑이었다. 마트마저 문을 닫았는지 상가에도 불빛 한 점 없었다. 양희와 나는 나란히 하늘을 올려다보았다.

"달도 안 보이네."

속으로만 생각해도 될 것을 양희는 굳이 입 밖으로 꺼냈다.

"응. 진짜 어둡다."

나도 마찬가지였다.

우리는 보이지도 않는 주위를 한번 둘러보고 차 없는 차도를 건넜다. 곧바로 논밭이 펼쳐졌다. 그 사이로 난 좁은 길을 따라 이십 분 정도 직진하면 마을버스 정류장이 나올 것이었다. 나는 휴대폰 플래시를 켜서 발 앞을 비추었다.

"어때? 좀 낫지?"

"훨씬 낫다."

양희도 곧 휴대폰을 꺼냈다. 그리고 플래시로 논밭 이쪽저쪽을 두루 비추어보더니 아무것도 없네, 하고 중얼거렸다. 정말 아무것도 없었다. 이 넓고 춥고 황량한 세상에 우리 둘만 있는 것 같았다. 양희가 불빛을 정면으로 비췄다. 앞이 한층 밝아졌다. 우리는 한참을 묵묵히 걸었다.

"고마워."

양희가 먼저 입을 열었다.

"뭐가?"

"같이 와줘서."

얘는 새삼스럽게, 하고 대꾸하려다 말았다. 바람이 찼다. 손이 시린지 양희가 오른손에 들고 있던 휴대폰을 왼손으로 바꿔 들었다. 나는 입술을 둥글게 오므려 호오 하고 숨을 내쉬어보았다. 불빛 속에서 입김이 하얗게 퍼지는 것이 보였다.

"양희야, 있잖아."

이번에는 내가 먼저 말을 꺼냈다.

"거기 그, 가장 아름다운 마을 말이야."

"응? 응."

"나중에 우리, 같이 가자."

"정말?"

어둠 속에서도 나는 양희의 눈이 휘둥그레졌다는 것을 알 수 있었다.

"그럼 회사는?"

내가 항상 양희에게 하던 질문을 돌려받는 날이 올 줄은 몰랐다. 나는 그녀처럼 짧고 명쾌하게 대답했다.

"관둬야지."

"너 진짜야?"

"응. 진짜야."

"근데 돌아온 후엔 어쩌려고? 너 재취업이 쉬운 줄 알아?"

"그럼 그 마을에 그대로 눌러살지 뭐."

"오, 그거 좋네."

우리는 걸어가면서 계획을 세웠다. 여행 자금은 어떻게 모을지, 어느 계절에 떠날지, 여행 기간은 어느 정도로 잡을지, 차는 어떻게 빌리고 운전은 누가 할지. 그리고 그곳의 날씨와 언어와 환율까지 이야기하다보니 웬걸, 벌써 그곳을 향해 출발한 기분이었다. 지금부터 눈 딱 감고 부지런히 가면 세 시간쯤 후에는 도착할 수도 있을 것 같았다.

그렇게 수다에 열을 올리다가 나는 엄청난 발견이라도 한 것처럼 아, 하고 소리쳤다.

"왜 그래?"

"작년 봄이었어."

"뭐가?"

"우리가 마지막으로 만났던 날 말이야."

양희는 겨우 그거였냐는 듯 피식 웃었다.

"기억 안 나? 너 그때 회사 그만둔다 그랬잖아."

"그랬나."

"나한테 여행 가자고 그랬었잖아."

"그게 어디 한두 번이어야지."

"잠깐, 아니다. 그건 재작년이구나."

양희가 그거 보라는 듯 다시 웃었다.

멀리 논밭길이 끝나는 지점 너머에 양옆으로 가로등이 띄엄띄엄 늘어선 일차선 도로가 보였다. 마을버스 종점이 멀지 않다는 뜻이었다. 바람이 점점 거세졌다. 나는 왼손에 들고 있던 휴대폰을 오른손으로 바꿔 잡았다. 그리고 언제가 될지 모르지만 다음에 양희를 만날 때는 그전에 마지막으로 그녀를 만난 날이 오늘이었음을, 춥고 쓸쓸한 정초였음을 금방 떠올릴 수 있을 것 같다고 생각했다.

옆에서 겉옷 지퍼를 올리는 소리가 들렸다. 주위가 너무 고요해서인지 너무 어두워서인지 작은 기척도 아주 크게 느껴지는 밤이었다. 그래서 나는 옆에 누군가가 있다는 것을 잊지 않을 수 있었다.

아직 일어나지 않은 일

꿈이었을 거야.

잠에서 깨자마자 생각했다.

정말 이상한 꿈이었어.

머리맡을 더듬어 휴대폰을 찾았다. 오늘 서울의 날씨 맑음. 내일도 맑음. 모레는 흐림. 글피는 다시 맑음. 일기예보 앱을 종료했다. 여전히 내일이 있고 모레가 있다. 일주일이 있다. 그러니까 아무 일도 일어나지 않은 것이다.

있는 힘껏 기지개를 켰다. 술이 덜 깨서일까. 팔이 내 팔 같지 않고 다리도 내 다리 같지 않은 것이 기지개를 켜도 시원하지가 않았다. 어제 대학 동기 모임에 나간 것은 실로 오랜만이었다. 그중에서 아직 취업을 못한 사람은 공과 나 둘뿐이었다. 술자리에 끝까지 남은 것도 우리 둘뿐이었다. 취업 이야기는 하지 않았다. 공은 동생이 저보다 먼저 장가가게 되었다며 투덜거렸고, 나는 결혼 일찍 해봐야 좋을 거 없다며 횡설수설했고, 우리는 서로 술값을 내겠다며 승강이했고, 그리고 어느 틈엔가 각자 집으로 가는 택시를 탔다. 띄엄띄엄이나마 거의 다 기억이 났다. 다만 누가 계산을 했는지를 기억할 수 없었다. 침대에서 몸을 일으켜 탁자 위의 가방으로 팔을 뻗었다. 지퍼를 열자 지갑이 아니라 웬 깡통이 묵직하게 손에 딸려나왔다. 동원 복숭아 황도 사백 그램. 헛웃음이 나왔다. 그것을 괜히 한번 흔들어보았다. 그러나 내 머릿속을 꽉 채운 것은 이게 왜 뜬금없이 내 가방에 들어 있느냐 하는 당혹감이 아니라 어젯밤 꿈이 꿈이라기엔 지나치게 구체적이지 않은가 하는 불안감이었다. 얼마를 더 그렇게 앉아 있었을까. 창밖에서 목소리 굵은 남자가 확성기로 외치는 듯한 소리가 들려왔다. 시민 여러분…… 모두 함께…… 시청 앞 광장으로……

나는 창가로 달려갔다. 건물 삼층에서 내려다보는 토요일 오전의 팔차선 대로는 오가는 차량들로 번잡했다. 저만치 육교 밑에서 트럭 한 대가 유난히 느린 속도로 움직이는 것이 보였다. 확성기 소리는 그 트럭에서 흘러나오는 것 같았다.

"그냥 이대로 앉아서 죽을 수는 없습니다!"

"이것은 미국의 거대한 음모입니다, 여러분!"

행인 몇이 걸음을 멈추고 트럭을 향해 고개를 돌렸다가 이내 별일 아니라는 듯 원래 가던 길을 갔다. 트럭 뒤에 있던 승용차가 차로를 바꾸며 경적을 울렸다. 언뜻 보면 여느 주말 아침과 다를 것 없는 풍경이었다. 하지만 나는 감지할 수 있었다. 거기에 뭔가가 빠져 있다는 것을. 굳이 적당한 단어를 찾는다면 생기라고 부를 수도 있을. 그것이 오늘 아침의 거리에는 없었다.

불현듯 어젯밤 술집 계산대 앞에서 공과 옥신각신하다가 텔레비전 뉴스 속보를 보았던 것이 떠올랐다. 저거 다 뻥이야! 공이 외쳤던가. 맞아, 다 뻥이야! 내가 맞장구쳤던가. 그러고 보니 집에 돌아와 침대에 쓰러지듯 누우면서 했던 생각도 떠올랐다. 자면 안 되는데. 지구가 멸망하는데 잠이 온다니. 말도 안 돼.

정말이지 말도 안 되는 일이었다. 목이 말랐다. 나는 꿈을 꾼 것이 아니었다.

멸망이라고 해야 하나. 아니면 종말이라고 해야 하나. 멸망이든 종말이든 하여간 이 세계가 끝장난단다. 그것도 당장 내일 새벽에.

믿기지 않지만 믿지 않을 도리가 없다고 텔레비전을 보며 나는 생각했다. 광고도 없고, 아침 드라마도 없고, 만화영화나 요리 프로그램도 없었다. 모든 채널이 오직 지구 멸망에 대한 특집 뉴스만을 연달아 내보내고 있었다. 어제 심야 뉴스에서 각 방송사가 일제히 외신을 앞세워 긴급 보도한 바에 따르면 태양계 외부의 행성들 중 하나가 지구를 향해 돌진해오고 있다고 했다. 지구와 충돌하기까지 남은 시간은 최초 보도 시각을 기준으로 약 서른 시간. 미 항공우주국을 비롯한 세계 각국의 우주 관련 연구소와 정부 기관이 실시간으로 모든 지구 근접체를 관찰해왔다면서 문제의 행성인지 소행성인지가 지구를 산산조각내기 서른 시간 전에야 그 사실을 세상에 알렸다는 것은 그들이 뭔가를 은폐하고 있을지도 모른다는 의혹을 사기 충분했다. 전 지구인이 들고일어나 음모론 운운하는 것도 당연한 일이었다. 하지만 음모론이라니. 음모를 꾸민 이들도 내일이면 다 죽게 된 마당에 대관절 누구를 위한, 무엇을 위한 음모란 말인가.

컴퓨터의 전원을 켰다. 포털 사이트도 온통 지구 멸망 관련 기사들뿐이었다. 어떤 기사는 행성이라 하고 어떤 기사는 소행성이라 하는 식으로 세부 정보에 약간의 차이는 있어도 그것이 내일 새벽 지구와 충돌하면 모든 게 끝이라는 결론만큼은 죄 같았다. 나는 문제의 행성을 촬영한 동영상을 재생시켰다. 컴컴한 우주 한가운데 불그스름하게 빛나는 점 같은 것이 하나 찍혀 있었다. 그게 다였다. 그것은 무시무시하지도 않았고 불길해 보이지도 않았다. 천문대에서 배포하는 달력 사진이나 컴퓨터 바탕화면처럼 근사하지도 않았다. 그것의 반지름이 45마일이고 그것이 현재 지구를 향해 날아오는 속도가 시속 900만 마일이라고 내레이터가 설명했지만, 마일이라는 단위에 익숙하지 않으니 그게 얼마나 큰지 얼마나 빠른지 감을 잡을 수도 없었다. 나만 그런 궁금증을 가진 것은 아니었던 듯 과연 포털 사이트 실시간 검색어 목록에 '1마일은 몇 킬로?'가 떠 있었다. 덩달아 에미넴이 출연했던 영화 〈8마일〉까지 연관 검색어에 올라 있었다. 1마일은 약 1.6킬로미터였다. 즉 45마일은 대략 72킬로미터, 900만 마일은 1400만 킬로미터가 조금 넘는다고 친절한 네티즌들이 답해주었다. 마일을 킬로미터로 환산해도 감이 잡히지 않기는 마찬가지였다.

실시간 검색어는 수시로 바뀌었다. 나사 음모론, 노스트라다무스의 예언, 행성 이름, 행성과 소행성의 차이…… 지구 종말의 순간에도 사람들은 이렇듯 네이버에 묻고 있었다.

휴대폰 벨이 울렸다. 시골집에서 걸려온 전화였다.

"너는 무슨 통화를 그렇게 오래 하냐?"

"저 통화 안 했는데요?"

지구 멸망 하루 전이어서일까. 나도 모르게 존댓말이 나왔다. 어색하게 느껴질 법도 한데 아버지는 그것에 대해서는 아무 말도 하지 않았다.

"그래? 이상하네. 한 시간 전부터 계속 통화중이던데."

"회선에 문제가 생긴 게 아닐까요. 통신망에 과부하가 걸렸을 수도 있고요."

지금 시국이 비상시국이잖아요 하고 덧붙이려다가 그냥 입을 다물었다.

"테레비 봤냐?"

"네."

"힘든데 니가 내려올 것 없다."

"네?"

"느 엄마 생각도 그렇고. 우리가 서울로 올라가마."

하마터면 왜요? 하고 물을 뻔했다. 아버지는 어째서 최후의 날을 가족이 오순도순 모여서 보내야 한다고 생각한 것일까. 평소에 그리 가정적인 사람도 아니었으면서. 그럴 필요 없다고 대꾸하고 싶었다. 하지만 그렇다고 딱히 나 혼자 있고 싶은 것도 아니었다. 그냥 아무 생각이 없었다.

"점심 먹고 바로 출발하면 저녁 전에는 도착할 거다."

"엄마는요?"

"고추 딴다고 밭에 나갔다."

오늘 같은 날 고추를 딴다니. 기가 찼지만 나는 순순히 네, 하고 전화를 끊었다.

어머니는 불쌍한 사람이었다. 하루종일 집과 밭을 오가며 억척스럽게 일만 했다. 없는 일도 만들어 하고 안 해도 되는 일도 일부러 했다. 누가 시키지도 않았는데 도토리를 주워 묵을 쑤고, 생감을 말려 곶감을 만들고, 쑥을 캐어 개떡을 빚고, 감자를 갈아 녹말을 내고, 그러고는 과로로 앓아눕는 식이었다. 도대체 왜 그렇게 사느냐 물었더니 일을 하지 않으면 시간이 가지 않는다고 했다. 그러니까 어머니는 놀 줄을 모르는 사람이었던 것이다.

물론 아버지도 알고 보면 불쌍한 사람이었다. 일평생 당신이 태어나고 자란 시골 땅을 벗어나본 적이 없는 그의 유일한 낙은 텔레비전으로 축구 중계를 보는 것이었다. 2002년 한일 월드컵에서 우리나라 대표팀이 4강에 진출하던 때가 인생에서 최고로 행복했던 순간이라고 그는 몇 차례나 진지하게 말했다. 죽기 전에 우리나라가 개최하는 월드컵을 한 번만 더 보는 것이 소원이라고 말하기도 했다. 그의 소원은 이루어지지 않을 것이다.

아래층에서 피아노 소리가 들렸다. 아니나 다를까, 정각 열한시였다. 이 건물 이층에는 중년 여자가 운영하는 피아노 교습소가 있었다. 교습 시작 시간은 오후인데 여자는 매일 오전 열한시면 어김없이 피아노를 쳤다. 매번 같은 곡이었다. 멜로디가 귀에 익숙한데도 나는 번번이 곡명을 떠올리는 데 실패했다. 그런데 저 여자는 오늘 같은 날에도 피아노 칠 기분이 날까. 얼떨결에 멜로디를 따라 흥얼거리다 말고 생각했다. 곡이 끝났다. 열한시 오분. 인류 절멸 예정 시각인 내일 새벽 여섯시까지 약 열아홉 시간 남은 셈이었다. 내 인생의 마지막 서른 시간 중에서 술 먹고 자는 데 이미 열한 시간을 써버린 것이다. 갑자기 마음이 분주해졌다. 세수부터 해야지 하고 욕실로 들어서다가 순간 멈칫했다. 오늘 같은 날 세수는 무슨 세수.

나는 세수를 했다. 엄마가 고추를 따고 여자가 피아노를 치는 것처럼. 얼굴에 선크림도 발랐다. 내일 지구가 멸망해도 오늘 자외선은 피해야 했으니까. 탁자 위의 황도 통조림이 눈에 들어왔다. 복숭아를 그다지 좋아하지도 않을뿐더러 통조림이라면 거들떠본 적도 없는데, 입안에 침이 고였다. 탁자로 다가갔다. 애석하게도 원터치 캔이 아니라서 당장 개봉할 수가 없었다. 출처를 모른다는 점도 꺼림칙했다. 공이 술김에 사준 것일까. 혹시 내가 술김에 어디선가 훔친 거라면 어쩌지. 공에게 전화를 걸었다. 두 번 다 통화중이었다. 통화중 대기음을 들으면서 나는 배터리가 거의 바닥난 휴대폰을 충전기에 꽂았다. 순간 어찌된 일인지 문자메시지 예닐곱 통이 한꺼번에 쏟아져들어왔다.

'그동안 고마웠어. 네가 내 친구여서 행복했다.'

'더 잘해주지 못해서 미안해. 사랑한다, 친구야.'

'하나님이 언니를 지켜주실 거예요. 천국에서 만나요.'

대학 동기며 동아리 후배, 고등학교 때 친구, 사촌동생 등 친한 사람뿐 아니라 평소 안부 주고받는 일이 드물던 이들에게까지 메시지를 받으니 흡사 추석 전날 같은 기분이었다. 메시지 내용은 거개가 비슷했다. 고맙다, 미안하다, 사랑한다…… 어조도 하나같이 진지하고 비장했다. 오직 이동통신사에서 온 메시지만이 밤사이 아무 일도 없었다는 듯 평정심을 유지하고 있었다.

'고객님의 당월 무료 통화 시간이 95분 남았습니다.'

문득 얼마 전에 이십사 개월 할부로 구입한 스마트폰의 기기 대금을 더이상 갚지 않아도 되겠구나 하는 생각이 들었다.

배터리를 충전하는 동안에도 카카오톡 메시지들이 속속 도착하는 소리가 요란했다. 나는 메시지를 확인하는 대신 냉장고를 열었다. 이상한 일이었다. 뉴욕의 9·11테러나 대구 지하철 참사 등 갑작스러운 죽음을 앞두고 사람들이 저마다 소중한 이들에게 전화를 걸어 사랑한다거나 미안하다고 했다는 뉴스를 접했을 때와는 느낌이 생판 달랐다. 그때는 남 이야기인데도 슬펐으나 지금은 내 이야기인데도 별 감흥이 없다고 할까. 아마 메시지를 받은 나도 똑같이 죽기 때문일 것이다.

현관문 앞에 서 있는 사람은 우체국 택배기사였다. 그는 삼층까지 뛰어올라왔는지 숨을 몰아쉬고 있었다.

"이거 옆집 택배인데 좀 맡아주실래요?"

"네? 택배라고요?"

나는 말귀를 한 번에 알아듣고도 내가 제대로 알아들었는지 의심하느라 눈을 끔벅거렸다.

"옆집에 지금 아무도 없는 것 같아서요."

그는 내가 어떤 표정을 짓고 있는지 신경도 쓰지 않았다. 제 손목시계를 흘끔 보고는 손등으로 땀이 맺힌 이마를 훔치더니 내 발 앞에 택배 상자를 던지듯 내려놓았다.

"내일 다시 올 순 없으니까, 부탁 좀 할게요."

나는 거절하려고 했다. 옆집 사람과는 말 한마디 나눠본 적 없는 사이이며 나 역시 곧 외출할 예정이라고 말해야 했다. 그러나 택배기사는 이미 돌아서서 걸음을 옮기고 있었다. 땀으로 젖은 그의 등판이 순식간에 계단 아래로 사라져가는 것을 나는 지켜보았다. 맞는 말이었다. 내일 다시 올 수는 없었다. 내일이 없으니까. 상자를 현관문 안으로 들여놓았다. 그는 지금 어떤 생각으로 택배를 배달하는 것일까. 직업정신일까. 일종의 사명감 같은 것일까. 상자는 크기에 비해 몹시 가벼웠다. 운송장을 살펴보았다. 오늘만 특가, 한방 생리대 육 개월분 만구천구백원. 내일 지구가 멸망하리라는 것을 미리 알았더라면 옆집 여자는 생리대를 한꺼번에 육 개월 치나 구입하는 짓 따위는 하지 않았을 것이다.

배가 고팠다. 냉장고에는 말라비틀어진 식빵 쪼가리뿐 요기할 만한 것이 없었다. 찬장에 라면이 있기는 했지만 이 더운 날, 그것도 첫 끼니로 라면을 끓여먹고 싶지는 않았다. 탁자 위의 황도 통조림에 다시금 눈이 갔다. 종말 직전의 묵시록적 풍경 속에 놓인 최후의 식량이 코카콜라도 아니고 깡통에 든 복숭아라니, 뭔가 어설프고 촌스러웠다. 찬장을 열어보았다. 깡통 따개 같은 것이 집에 있을 리 없다는 것은 찬장 앞으로 가기 전부터 알고 있었다. 그래도 나는 온 집안 수납장을 샅샅이 뒤졌다. 지구에 종말이 오면 마지막으로 하려고 했던 일이 바로 이것이었다는 듯.

그러고 보니 언제였던가, 지구 종말이 하루 앞으로 다가오면 무엇을 할 것인지에 대해 글을 쓴 적이 있었다. 대학 신입생 때였을 것이다. 교양과목 중에 '글쓰기 특강'이라는 수업이 있었다. 막 제대한 복학생이라 해도 믿을 만큼 앳되어 보이던 강사는 대학 강단에 서는 게 처음인지 수업시간에 어마어마한 양의 유인물을 나눠주고 특이한 과제를 내주는 것으로 자신의 열정과 의욕을 펼쳐 보이고는 했다. 유서 쓰기, 소설책 읽고 작가에게 이메일 보내기, 유행가 가사를 바탕으로 이야기 지어내기, 최고의 연애시 찾아오기 등등. 내일 지구가 멸망한다면 무엇을 할 것인지 쓰라는 것도 당시 과제들 중 하나였다.

내일 지구가 멸망한다고 한다. 나는 전부터 짝사랑해온 남자에게 고백을 하러 가기로 마음먹는다. 그러나 그의 집으로 가려면 버스를 타야 하는데 불행히도 운행중인 버스가 없다. 버스기사들도 운전대를 팽개치고 각자 사랑하는 이에게 갔기 때문이다. 딱 한 대의 버스만이 정상 운행을 하고 있다. 그 기사는 얼마 전에 실연을 당했고 가족도 없어서 홀로 지구가 멸망하는 순간까지 버스를 몰겠다고 한다. 다만 문제가 있다. 그 버스를 타려는 사람이 너무 많다는 것이다. 누가 버스를 탈 것인지 분란이 일자 기사가 한 가지 제안을 한다. 모두들 자신이 왜 이 버스를 꼭 타야 하는지 이유를 말한 다음 가장 절실한 이유를 가진 사람 순서대로 버스에 태우자는 것이다. 그렇게 하여 이야기 시합이 펼쳐진다. 참가자들이 저마다 사연을 구구절절 이야기하는 동안 해가 지고 밤이 온다. 달이 뜰 무렵 마침내 내 차례가 온다. 나는 내가 그 남자를 얼마나 사랑하는지에 대해 이야기하기 시작한다……

당시 내가 썼던 글의 내용을 나는 아직도 기억하고 있었다. 과제를 제출한 다음 수업시간에 강사는 나를 호명했다. 강단으로 나와서 과제를 발표하라는 것이었다. 수강생들이 환호성을 지르며 박수를 쳐댔지만 나는 진땀을 흘렸다. 글 뒷부분에서 짝사랑하는 남자에 대한 내 마음을 묘사한 대목을 읽을 때는 말을 더듬기까지 했다. 그도 그럴 것이, 그 남자가 바로 그 강의실에 앉아 있었기 때문이다. 글에 남자의 이름이 등장하지는 않았다. 그래도 그는 알아들었을 거라고 나는 생각했다.

어쨌거나 상상과 현실은 실로 얼마나 판이한 것인가. 지구 종말이 현실로 다가왔건만 나는 짝사랑하는 남자에게 고백하러 가기는커녕, 어디서 났는지도 모를 황도 통조림을 먹기 위해 깡통 따개를 찾아 온 집안 구석구석을 뒤지고 있었다. 통조림을 노려보았다. 현재 깡통 따개 없이 그것을 먹을 수 있는 방법은 없었다. 그런데도 오기인지 객기인지 꼭 먹어야겠다는 생각이 들었다.

다들 사랑하는 사람을 만나러 가기라도 한 것일까. 이 건물 전체에서 내 집 말고 사람이 안에 있는 집은 딱 한 가구밖에 없었다. 여자는 누군지 묻지도 않고 문부터 열어주었다.

"반가워요. 어서 들어와요."

기다리고 있었다는 듯한 여자의 태도에 나는 당황했다.

"아니, 잠깐 뭐 좀 물어보려고요."

여자가 일단 들어와 앉으라고 재촉하는 바람에 엉겁결에 거실 소파에 앉았다. 건물 계단을 오르내릴 때마다 지나쳤으면서도 막상 피아노 교습소 내부에 들어와보기는 처음이었다. 방 세 칸짜리 가정집을 개조해놓은 실내는 예상보다 넓었다. 거실 한가운데 놓인 그랜드피아노의 위용과 어울리지 않게 깜찍한 뽀로로 매트가 바닥에 깔려 있는 것이 인상적이었다.

여자가 내게 묻지도 않고 아이스커피 두 잔을 내왔다.

"학생이에요?"

"아니요, 취업 준비하고 있어요."

내 입으로 대답해놓고도 취업을 준비하고 있다는 말이 이토록 허무하게 들릴 수 있다는 데 놀랐다. 내일이 없는데 무슨 준비를 한다는 말인가. 정리를 해도 시간이 모자랄 판국에. 여자는 내 대답을 들었는지 못 들었는지 표정에 변화가 없었다.

"깡통 따개? 깡통 따는 거? 그건 뭐하려고?"

"복숭아 통조림을 따려고요."

"어쩌지. 그런 건 집에 없는데."

더이상 할말이 없었다. 나는 커피를 마셨다. 그동안 커피를 좋아하면서도 신경성 위염 때문에 삼가왔는데 이제는 그럴 필요가 없었다. 여자가 리모컨으로 텔레비전을 켰다. 여전히 지구 멸망을 다룬 특집 프로그램이 이어지고 있었다. 검은색 정장을 차려입은 앵커가 다행히도 밤사이 방화나 약탈, 공공재 파손이나 폭동

등 우려할 만한 범죄는 일어나지 않았다고 했다. 마지막까지 인간으로서의 품위와 질서를 지키려는 고귀한 시민정신의 승리 아니겠느냐고 묻는 목소리가 우스꽝스러울 만큼 비장했다. 여자가 채널을 돌렸다. 화면에 백악관 전경이 비치고 있었다. 거긴 아직 밤이었다. 오바마 대통령이 수많은 카메라 앞에서 열변을 토하는데 화면에 한글 자막이 뜨지 않아서 무슨 말을 하는지 알아들을 수가 없었다. 여자가 다시 채널을 돌렸다. 천체 전문가입네 과학자입네 하는 이들이 어떻게 갑자기 이런 일이 벌어졌는지 토론하고 있었다. 블랙홀과 블랙홀이 충돌하면서 그 여파로 행성이 궤도를 이탈했다는 둥 태양폭발이 행성의 이동경로에 영향을 미쳤다는 둥 요령부득의 설전을 보다가 내가 여자를 향해 물었다.

"지구가 멸망한다는 거…… 정말일까요?"

"그렇겠지요. 텔레비전에서 정말이라고 하는데."

나는 고개를 끄덕였다. 우리는 다시 텔레비전으로 시선을 돌렸다. 정말일까. 정말 내일 지구가 멸망할까. 그 진위를 판단하기 위해 우리가 할 수 있는 일은 그저 이렇게 텔레비전을 보는 것밖에 없었다. 하기야 어떤 진실은 너무 거대해서 오히려 이렇게 작은 화면으로밖에 확인할 수 없을 것이다.

여자가 한숨을 쉬었다. 마지막날인데 할일도 없고 갈 데도 없다고 했다. 시집간 딸은 자기 가족과 함께 시간을 보내기로 했고, 종교에 미친 남편은 휴거를 준비한다며 신도들과 어울려 산으로 올라갔다는 것이었다. 내일 지구가 멸망하지 않는다면 오늘 처음 인사를 나눈 위층 집 처녀에게 결코 하지 않을 종류의 이야기였다. 나는 자리에서 일어났다.

"저는 그만 가볼게요."

"그래요."

여자가 별안간 나를 가볍게 끌어안았다 놓았다. 어처구니없는 포옹이었지만 지금 헤어지면 다시는 못 보겠거니 생각하자 나까지 어처구니없게 목이 메려고 했다. 등뒤에서 교습소의 문이 닫혔다. 그제야 아침마다 여자가 연주하던 피아노곡의 제목을 물어보지 않았다는 것이 떠올랐다. 상관없었다. 다 부질없었다. 이제 와서 곡명을 안들 무엇하랴.

그러니까 내일 지구가 멸망한다는 건 그런 것이었다. 내일 죽는다는 게 문제가 아니라, 죽기 전까지 매 순간 모든 생각 모든 행동이 부질없어진다는 것이 문제였다. 아직 살아 있는데도 세상에 의미 있는 일이 하나도 없다는 것, 그게 죽는 것보다 더 무서운 일이었다.

앵커가 말한 그대로였다. 거리는 여느 때와 크게 다르지 않았다. 지하철도 버스도 모두 정상적으로 운행되고 있었다. 보행자들은 횡단보도 앞에 서서 신호등에 초록불이 켜지면 걷고 빨간불이 켜지면 멈추었다. 간혹 정지신호를 무시하고 달리거나 불법 유턴을 하는 승용차들이 눈에 띄었지만 그건 지구 종말이 아니어도 흔히 있는 일들이었다.

물론 색다른 풍경이 있기는 했다. 대형 할인 마트는 주말 대목인데 출입구를 아예 봉쇄해버렸다. 그와 대조적으로 소규모 슈퍼마켓들은 필요한 물건이 있으면 가져가라는 안내문을 출입문에 붙여놓았다. 행인들에게 갓 구운 빵을 나눠주는 빵집이 있는가 하면 아이스크림을 그냥 퍼주는 아이스크림 전문점도 있었다. 노숙자 행색을 한 사내 둘이 편의점 파라솔 아래 마주앉아 소주를 박스째 쌓아놓고 마시는 모습은 심지어 평화로워 보이기까지 했다. 지구 종말을 다룬 영화에서처럼 묻지 마 살인이라든가 강간, 방화, 죄수들의 집단 탈옥, 폭탄 테러 같은 극적인 사건들은 일어나지 않았다. 아마도 그 모든 게 부질없기 때문일 거라고 나는 생각했다. 어차피 내일이면 다 끝난다는 체념이 일체의 욕망과 행동 의지를 지배하기 때문이리라고 말이다.

오늘따라 종로 방면으로 가는 버스가 좀처럼 오지 않았다. 버스 도착 안내 전광판을 보려고 몸을 돌리자 얇은 천가방 안의 황도 통조림이 옆구리를 쳤다. 이게 어젯밤 공이 먹고 싶어서 일부러 산 것이었다니.

공과 통화가 되었을 때만 해도 그를 만날 계획은 없었다. 그는 대뜸 무엇을 어떻게 해야 할지 모르겠다고 했다. 주말이면 으레 취업 준비 스터디에 갔다가 독서실로 직행하는데 오늘은 그럴 수 없었으니까. 엊그제 환갑 기념으로 부부 동반 제주도 여행을 떠난 부모님은 오늘 아침 그에게 전화를 걸어 항공권을 구할 수가 없다며 울부짖었고, 동생은 조금 전까지 망연자실해 있다가 결국 죽기 전에 둘이서라도 결혼식을 치르겠다며 애인에게 달려갔다고 했다. 속 쓰리고 배도 고픈데 설상가상으로 황도 통조림을 어딘가에 흘리고 온 것 같다는 공의 말에 나는 소스라쳤다. 그것이 내게 있노라 털어놓으면서도 설마 돌려달라고 하진 않겠지 싶었는데 그가 당장 시간과 장소를 정하라고 했다. 통조림도 받을 겸 죽기 전에 해장도 할 겸 만나자는 것이었다.

버스가 왔다. 승차 단말기에 교통카드를 대려고 하자 운전기사가 말했다.

"그냥 타세요."

그는 나 다음으로 버스에 오르는 이들에게도 같은 말을 반복했다. 그래도 꿋꿋하게 카드를 가져다대는 승객들이 있었다. 그럴 때면 운전석 바로 뒷자리에 앉은 깡마른 노인이 기사 대신 나서서 참견을 했다.

"에헤이, 오늘은 다 공짜라니까!"

버스가 출발하자 노인은 좌석에 앉은 채 상체를 뒤로 틀어 승객들에게 외쳤다.

"예수 믿고 구원받으세요! 안 그러면 지옥 갑니다!"

기사가 운전에 방해된다며 조용히 해달라고 했다. 노인은 의외로 금방 입을 다물었다. 승객들 가운데 누구 하나 말을 하는 사람이 없었다. 버스 안이 너무 조용해서 마치 종로가 아니라 저승 가는 버스에 타고 있는 것 같았다. 기사가 라디오를 틀었다. 당연히 종말 관련 뉴스가 나올 줄 알았는데 음악이 흘러나오다 멎었다.

"오늘은 특별히 두 시간 내내 청취자 여러분의 신청곡과 함께할게요."

디제이의 목소리가 귀에 익었다. 몇 년 전엔가 섹스 비디오 유출 파문으로 연예계에서 퇴출당하다시피 했던 여자 가수였다. 이번에 재기하면서 라디오 가요 프로그램의 디제이를 맡았다는 기사를 어디선가 읽은 기억이 났다. 그런데 그녀의 이름이 기억나지 않았다. 휴대폰으로 검색해볼까 하다가 그만두었다. 다 부질없는 짓이었다. 차창 밖으로 눈길을 주었다. 광화문에서 종로 방향으로 차가 몹시 막혔다. 전경 버스 수십 대가 광화문광장을 둘러싸고 있었다.

"백 퍼센트 틀어드린다니까요? 음악 좀 신청해주세요."

디제이의 말투는 애원에 가까웠다.

"지금 라디오 듣고 계시죠? 전화나 문자로 신청곡 좀 올려주세요. 네?"

하긴 누가 오늘 같은 날 라디오를 들으며 음악을 신청하겠는가. 교통체증이 점점 심해졌다. 종로가 코앞인데 이 상태로 계속 가다가는 약속시간에 늦을지도 몰랐다.

"청취자 여러분, 그거 아세요? 인류가 완전히 멸종한 후에도, 모든 문명이 완벽하게 사라진 후에도, 인간이 남긴 텔레비전과 라디오 방송의 전파는 영원히 우주를 떠돌아다닌다고 합니다. 그러니까 지금 제가 틀어드리는 노래, 지금 제가 하고 있는 멘트, 이것들은 사라지지 않는다는 거예요. 영원히, 영원히 우주를 떠도는……"

디제이가 말끝을 흐렸다. 잠시 흐느끼는 소리가 나더니 설마 하는 사이 통곡으로 이어졌다. 방송사고였다. 마이크가 뭔가에 부딪히는 듯한 소음이 나고 곧바로 음악이 흘러나왔다. 모든 인류가 세상을 떠난 후에도 언제까지나 영원히 이 우주를 떠돌아다닐 음악이.

나는 광화문 정류장에서 하차했다. 종각역까지 걸어가는 게 더 빠를 것 같았다. 광화문광장을 가로지르는데 사람들이 한곳에 모여 있는 것이 보였다. 세종대왕 동상 앞에서 한 남자가 고통 없이 죽을 수 있다는 드링크제를 팔고 있었다.

"한 병에 만원! 고통 없는 죽음이 단돈 만원!"

죽을 때 고통스러울지 어떨지 그것까지는 생각해보지 않았는데, 남자는 내일 죽기 직전에 이 음료를 마시면 잠자는 듯 평화롭게 죽을 수 있다고 했다. 좌판에는 박카스 병에서 상표 스티커만 떼어낸 것처럼 보이는 갈색 병들이 진열되어 있었다. 구경하던 사람들 중에서 누군가가 소리쳤다.

"그냥 나눠주지, 뭘 팔아? 인제 돈 벌어서 어디다 쓰게?"

"아따, 뭘 모르는 말씀이십니다. 저승길에서도 노자는 필요하지요."

남자는 약장수답게 언변이 좋았다. 중절모를 쓴 노인이 좌판 앞에 쪼그려앉더니 약병을 햇빛에 비춰가며 요리조리 돌려보았다.

"이게 뭘로 만들어진 거요?"

"어르신, 제가 설마 오늘 같은 날 몸에 나쁜 걸 팔겠습니까?"

남자는 고대 중국 황실에서부터 전해내려온 신비의 명약이 어쩌고 불로장생의 비밀이 저쩌고 하면서 끝까지 성분을 말해주지 않았다.

"그거 한 병만 주세요."

선뜻 지갑을 연 사람은 나였다. 모여 있던 사람들이 동시에 나를 쳐다보았다. 고통 없이 죽고 싶어서가 아니었다. 어차피 죽는데 고통이 있으면 어떻고 없으면 또 어떤가. 나는 그냥 뭔가를 사보고 싶었다. 아직도 화폐가 통용되는지 확인해보고 싶었다고 할까. 물건을 사는 이가 나타나니 도리어 구경할 맛이 반감되었는지 사람들이 하나둘씩 자리를 떴다. 이윽고 좌판 앞에는 나 혼자 남았다.

"아저씨, 이거 성분이 뭐예요?"

"응, 이거? 그냥 박카스야."

남자는 목소리를 낮추지도 않았다. 물건을 산 사람이니까 특별히 말해주는 거라며 허허 웃기까지 했다. 결국은 사기였다. 그는 사기꾼이었다. 그런데도 나는 화가 나지 않았다.

"그런데 돈은 받아서 뭐하시려고요? 어차피 못 쓸 텐데."

"흥, 난 절대 안 속아."

"네?"

그는 내일 지구가 멸망한다는 것을 믿지 않는다고 했다. 신문 기사도 텔레비전 뉴스도 전부 날조된 것이라고 했다. 멀쩡한 세상이 어떻게 하루아침에 사라질 수가 있느냐는 것이었다. 하다못해 비가 오기 전에는 먹구름이 끼고 임신하기 전에는 태몽을 꾸게 마련인데, 아무 징조도 없이 지구가 통째로 사라질 수는 없다고 그는 말했다.

정말 아무 징조도 없었을까. 아니, 있었다 한들 내가 알아차릴 수는 있었을까.

종각역을 향해 걸었다. 공은 삼십 분쯤 늦을 거라고 했다. 승용차를 끌고 나왔는데 종로 거의 다 와서 길이 막혀 오도 가도 못하고 있다는 것이었다. 나는 혹시나 하는 마음에 부모님께 전화를 걸어보았다. 아버지는 집에서 출발한 지 두 시간이 넘었는데 고속도로에 들어선 후로 정체가 심해 꼼짝달싹 못하고 있다고 했다. 전국 어디나 도로 사정이 마찬가지인 모양이었다.

"천천히 오세요."

"빨리 가야지, 그게 무슨 소리냐."

"아……"

생각해보니 우리에게는 시간이 없었다. 내일 지구가 멸망한다는 거대한 사실을 실감하게 되는 때는 의외로 이렇게나 작고 보잘것없는 순간들이었다. 보신각 앞에 다다랐다. 인도 곳곳에 오늘자 조간신문이 무더기로 쌓여 있는 것이 보였다. 그중에는 어젯밤 긴급 뉴스가 터지기 전에 발행한 것인지 1면 중앙에 '초복 특수에도 닭고기값 폭락' 기사가 실린 일간지도 있었다.

징조가 있었을지도 모른다. 그러나 징조가 징조였음을 깨닫게 되는 것은 대개 사건이 터진 후다. 아무 사건도 일어나지 않았다면 그것이 징조인 줄도 몰랐을 사소한 징조들. 나는 가을에 있을 중등교사 임용시험을 준비하고 있었고, 동네 보습학원에서 중등반 수학 강사 아르바이트를 하고 있었다. 어쩌다 가끔 친구들을 만나 술을 마셨고, 인터넷에서 인기 영화를 다운로드해 보았으며, 한 달에 한 번꼴로 부모님이 계신 시골에 다녀왔다. 특별한 일이라고는 없었다. 어젯밤 오랜만에 대학 동기 모임에 나간 것이 문제였을까. 마시지도 못하는 술을 넙죽넙죽 받아 마신 게 징조였을까. 아무리 생각해도 모를 일이었다.

공이 도착한 것은 세시를 훌쩍 넘긴 때였다. 그는 태어나서 이 정도로 극심한 교통정체는 처음 겪는다고 했다. 시내 중심가를 따라 전경 버스가 끝없이 늘어서 있고 도로 한가운데 버려지는 차가 점점 많아지고 있으니 상황이 더욱 악화될 거라고도 했다.

"버려지는 차라니?"

"길이 너무 막히니까 다들 도로에 차를 버리고 걸어가는 거지."

껌은 껌 종이에 싸서 버리는 거지 하고 말하는 것처럼 심드렁한 어조였다. 공이 앞장서서 단골 해장국집 쪽으로 걸었다.

"그런데 참, 니 차는 어디다 뒀어?"

"나도 버리고 왔어."

그는 씩 웃었지만 나는 따라 웃을 수가 없었다. 자동차를 버리다니, 그런 일은 재난영화에서나 가능한 줄 알았는데. 과연 종각에서 동대문 방면으로 차량행렬이 길게 이어져 있었다. 다들 어디로 가는 것일까. 가족을 만나러 가는 것일까. 애인을 만나러 가는 것일까. 저들 속에 내 부모님도 끼어 있겠거니 생각하자 마음이 무거워졌다. 멈춰 서 있던 자동차들 사이를 오토바이 수십 대가 굉음과 함께 지그재그 곡예를 부리며 보란듯이 빠져나갔다.

종각역 뒤편 해장국집의 문은 닫혀 있었다. 우리는 마침 근처 떡집에서 나눠주는 떡을 먹으며 발 닿는 대로 걸었다. 땅만 보고 걷는데 공이 내 어깨를 쳤다. 거리의 행인들이 모두 고개를 쳐들고 있는 것이 눈에 들어왔다. 그들의 시선을 따라간 곳에 이명박 대통령이 있었다. 그러니까 세종로 사거리 빌딩들의 대형 전광판에 하나같이 이명박 대통령의 얼굴이 비치고 있었다. 대국민 연설을 시작하겠다는 안내방송이 흘러나왔다.

"존경하는 국민 여러분."

스피커가 어디에 있는지 몰라도 목소리가 머리 위에서 들려오니 꼭 그가 벌써 하늘나라에 가 있는 것 같았다. 우리는 걸음을 멈추었다. 사실 지구 멸망 전날 일국의 대통령이 국민들에게 할 이야기란 새해 첫날 아침 아나운서들이 다사다난했던 한 해가 가고 운운하는 멘트처럼 뻔할 것이었다. 그럼에도 나는 그가 서울 시장이었던 시절 전과가 있는 만큼 이번에는 지구를 하나님께 바친다고 하면 어쩌나 걱정이었다.

대통령은 차분하게 말을 이었다. 본인은 대한민국 국민으로서 언제나 자랑스러웠고…… 국민 여러분을 존경하고 사랑하며…… 어떤 고난과 역경 속에서도 당당하게…… 그가 갑자기 손수건을 꺼냈다.

"국민 여러분, 정말 죄송합니다."

손수건으로 눈가를 찍는 품이 아무래도 눈물을 흘리는 것 같았다. 눈물이야 흘릴 수 있지만 지구가 멸망하는 것은 그의 잘못이 아니었다. 그가 죄송해할 필요는 없었다. 등뒤에서 자동차들이 경적을 울려댔다. 어느새 광화문우체국 앞 도로에도 운전자가 버리고 간 차들이 하나둘 생기고 있었다. 어디서 나타났는지 속옷 차림의 젊은 여자가 도로 한가운데로 뛰어들었다. 차 안에 있던 사람들이 휴대폰을 꺼내 여자의 사진을 찍었다. 전경들이 여자의 팔을 잡고 도로에서 끌어내려 하자 여자가 발버둥을 치며 울음을 터뜨렸다. 아수라장이 된 도로 위를 한 소년이 스케이트보드를 타고 지나갔다.

걷다보니 시청 방향이었다. 더웠다. 다리도 아팠다. 우리는 청계천 근처 공원의 벤치에 앉았다. 공이 휴대폰을 들여다보더니 사람들이 지금 시청 앞 광장으로 몰려가고 있다고 했다. 트위터 사용자들이 모두 함께 시청 앞 광장으로 모이자는 메시지를 사방으로 퍼 나르고 있다는 것이었다.

"시청 광장에 모여서 뭘 하려고?"

"글쎄. 아무것도 안 하고 죽긴 좀 억울하니까."

그는 이렇게 될 줄 알았으면 취업 준비 같은 건 진작 때려치우고 여행이나 다니는 건데, 연애나 실컷 해보는 건데, 하더니 불쑥 물었다.

"지금 세상에서 제일 억울한 사람이 누군지 알아?"

"음…… 부자?"

"내일 치아교정 끝나는 사람."

나는 소리내어 웃었다. 그는 웃지도 않고 계속 주워섬겼다. 내일 제대하는 군인, 내일 대학 합격 소식을 듣는 수험생, 내일 아파트 잔금 치르는 가장, 내일 아기를 낳는 임신부, 내일 태어나는 아기…… 가장 억울한 사람은 현재 가진 게 많은 사람이 아니라 기다릴 미래가 있는 사람이었다.

잠시 말이 없던 공이 다시 입을 열었다.

"핼리혜성 말이야."

"응."

그가 고개를 들어 먼 하늘을 쳐다보았다.

"지구가 멸망한 후에도 핼리혜성이 찾아올까?"

공은 약 칠십육 년을 주기로 지구를 지나가는 핼리혜성이 1986년에 관찰되었으니까 계산대로라면 2061년쯤 다시 올 것이라고 했다. 어렸을 때부터 2061년 팔십 노인이 된 자신이 그것을 직접 보는 순간을 늘 상상해왔는데, 정작 핼리혜성이 다가올 때 자신은 지구에 없으리라는 것이 억울하다고 했다.

나는 대꾸 없이 휴대폰을 들여다보았다. 우리가 사라지고 난 후의 세상에 대한 이야기라니, 상상이 가지 않았다. 우리가 사라지는 순간도 상상이 가지 않는데. 믿을 수조차 없는데. 어느새 오후 네시였다. 문득 궁금했다. 공은 기억하고 있을까. 오래전 대학 교양수업 시간에 우리가 지구 멸망에 관한 작문 과제를 했던 것을, 그때 내가 발표했던 글의 내용을. 그는 알아들었을까.

"몇 시간 남았냐?"

"음, 열네 시간 정도?"

휴대폰을 가방에 넣었다. 그리고 황도 통조림을 꺼냈다. 실은 먹으려고 했는데 깡통 따개가 없어서 못 먹었다고 하자 공이 입을 딱 벌렸다. 그가 통조림을 아랫면이 위로 가도록 뒤집어 내 눈앞에 내밀었다. 그것은 원터치 캔이었다. 통조림 아랫면에 원터치

고리가 부착되어 있었던 것이다. 나도 입을 딱 벌렸다. 세상에 그렇게 쉬운 일을, 통조림을 뒤집어보기만 해도 되었을 것을. 우리는 마주보고 웃었다.

공이 집게손가락을 천천히 고리 안으로 넣었다.

옛 애인의 선물 바자회

회사 휴게실 창 앞에 서면 저만치 팔차선 도로 건너 숲으로 둘러싸인 공원이 내려다보였다. 바로 코앞에 있으니 회사 오가는 길에 한 번쯤 들렀을 법도 한데 남자는 아직 그 공원에 가본 적이 없었다. 창으로 내려다볼 때는 이따 한번 가볼까 생각했지만 막상 그곳을 지날 때는 언제 그런 생각을 했냐는 듯 번번이 그냥 지나치게 되었던 것이다.

오늘도 공원 한가운데에는 좌판이 벌어져 있었다. 아니, 좌판이라고 하기에는 규모가 꽤 컸다. 좌판을 지키고 서 있는 사람만 해도 예닐곱 명쯤 되니까. 좌판 뒤쪽 가로수에 걸어놓은 현수막이 바람에 펄럭였다. 까마득한 이십층 빌딩 창으로 내려다보는 처지라 현수막의 문구까지는 보이지 않지만 남자는 거기 무어라 쓰여 있는지 이미 알고 있었다.

'옛 애인의 선물을 가져오세요!'

사흘 전이었을 것이다, 회사 앞 공원에서 이름하여 '옛 애인의 선물 바자회'가 열리기 시작한 것은. 헤어지기 전 애인에게 받았던 선물을 헤어진 후에도 간직하고 있기는 찜찜하고 그렇다고 버리기는 아까우니 그것들을 판매한 후 그 수익금으로 불우이웃을 돕자는 것이 바자회의 취지였다. 출장 다녀오는 길에 처음 그 바자회를 목격한 김대리는 실로 참신하고도 공익적인 행사 아니냐며 회사에서 마주치는 누구에게나 그 이야기를 했다. 하여 그날 이후 회사 사람들은 휴게실에 들를 때마다 창밖의 바자회를 내려다보며 시시덕거리게 되었다. 김대리는 옛 애인 선물 간직한 게 있느냐, 이차장은 지금 굴리는 차가 엑스 보이프렌드한테 받은 선물이라는 소문이 있던데 사실인가, 박과장은 만약 저기서 본인이 옛날 애인에게 주었던 선물을 발견한다면 어떻게 하겠는가, 하며.

누군가가 남자에게도 물었다. 아직 간직하고 있는 옛 애인의 선물이 있느냐고. 그는 재깍 아니라고 대답했다. 하지만 대답이 지나치게 빨랐던 점이나 어딘가 냉담해 보이는 표정이 오히려 오해를 불러일으켰는지 사람들로부터 켕기는 게 있는 것 아니냐는 둥 와이프 몰래 옛 애인을 만나는 거 같다는 둥 놀림을 받았다. 지난 사흘간 회사는 그렇듯 바자회 이야기로 화기애애했다.

그러나 오늘은 아무도 그것에 대해 이야기하지 않았다. 오전 회의에서 사장은 석 달 후에 회사 문을 닫겠다고 통보했다. 인원 감축이나 감봉 정도가 아니라 그냥 폐업이었다. 그래도 누구 하나 이의를 제기하지 못했다. 남자가 몸담은 회사는 외국계기업이라 해외 본사에서 까라면 까고 꺼지라면 꺼지고 한국 지사를 철수하겠다면 예예 안녕히 가십시오, 하는 수밖에 없었다. 사실 전혀 예상하지 못한 일도 아니었다. 회사가 국내에 진출한 초기 몇 년간은 동종업계에서 매출 최상위권을 유지하며 승승장구했으나 수익이 정점을 찍은 후부터 천천히 내리막길을 걷기 시작하더니 급기야 삼 년 전부터는 시장점유율이 바닥을 쳤다. 언젠가 어떤 식으로든 구조조정이 있으리라는 짐작은 누구나 하고 있었다. 다만 그 시기가 너무 빨랐고 그 방법이 너무 과격했다는 것이 문제였다.

아니나 다를까, 회의 직후 회사는 아수라장이 되었다. 물리적이라기보다 화학적으로. 그러니까 공기가 이상해졌다. 몇몇은 사측에서 주겠다는 위로금이 겨우 반년 치 급여라는 것은 지나치게 무책임한 처사라며 이에 반발할 세력을 규합하고 다녔다. 몇몇은 남은 석 달 더 다녀봐야 달라질 것도 없다며 무단으로 퇴근해버렸다. 어딘가에 전화를 걸어 이런 경우에는 어떻게 해야 하느냐며 조언을 구하는 이도 있었고, 자리에 앉은 채 울먹이는 이도 있었으며, 건물 전체가 금연인데 휴게실에서 대놓고 담배를 피우는 이도 있었다.

남자는 창밖을 내려다보기만 했다. 그는 운이 좋은 편이었다.

졸지에 직장을 잃었지만 생계를 걱정할 필요는 없었으니까. 사업수완이 뛰어난 것인지 돈복이 많은 것인지, 대학가에서 코딱지만한 카페를 운영하는데 웬만한 대기업 직원 연봉 맞먹는 수입을 올리는 아내는 평소 그가 카페 일을 본격적으로 함께해주었으면 하는 기대를 숨기지 않았다. 그러니 남편의 실직 소식을 들으면 오히려 반색할 터였다.

평일 오후라 공원은 한산했다. 그나마 바자회 행사장 쪽에 사람들이 듬성듬성 보일 뿐이었다. 그들의 머리 위에서 펄럭이는 현수막을 일없이 눈으로 좇다가 남자는 곧 휴게실을 나섰다. 부서로 돌아가니 자리가 절반 가까이 비어 있었다. 그는 책상 위의 잡동사니들을 천천히 서류가방에 쓸어담았다. 서랍도 차례대로 비웠다. 마침내 맨 아래 서랍을 열자 볼 때마다 치워버려야지 했던 초록색 종이 꾸러미가 눈에 들어왔다. 치우기는커녕 남자는 지난 몇 년간 그것을 서랍에서 꺼내본 적도 없었다. 그는 꾸러미를 손에 들고 잠시 내려다보았다. 그리고 심호흡을 한번 하고는 쇼핑백에 넣었다.

행사 주최측이 맞춰 입은 티셔츠에는 깨진 하트가 든 상자 그림이 그려져 있었다. 그들은 좌판 주위를 기웃거리는 사람들에게 쉬지 않고 소리쳤다.

"옛 사랑의 쓰린 기억을 이웃에게 새 사랑으로 베풀어주세요!"

"수익금은 전액 우리 주변의 어려운 이웃에게 돌아갑니다!"

좌판 위에는 별의별 물건이 다 있었다. 책이며 음반, 필기구, 가방, 장갑, 목도리, 각종 액세서리와 향수, 인형 같은 것들이야 그렇다 치고 노트북이나 DSLR 카메라, 에스프레소 머신 등 고가품이 있는가 하면 태국 마사지 회원권이나 온라인 영어회화 수강권, 수영장 이용권 같은 유가증권도 있었다. 심지어 휴대용 케이지 안에 몸을 웅크리고 있는 새하얀 푸들도 한 마리 있었다. 세상에 헤어진 연인들이 그렇게나 많고 헤어지기 전에 서로 주고받은 선물이 그렇게나 많으며 그 종류 또한 그렇게나 다채롭다는 사실에 남자는 새삼 놀랐다.

"물품을 기증하시려면 이쪽으로 오세요."

깨진 하트 티셔츠를 입은 여자 하나가 남자를 향해 손짓을 했다. 그의 손에 들린 종이 쇼핑백을 보고 지레짐작한 것이리라. 그는 우물쭈물하다가 기다 아니다 말도 없이 서둘러 그 자리를 떴다. 걷다보니 공원 끄트머리에 이르렀다. 바자회 행사장이 한눈에 들어오는 자리에 석조 벤치들이 놓여 있었다. 그는 벤치에 쇼핑백을 내려놓고 담배에 불을 붙였다. 그러고 보니 벌써 오 년이었다. 초저녁부터 일기예보에도 없던 비가 내리던 날이었다. 오 년이 흘렀어도 기억은 아직 생생했다.

외근 나갔던 남자가 회사로 복귀하는 길이었다. 회사에 거의 당도해서 지하도를 건너는데 맞은편에서 걸어오던 웬 여자가 그의 앞을 가로막았다.

"너 우산 팔러 다니니?"

남자는 대체 이게 무슨 상황인가 싶어 멍하니 그녀를 바라보다가 이윽고 눈을 부릅떴다.

"엇! 희수! 너 희수 맞지?"

"소리지르긴. 웬 우산이 그렇게 많아?"

희수는 남자의 말에는 대꾸도 하지 않고 그의 양손에 각각 두 개씩 들린 우산을 가리켰다. 수년 만의 재회인데 마치 어젯밤에 같이 술 마시고 헤어진 친구 대하듯 말투며 표정이 하도 천연덕스러워서, 남자도 얼떨결에 우산에 대한 변을 늘어놓을 수밖에 없었다.

"응, 이건 박과장님 드릴 거고, 이건 이실장 거, 그리고 이건……"

그는 문득 자신이 지금 왜 이런 이야기를 하고 있는지 모르겠다고 생각했다. 그런데도 어쩌다보니 이미 시작한 우산 이야기를 멈출 수가 없었다.

"갑자기 비가 와서, 외근 나갔다 오는데, 다들 우산이 없다고……"

"나도 없는데. 니 우산 좀 빌려줄래?"

희수가 남자의 두서없는 말을 자르며 불쑥 손을 내밀었다. 그가 말없이 우산을 건네자 그녀는 눈을 크게 뜨며 웃음을 터뜨렸다.

"정말 빌려주는 거야?"

"너 우산 없다며."

남자는 웃지 않았다. 오히려 심각한 얼굴로 이거 최신형 5단 우산이라는 말을 덧붙였다. 희수가 확인해보기라도 하겠다는 듯 우산을 받아서 펼쳤다. 그 바람에 물방울이 얼굴에 튀었는지 고개를 뒤로 젖히며 눈살을 살짝 찌푸렸는데, 그 모습이 정말 남자가 기억하는 바로 그 희수라는 것을, 그는 제 눈으로 보면서도 믿을 수가 없었다.

"너는 어떡하고?"

"난 여기 이것들 쓰고 가면 되지."

"그래도. 그럼 집에 갈 때는 어떡해?"

"괜찮아. 그리고 나 우산 또 있어."

"정말? 어디 있는데?"

"아, 저기, 집에."

그는 자신이 무슨 말을 하고 있는지도 몰랐다. 그녀가 총총히 사라진 후에야 지하도 한복판에 망연자실 서서 방금 있었던 일이 꿈인가 생시인가 생각했다. 그가 들고 왔던 우산은 모두 네 개. 그러나 현재 그의 손에 들린 것은 세 개. 그리고 그녀의 명함. 꿈이 아니었다. 더 놀라운 사실은 명함에 적힌 그녀의 회사 주소가 그의 회사 주소와 마지막 번지수 하나만 다르다는 것이었다. 걸어서 오 분. 어떻게 지금까지 한 번도 마주치지 않았을까 의아할 정도로 가까운 거리였다.

남자가 그녀와 전화통화를 한 것은 그로부터 정확히 일주일 후였다. 전화를 걸었다가 첫번째 신호가 가기 전에 끊어버리기를 아홉 번쯤 한 후에 성사된 통화였다. 그나마 열번째에 용기를 낼 수 있었던 것은 빌려준 우산을 돌려받아야 한다는 훌륭한 구실 덕분이었다.

걸어서 오 분 만에 그들은 만났다. 남자는 회사 동료들과 두어 번 간 적이 있는 순댓국집으로 그녀를 안내했다. 그는 대학 시절 희수가 순대를 무척 좋아했다는 것을 기억하고 있었다. 순댓국 외에도 감자탕이나 곱창볶음 등 안주류만 좋아하면서 정작 술 마시는 데는 젬병이었다는 것도 기억했다. 어쩌다 술을 마시면 그녀는 이튿날 몰라보게 초췌해진 얼굴로 나타나 탄식하곤 했다. 아아, 가슴속에 고슴도치 한 마리가 들어 있는 것 같아. 고작 소주 한 잔이나 막걸리 한 사발 마셔놓고 그랬다.

“이 집 말한 거였구나.”

식당으로 들어서며 희수가 알은체를 했다.

“여기 와본 적 있어?”

“서너 번쯤? 우리 애인이 여기 순대를 좋아하거든.”

남자는 순간 저도 모르게 걸음을 멈추었다. 그러나 이내 앉을 자리를 찾으려고 일부러 멈춰 섰다는 듯 고개를 치켜들고 식당 안을 이리저리 둘러보았다. 그가 순댓국 두 그릇을 주문하자 종업원이 뭔가 빠뜨린 게 있지 않느냐는 눈으로 그를 바라보았다. 그 눈길에 잽싸게 응답한 것은 희수였다.

"소주 순한 걸로 한 병 주세요."

그러고 나서 희수는 수저를 놓는다, 컵에 물을 따른다, 깍두기 항아리에서 깍두기를 그릇에 던다 어쩐다 부산을 떨었다. 화장기 없이 말간 피부며 동그란 머리통 윤곽이 그대로 드러나는 커트 머리며 그녀는 아직도 이십대 같았다. 남자가 소주병을 돌려서 땄다.

"너 아직 결혼 안 했구나?"

"응? 왜?"

"방금 애인 있다 그랬잖아."

"그게 뭐? 결혼한 여자는 애인 있으면 안 돼?"

"아, 그럼 결혼한 거야?"

희수는 그의 잔에 소주를 따르며 픽 웃었다.

"아니."

남자는 단숨에 술을 들이켰다. 그녀가 결혼을 했다면 억장이 무너질 것 같았는데 웬걸, 하지 않았다고 하니까 순간적으로 현기증이 났다.

"너는?"

"나 뭐?"

남자는 희수가 지금 저더러 결혼했느냐고 묻고 있음을 모르지 않았다.

"넌 벌써 했지?"

"했냐니 뭘?"

그렇지만 피하고 싶었다. 피할 수 없다면 최대한 답을 늦추고 싶었다. 늦출 수도 없다면 거짓말을 해야 할 텐데 그는 그럴 만한 위인도 되지 못했다. 순댓국이 나왔다.

"말귀 단박에 못 알아듣는 건 옛날하고 똑같네."

그녀가 다시 픽 웃더니 순댓국을 한 숟가락 떠먹었다. 남자도 묵묵히 숟가락질을 했다. 그녀가 오늘따라 간이 너무 세지 않느냐고 물었지만 그는 아무 맛도 느끼지 못했다. 그저 속으로 누군가의 면전에서 자신이 이미 결혼했다고 말하는 것이 그토록 어려울 수도 있다는 깨달음만 곱씹을 뿐이었다.

"어쨌든 반타작은 했다. 하나는 맞히고 하나는 틀렸으니까."

"그게 무슨 소리야?"

"전부터 너에 대해 막연히 상상해온 게 두 가지 있었거든."

남자는 국그릇에서 고개를 들었다. 그 두 가지가 무엇일까 하는 궁금증 때문이 아니라 그들이 서로 만나지 못하고 산 세월 동안에도 그녀가 자신을 생각하고 있었다는 사실 때문에 그의 눈이 빛나고 있었다.

"하나는 니가 작가가 되어 있을 거라는 것."

"작가?"

남자는 식당에 들어선 이후 처음으로 웃었다. 그 자신도 까맣게 잊고 있었던 것을 희수는 기억하고 있었다. 그는 한때 판타지소설을 썼다. PC통신에 판타지 동호회 방을 만들어 장편 연재를 한 적도 있고 판타지 문학 전문 출판사에 투고를 한 적도 있었다. 그럴 때마다 그의 옆에는 희수가 있었다. 이번엔 꼭 당선될 거야. 니 소설 진짜 끝내주게 재미있다니까. 매번 그렇게 말해준 사람도 희수였다.

"그리고 또하나는?"

"또하나는 니가 일찍 결혼했을 거라는 것."

남자는 아무 대꾸도 하지 않았다. 대꾸할 도리가 없었다.

"니가 니 결혼식에 오지 말라 그럴 때부터 어째 그런 예감이 들더라."

"뭐? 내가 언제 그랬어?"

이제는 대꾸하지 않을 도리가 없었다.

"옛날에 그랬잖아. 내가 아직 결혼하기 전이면 니 결혼식에 오지 말라고."

그랬었나. 내가 그런 낯간지러운 말을 했던가. 기억이 나지 않았다. 그런데도 남자는 얼굴을 붉혔다. 자신이 취중에 그런 말을 했을 수도 있다는 생각이 들어서였다. 그러나 희수는 정작 아무렇지도 않다는 얼굴이었다.

"넌 어떻게 그런 걸 다 기억해?"

그녀는 눈 하나 깜짝하지 않고 대답했다.

"왜 못해? 니가 했던 말들 나는 다 기억해."

남자는 마지막 잔을 비웠다. 갑자기 못 견디게 답답하고 속이 거북했다. 마치 가슴속에 커다란 고슴도치 한 마리가 들어 있는 것 같은 기분이었다.

세월이 흘렀어도 희수는 여전히 술을 잘 마시지 못했다. 둘이 소주 한 병을 나눠 마셨다고 해도 남자가 대여섯 잔을 마셨으니 그녀가 마신 것은 많아야 두 잔이었다. 그런데도 희수는 뺨은 물론이고 귓불이며 목 언저리까지 새빨개져서는 눈을 게슴츠레하게 뜨고 고개를 수그렸다. 식당 문을 나설 때는 살짝 비틀거리기까지 했다.

"넌 항상 그런 식이야."

희수는 남자가 저보다 한발 앞서 밥값을 계산한 것을 두고 투덜거렸다.

"빚을 갚으려고 만나면 또 새로운 빚을 지게 만든다고."

그녀는 얼굴의 열기를 식히느라 손등으로 양 뺨을 번갈아가며 누르고 있었다.

"그래서 또 만나야 할 것 같은 부담을 준단 말이야."

"맞아. 그래서 일부러 그러는 거다, 너 또 만나려고."

남자는 자기가 말해놓고 스스로 놀랐다. 평소 회사 여직원들에게도 실없는 말 한마디 건네는 법 없는 자신이 그녀 앞에서 유부

남 특유의 능글맞은 농담을 할 수 있을 줄은 몰랐던 것이다. 그만큼 희수가 편해졌기 때문이라고, 이제는 다 괜찮아졌기 때문일 거라고 그는 생각했다.

"커피 마시러 갈까?"

"그래."

"아니면 맥주나 한잔하러 갈까?"

"그래."

희수는 빰에서 손을 떼며 소리 내어 웃었다.

"그래는 뭐가 그래야. 결정 못하는 것도 옛날이랑 똑같네."

너도 툭하면 실실 웃는 거 옛날이랑 똑같아. 소주 한 잔에 비틀거리는 것도 똑같고.

남자가 그렇게 응수하려 할 때였다. 그의 재킷 주머니 안에서 진동이 느껴졌다. 휴대폰을 꺼내니 전화는 이미 끊어져 있었다. 집에서 걸려온 전화였다. 남자의 아내는 개업한 지 얼마 안 된 카페 일로 바빠 늘 자정이 다 되어 귀가했다. 그러나 아무리 바빠도 오후에는 꼭 집에 들러 그의 저녁 밥상을 차려놓고 다시 나갔다. 희수에게 전화한 바로 당일에 그녀를 만나게 될 줄은 몰랐던 터라 남자는 아내에게 저녁 약속이 있다고 미리 귀띔해주지 못했다. 그것이 뒤늦게 마음에 걸려 남자는 당장 전화해야겠다고 생각했다. 그러나 희수가 앞장서서 걷기 시작하자 휴대폰을 도로 주머니에 넣었다.

•

그들은 카페에 마주보고 앉았다. 커피잔을 만지작거리던 그녀가 마치 방금 전에 그를 만났다는 듯이 물었다.

"이게 대체 몇 년 만이지? 팔 년인가? 구 년?"

"글쎄. 세월이 벌써 그렇게 흘렀나?"

남자가 군복무를 하고 있을 때 그녀는 해외 어학연수를 갔다. 그리고 그녀가 연수를 마치고 돌아와 복학했을 때는 그가 이미 다른 학교로 편입을 해버린 후였다. 남자는 학적을 옮기고 나서 이전 학교 사람들과 연락을 끊었다. 그러니 그들이 마지막으로 만난 것은 그가 입대하기 직전인 대학교 삼학년 초였을 것이다. 그로부터 자그마치 십 년 가까운 세월이 흘렀다는 것보다 남자는 그들이 함께한 시간이 고작 이 년밖에 되지 않는다는 사실에 더 놀랐다. 남자에게 그 이 년은 그의 이십대 전부와도 맞바꿀 수 있을 만큼 깊고 강렬하게 각인된 시간이었으니까.

"어쩜 그렇게 갑자기 사라질 수가 있니?"

"……"

"난 그래도 우리가 특별한 사이라고 생각했는데."

저런 말을 희수는 참 아무렇지도 않게 잘하는구나 하고 남자는 생각했다. 그가 정말 그녀와 특별한 사이인지 간절하게 확인해보고 싶었던 시절에도 그는 그렇게 물어보지 못했었다.

희수는 인기가 많았다. 딱히 눈에 띄는 미인도 아니거니와 옷차림마저 수수하다못해 촌스러웠는데 희한하게 어디를 가나 시선을 끌었다. 명랑하고 상냥한 성격도 물론 사람들의 호감을 사는 데 한몫했다. 다들 술자리에 그녀가 있을 때와 없을 때 술맛이 다르다고 할 정도였다. 희수에게 마음을 고백한 남학생도 여럿 있었다. 그러나 모두에게 항상 유쾌하고 다정한 희수는 정작 이성이 적극적으로 다가서면 무엇이 그리 겁나는지 표나게 몸을 사리며 그를 멀리했다. 그녀와 끝까지 허물없이 친근한 사이로 남은 유일한 이성이 바로 남자였다.

남자는 그러한 특혜가 황감하기도 하고 씁쓸하기도 했다. 결론인즉슨 그녀의 곁에 있으려면 그녀에게 곁을 주지 말아야 한다는 것이었으니까. 그들은 함께 수업을 듣고 함께 밥을 먹고 함께 리포트를 썼지만 남자는 늘 그녀와 횡대가 아니라 종대로 서 있는 기분이었다. 희수는 늘 그보다 앞서 있고 그는 늘 그녀의 뒤를 쫓고 있는 것 같았다고 할까. 그녀는 서둘러 걷지도 않았지만 멈춰서서 그를 기다려주지도 않았다. 그래서 남자는 그들이 쉬지 않고 경보를 하고 있는 것 같다고 생각했다. 그는 종종 달리고 싶다는 유혹에 시달렸다. 달리기만 하면 바로 몇 걸음 앞에서 걷고 있는 그녀를 금방 따라잡을 수 있으니까. 그러나 경보의 기본 규칙은 두 발 가운데 한쪽 발이 항상 지면에 붙어 있어야 한다는 것이다. 그는 달리지 못했다. 규칙 따위 어겨버릴 수도 있다는 것을 그때의 남자는 상상도 하지 못했다. 차라리 레이스에서 말없이 사라져버리는 편이 나았다. 그때는 그것이 최선이라고 믿었다.

"아 맞다, 깜빡 잊고 있었네."

희수가 옆 의자에 내려놓았던 가방을 뒤지는 것을 보고서야 남자는 오늘 그들이 우산 때문에 만났다는 것을 상기했다. 그녀가 남자의 턱밑으로 뭔가를 내밀었다. 우산이 아니었다. 그것은 초록색 포장지에 싸인 납작한 꾸러미였다.

"이게 뭐야?"

"선물이야."

남자는 희수를 한번 쳐다보고 그 자리에서 포장지를 뜯었다. 그리고 다시 희수를 쳐다보았다.

그는 기억하고 있었다. 평소 다른 사람들과 함께 있을 때 잘 웃고 잘 떠드는 것과 딴판으로 희수는 그와 둘이 있을 때면 별로 말이 없었다. 대신 그녀는 남자가 하는 이야기를 듣고 싶어했다. 특히 그가 최근에 구상하고 있는 소설에 대해 이야기할 때면 사소한 배경 묘사부터 굵직굵직한 사건들에 이르기까지 어느 하나도 놓치지 않으려는 듯 집중했다. 원래 판타지소설에 관심이 많기 때문이 아니었다. 그녀는 시중에 출간된 판타지소설은 거들떠보지도 않았다. 오직 그의 이야기에만 열띤 반응을 보였는데, 그 모습을 보면 남자는 희수가 자신을 특별하게 여기고 있다고 믿을 수밖에 없었다. 그래서 더더욱 열심히 이야기를 만들어냈다. 그녀에게 들려주기 위해서.

그러나 마법의 검과 드래곤과 시간여행자와 뱀파이어와 지하세계와 요괴들이 등장하는 이야기만 늘어놓던 그가 어쩌다 그녀에게 자신의 어린 시절 이야기를 하게 되었는지는 기억이 나지 않았다. 다만 그들이 학교 앞 치킨집에서 맥주를 마시고 있었고, 그가 자기 이야기라고 미리 귀띔해놓고도 막상 일인칭으로 이야기하려니 쑥스러워서 남 이야기 전하듯 삼인칭을 택했던 것만은 또렷이 기억할 수 있었다.

전국 초등학생 사생대회가 열렸다. 참가한 학생들 모두 주최측에서 나누어준 도화지에 그림을 그리기 시작했다. 하지만 소년은 아무것도 하지 않고 가만히 앉아 있기만 했다. 집이 가난한 탓에 부모님이 소년에게 크레파스를 사주지 못했던 것이다. 그 사정을 알게 된 소년의 담임선생이 반장을 불러 그의 크레파스를 소년과 같이 쓰도록 지시했다.

두 학생은 36색 크레파스를 사이에 두고 나란히 앉았다. 소년이 파란색 크레파스를 집었다. 그러자 반장이 말했다.

"어? 나 방금 파란색 쓰려고 했는데."

소년이 빨간색 크레파스를 집었다. 그러자 반장이 또 말했다.

"어? 나 지금 빨간색 써야 되는데."

그림을 그리는 내내 그와 같은 상황이 반복되었다. 소년은 번번이 원하는 색깔을 제대로 쓸 수가 없었다. 그래서 파란 하늘은 노란색으로 칠하고 빨간 사과는 보라색으로 칠해야 했다. 그마저도 채색하는 도중에 반장이 보라색 크레파스를 가져가버려 사과의 반은 보라색이고 나머지 반은 고동색이 되었다. 뒤죽박죽된 색상 때문에 그림은 자연히 엉망이 될 수밖에 없었다.

그런데 이게 웬일인가. 소년의 그림이 대상으로 뽑힌 것이 아닌가. 심사위원들은 대상작을 가리켜 사물을 눈에 보이는 그대로 그리는 것만이 꼭 최선은 아니라는 미학적 진리를 독특하고 참신한 색채감각을 통해 보여준 수작이라고 극찬했다. 소년이 상장과 함께 받은 상품은 최고급 48색 크레파스였다. 반장의 36색 크레파스에는 없는 색깔이 열두 가지나 추가되어 있을 뿐 아니라 잘 부러지지도 않고 꽃향기도 난다며 텔레비전 광고에까지 나오는 최신 제품이었다. 이제 소년은 그 48색 크레파스로 자신이 그리고 싶은 그림을 마음껏 그릴 수 있게 되었다.

"그게 끝이야?"

희수가 물었다.

"아니."

그렇다. 이야기가 거기에서 끝났다면 한 편의 동화처럼 따뜻하고 아름다운 해피엔딩 스토리가 되었을 것이다. 그러나 반장이 그것을 원하지 않았다.

"저 상은 제 거예요. 제 크레파스로 그린 그림이니까요."

반장은 담임선생에게 항의했다. 동화였다면 담임선생은 반장의 억지를 나무랐을 것이다. 반장도 곧 자신의 잘못을 뉘우치고 소년에게 사과했을 것이다. 그러나 남자의 이야기 속에서 담임선생은 곤란한 표정을 지었다. 반장의 아버지가 육성회장이고 반장의 어머니 역시 어머니회 총무로서 학교에 물심양면으로 막대한 지원을 하고 있었기 때문이다. 반장의 요구를 묵살할 수도 없고 그렇다고 소년의 크레파스를 빼앗는 것은 부당하니 솔로몬의 해답을 찾으려 선생은 쩔쩔매야 했다. 요행히 소년이 나섰다.

"반장 말이 맞아요. 이건 제 상이 아니에요."

소년은 48색 크레파스는 물론이고 자신의 이름이 새겨진 상장까지 반장에게 순순히 건네주었다. 상황이 그렇게 되자 오히려 반장이 받기를 주저했다. 군자 같은 소년의 반응에 자존심이 상했기 때문이다.

"야, 됐어. 너 가져. 난 치사해서 안 가질래."

남자는 반장의 대사를 끝으로 그만 입을 다물었다. 희수가 앉은 채로 졸고 있었던 것이다. 그러나 그가 침묵을 지키자 그녀는 퍼뜩 눈을 뜨더니 제가 언제 졸았냐는 듯 괜히 목소리를 높였다.

"그래서 어떻게 됐어? 크레파스 줬어, 안 줬어?"

"줬어. 결국은 반장이 갖게 되었지."

"그랬구나. 나쁜 자식."

그러고 나서 희수는 다시 눈을 감았다.

"그 크레파스 말이야…… 나, 아직도 가지고 있어."

이번에는 깊이 잠들었는지 그녀는 남자의 말에 아무 반응도 보이지 않았다. 남자는 탁자에 엎드려 잠든 그녀를 놔두고 혼자 남은 맥주를 마셨다.

크레파스가 탐났던 것은 아니었다. 남자의 집은 부유했고 부모님은 자식이 원하는 것이라면 무엇이든 사주었다. 그렇다고 그 친구의 재능을 질투했던 것인가 하면 그것도 아니었다. 그날 그 친구가 어쩌다 상복이 있었을 뿐 솔직히 그림 실력은 남자나 친구나 별반 차이가 없었다. 그건 반 아이들 누구나 다 알았다. 그러니까 그날 남자가 왜 그렇게 치졸하게 굴었는지는 그 자신도 알 수 없었다. 어쨌거나 담임선생의 중재로, 만약 그런 것도 중재라고 할 수 있다면, 친구는 상장을 가졌고 남자는 크레파스를 가졌다.

그리고 그들은 얼마 안 있어 중학교에 입학했고 다시 얼마 안 있어 친구는 죽었다. 뺑소니 교통사고를 당했다고 했다. 물론 남자와는 전혀 상관없는 일이었다. 그러나 그는 서랍 속의 크레파스를 볼 때마다 죄책감을 느꼈다. 그는 그것을 한 번도 사용하지 않았다. 그렇다고 쓰레기통에 버리지도 않았다. 어린 마음에도 스스로 그것을 보면서 매번 죄책감을 느껴야 마땅하다고 생각했던 것이다.

초록색 포장지 안에 들어 있는 것은 48색 크레파스였다. 플라스틱 용기 겉면에 '손에 안 묻는 무독성 크레파스'라고 쓰여 있었다. 남자는 그것을 다시 원래대로 포장지에 넣었다. 종이 바스락거리는 소리 사이로 희수의 목소리가 끼어들었다.

"요새는 128색 크레파스도 있대."

그녀는 문득 어렸을 때 생각이 난다는 듯 시선을 먼 곳에 두고 있었다.

"옛날 내가 가져본 것 중에 최고는 48색이었는데 말이야."

처음에는 12색 제품이었는데 학년이 바뀔 때마다 엄마를 졸라서 18색, 24색, 36색, 48색으로 점점 가짓수가 많은 크레파스를 갖게 되었다고 그녀는 말했다. 어차피 늘 쓰는 색깔은 정해져 있는데 그때는 왜 그렇게 가짓수에 집착했는지 알 수 없다고 했다. 마치 어른들이 아파트 평수 늘리는 것과 같은 심정이었을 거라나. 그녀는 또한 금색 크레파스와 은색 크레파스는 별로 쓸 일도 없으면서 괜히 아까워 친구에게 빌려줄 때도 인색하게 굴었다고 덧붙였다.

남자는 불현듯 오래전 친구에게 빼앗다시피 받았던 48색 크레파스가 지금 어디에 있는지 떠올려보았다. 버린 기억은 나지 않는데 언제부터인가 집안에서 본 기억도 나지 않았다. 여러 번 이사를 다니는 와중에 그의 부모가 짐을 정리하면서 버렸을지도 모르는 일이었다. 어쨌거나 그는 이제 또다른 48색 크레파스를 갖게 되었다.

"고맙긴 한데, 우산 한 번 빌려준 대가치곤 너무 큰 거 아냐?"

"아니야. 옛날부터 꼭 사주고 싶었던 거야."

희수의 표정이 너무 진지해서 남자는 이실직고를 하는 게 좋을지 어떨지 판단을 내릴 수가 없었다. 사실 그의 배역은 소년이 아니라 반장이었음을, 그래서 그는 이 크레파스를 받을 자격이 없음을 밝힌다면, 그녀는 어떻게 받아들일까. 나쁜 자식이라고 비난하면서 크레파스를 도로 가져갈까.

"니가 해준 이야기들 중에서 난 그 이야기가 제일 좋았거든."

그가 정말로 공을 들였던 것은 마법의 검과 드래곤과 시간여행자와 뱀파이어와 지하세계와 요괴들이 등장하는 이야기들이었다. 그러나 희수는 그것들에 대해서는 아무것도 기억하지 못했다.

카페를 나온 것은 밤 열시였다. 이번에도 희수가 앞장서서 걸었다. 지하철역으로 가는 방향이었다. 남자는 크레파스를 손에 든 채 그녀의 뒤를 따랐다.

"넌 어느 쪽으로 가?"

"난 회사에 잠깐 들러야 돼."

"이 시간에?"

"응. 그 사람 오늘 야근이거든. 같이 퇴근하려고."

그 사람이란 애인을 말하는 것일 터였다. 남자는 조금 더 빨리 걸었다. 희수는 천천히 걷고 있었다. 그런데도 어쩐지 그는 그녀를 앞지를 수가 없었다. 그래서 그녀의 뒤통수에 대고 물었다.

"결혼은 언제 할 거야?"

그녀가 뒤를 돌아보았다.

"결혼식에 나 꼭 불러. 나도 이것에 대한 답례를 해야 하니까."

남자는 크레파스를 들어 보이며 웃었다.

"싫어. 그 재미난 구경거리를 왜 너한테 보여주니?"

농담이라는 것을 알면서도 남자는 희수가 결혼 안 할 거라고 대답하지는 않았다는 것을 의식하고 있었다. 자신도 이미 결혼했으면서 그녀의 결혼에 전전긍긍하는 꼴이 스스로 생각해도 우스웠지만 웃음이 나오지는 않았다. 오래전에 그는 상상한 적이 있었다. 그의 결혼식에 아직 결혼하지 않은 그녀가 오는 것. 그리고 그녀의 결혼식에 아직 결혼하지 않은 그가 가는 것. 그때는 양쪽 상황 모두를 견딜 수 없다고 생각했다. 그러나 지금 돌아보면 그가 정말 견딜 수 없었던 것은 아무것도 하지 못하는 자신의 무기력함이었다. 그저 상상밖에 하지 못하는 자신이 한심해서 견딜 수가 없었다.

두 사람의 눈앞에 저만치 지하철역 입구가 모습을 드러냈다. 그녀는 이제 회사 쪽으로 방향을 틀어야 할 것이다. 이렇게 헤어지면 행여나 또 우연히 마주치지 않는 이상 그가 일부러 그녀에게 전화를 걸어 만나자고 할 일은 없을 것이다. 희수가 앞으로 다시는 만나지 말자고 한 것도 아닌데 남자는 그냥 그렇게 되리라는 것을 알 수 있었다.

긴 침묵이 어색했는지 희수가 뜬금없이 물었다.

"그 반장 말이야, 걘 지금 뭐가 되어 있을까?"

남자는 곧바로 대답했다. 정답을 알고 있었으니까.

"아마 평범한 월급쟁이 회사원이 되어 있을 거야."

"음, 그럼 결혼은?"

"결혼도 그냥 평범한 여자 만나 평범하게 했을 거고."

"흥, 요즘 같은 세상에 평범하게 산다는 게 얼마나 큰 복인데!"

희수는 원래 나쁜 놈들이 더 행복하게 잘살더라며 분한 듯 목소리를 높였다. 단지 추측일 뿐인데도 그녀가 정색을 하며 반장에 대해 적대감을 드러내자 남자는 왠지 억울했다.

"꼭 행복하게 잘사는 것만은 아니야."

그는 주저하다 말을 이었다.

"좋아하는 여자가 있었는데……"

"그런데?"

"아니 뭐, 그냥…… 잘 안 됐으니까."

남자의 얼굴이 붉어진 것을 희수는 보지 못했다.

"그건 좀 슬프다. 근데 그럼 아내를 사랑하지 않는다는 거야?"

"아니, 그건 아냐. 아내는 아주 좋은 여자야."

"그럼 됐네 뭘. 집은 있어?"

"집? 신도시에 조그만 아파트가 있긴 한데…… 절반은 은행 거지."

"그 정도면 성공했네. 아파트 있고, 직장 있고, 아내도 있고!"

하고 싶은 말이 많았지만 남자는 수긍도 반박도 하지 못했다.

희수가 걸음을 멈추었다. 어느새 갈라서야 할 지점에 온 건가 싶었는데 그녀가 남자의 얼굴을 빤히 들여다보더니 말했다.

"그리고 소년은 자라서 이렇게 네가 되어 있구나."

남자가 기억하는 것은 거기까지였다.

정신을 차리고 보니 지하철 안이었다. 신도시로 향하는 한밤의 지하철에는 인적이 드물었다. 그는 아내에게 전화를 걸었다. 좀 더 일찍 연락하지 못해서 미안하다고 했다. 아내가 괜찮다고 하는데도 그는 연거푸 미안하다고 했다. 그런데 문득 어디선가 흐느껴 우는 소리가 들리는 것 같았다. 주위를 둘러보았지만 차창에 비친 것은 피곤에 전 그의 얼굴뿐이었다.

전화를 끊으면서 남자는 그 말은 하지 말았어야 했다고 생각했다. 그러나 그것이 누구에게 한 무슨 말이었는지는 기억이 나지 않았다.

사람들이 부쩍 많아졌다. 이제 막 퇴근한 직장인들까지 가세해서 더 그러했다. 깨진 하트 티셔츠를 입은 이들의 목소리도 한층 커졌다.

"옛 애인의 선물을 기증해주세요!"

"판매 수익금은 전부 불우이웃을 위해 쓰입니다!"

남자가 담배꽁초를 재떨이에 버리느라 몸을 돌리니 멀리 북쪽 방향으로 낯익은 빌딩이 보였다. 회사에서 내려다볼 때는 공원이 손에 닿을 듯 가까웠는데 공원에서 올려다본 회사는 아득히 멀었다. 이제는 갈 수 없는 곳이 되어버렸기 때문일 것이다. 회사에 갈 필요가 없으니 앞으로는 이 동네에 올 일도 없다. 출퇴근길에 희수와 우연히 마주칠 일도 없다. 그리고 그는 어떤 식으로든 살아갈 것이다. 남자는 벤치에 내려놓았던 쇼핑백을 들었다. 시간은 그렇게 흘러갈 것이었다, 지나간 오 년처럼. 그리고 그전에 지나간 십 년처럼.

남자는 왔던 길을 되짚어 가기 시작했다. 행사장을 가로질러 공원 뒤편의 쪽문으로 나가면 바로 지하철역이었다. 행사장 입구에 거의 다다랐을 때였다. 구석에 외따로 마련된 문구용품 좌판이 눈에 띄었다. 구경하는 사람도 없고 마침 판매하는 사람마저 어디 갔는지 아무도 보이지 않았다. 좌판에는 캐릭터 필통과 수첩과 만년필, 가죽 다이어리 등이 놓여 있었다. 남자가 좌판에 한 발 더 가까이 다가서려는 참이었다.

"물품 기증하러 오신 거지요?"

화들짝 놀라 뒤돌아보니 예의 깨진 하트 티셔츠를 입은 여자가 남자를 향해 웃고 있었다. 역시 그의 손에 들린 쇼핑백을 눈여겨본 모양이었다. 남자가 대답을 하지 않자 여자는 그가 기증을 망설인다고 생각했는지 대뜸 사연은 적어왔느냐고 물었다.

"예? 사연요?"

"네. 선물에 얽힌 사연 말이에요."

여자는 선물을 더욱 특별하게 만들어주는 건 바로 그것이 가진 사연 아니겠냐며, 그래서 물건을 기증받을 때 사연도 함께 받고 있다고 설명했다. 사연을 먼저 읽어보고 물건을 사가는 사람들도 있다는 것이었다. 과연 다시 살펴보니 좌판에 진열된 물건들 뒤쪽에 각각 꼬리표처럼 조그맣게 접힌 쪽지들이 부착되어 있었다. 여자가 그에게 볼펜과 깨진 하트 모양의 메모지를 내밀었다.

"선물을 받게 된 사연이나 옛 애인과의 추억담을 쓰시면 돼요."

남자는 그것을 받지 않으려 했다. 물품을 기증하려던 것이 아니라고, 지나가는 길에 좌판을 구경하려던 것뿐이라고 변명하려 했다. 그러나 그가 입을 열 틈도 없이 여자는 떠넘기듯 메모지를 건네준 후 물건값을 묻는 사람들 쪽으로 가버렸다.

남자는 제 손바닥에 놓인 깨진 하트 메모지를 내려다보았다. 문득 쇼핑백 속 물건이 선물받은 것은 맞지만 옛 애인에게 받은 것은 아니라는 사실을 밝혀도 이들이 받아줄 것인가 궁금했다. 물론 받아준다고 해도 사연을 적어 낼 마음은 없었다. 아무렴. 낯간지럽게 사연은 무슨. 하지만 그렇게 속으로 도리질을 하면서도 남자는 한편으로 사연을 쓴다면 무슨 이야기를 쓸 수 있을까 생각하고 있었다.

아무 생각도 나지 않았다. 머릿속이 하얘졌다가 새카매졌다가 알 수 없는 색으로 덧칠되었다. 아무것도 떠오르지 않았다. 다만 한 가지 분명한 사실은 일인칭으로 쓸 수는 없으리라는 것이었다.

오래전 마주앉은 여자에게 처음으로 자신의 이야기를 들려주던 그날처럼 그는 이번에도 삼인칭을 택해야 할 것이었다.

그는…… 어쩌면 그는…… 하고 말이다.

2월 29일

나는 여행 갈 때 준비를 철저히 하는 쪽이다. 해외여행, 특히 초행인 경우 준비에 들인 시간과 공의 크기가 여행의 질과 비례한다는 믿음은 숱한 여행 경험이 누적되는 동안 한 번도 깨진 적이 없었다. 하여 그 지역 명승과 고적의 위치가 상세히 표시된 여행자용 지도를 구비하는 일에서부터, 청결하고 안전하면서도 가격이 합리적인 숙소를 예약하고, 미술관과 공연장과 시장과 묘지 등 가고자 하는 장소까지 이용 가능한 교통편을 알아보고, 제대로 된 현지 음식을 내놓는 식당을 찾아보고, 가볼 만한 축제나 여타 행사들의 일정에 맞춰 여행의 세부 동선을 짜고, 기후며 환전이며 상비약이며 콘센트 규격 등을 확인하는 일에 이르기까지 나는 매번 어느 하나도 빠뜨리지 않고 세심하게 신경쓰곤 했다.

말하자면 아무 준비 없이 무작정 떠나는 여행 같은 건 경험해본 적이 없었다. 경험은커녕 상상해본 적도 없었다. 하지만 그는 말했다.

"그냥 가자."

여행 서적도 읽지 말고 인터넷으로 여행 정보를 검색하지도 말고 무작정 떠나자는 그의 제안에 나는 할말을 잃었다. 말도 안 되는 소리였다. 거절하느냐 마느냐 고민할 필요도 없었다.

"응. 그거 좋다."

어쩌다 그렇게 되었을까. 그 자리에서 나는 말로만 동의한 게 아니라 내심 그런 여행을 꿈꿔왔다는 듯 힘주어 고개를 끄덕이기까지 했다. 이유를 설명할 수는 없지만 갑자기 그가 내뱉은 문장의 간결함과 그 말투의 산뜻함이 장차 우리가 가게 될 여행의 성격을 암시하는 것처럼 느껴졌던 것이다. 간결하고 산뜻한 여행. 여행이라는 단어를 수식하기에는 어딘가 부자연스러운 형용사들인데도 막상 그렇게 정리하고 나자 어쩌면 내가 정말로 그런 여행을 고대해왔는지도 모르겠다는 생각이 들었다.

비행기는 예정된 시각에 목적지에 안착했다. 현지 날씨는 기대한 만큼 쾌청했고 공항 직원들은 기대한 이상으로 친절했다. 기대하지 못했던 장면이 눈앞에 펼쳐진 것은 우리가 숙박업소들이 모여 있는 중심가로 이동한 직후였다. 그 거리 전체가 난데없이 벼락 맞은 꼴을 하고 있었던 것이다. 호텔마다 외벽에 금이 가고 유리는 죄 깨지고, 로비 한복판에 거대한 야자수가 뿌리를 드러낸 채 누워 있는가 하면, 수영장 물 위로는 온갖 쓰레기들 사이로 비너스 전신상이 떠다녔다. 심지어 문짝이 날아가고 없는 공중전화 부스 위에 두 동강 난 당구대가 올라가 있기도 했으니, 그 조합의 참신함과 생경함이란 그 상태의 본질이 참혹함이라는 것을 잠시 망각하게 해줄 정도였다.

태풍이었다고 했다. 여기저기 돌아다니며 이 사태에 대한 정보들을 귀동냥해온 그에 따르면 바로 어제 새벽 강력한 태풍이 짧고 빠르게 이 도시의 중심가를 휩쓸고 지나갔단다. 다행히 사망자가 없고 부상자도 대여섯 명에 불과하여 모두 기적이라고 놀라워했으며 그 결과 어제오늘 성당을 찾아 신께 감사기도를 드린 이가 급증했다고 했다. 과연 주위를 둘러보니 국민성이 낙천적이기로 이름난 나라답게 다들 태풍의 잔해 속에서도 웃는 낯이었다.

우리는 투숙 가능한 호텔을 찾아 나섰다. 진흙을 뒤집어쓴 우체통과 보닛이 찌그러진 자동차와 땅바닥에 나뒹구는 상점 간판들을 피해 걷느라 걸음이 더뎠다. 지옥도를 방불케 하는 땅과 달리 하늘에는 여행자들 눈요기를 위해 걸어놓았을 형형색색의 만국기가 휘날리고 있었다. 숙박업소는 그 깃발들처럼 수도 많고 종류도 다양했다. 그러나 궁전처럼 휘황찬란한 오성급 호텔이건 게딱지만한 게스트하우스건 태풍 탓에 임시로 휴업한 곳이 반이요, 영업

중인 나머지 반은 그 여파로 여행객이 몰려 빈방이 없었다. 적당해 보이는 호텔을 골라 들어간 족족 퇴짜를 맞다가 급기야 우리는 들어갈 형편이 못 되는 초호화 스위트룸이며 들어갈 엄두가 안 나는 낡고 지저분한 도미토리까지 알아보기에 이르렀다. 애석하게도 그런 방들조차 남아 있지 않았다.

숙소를 찾아 헤매는 사이 해가 넘어갔다. 전력공급에도 차질이 생겼는지 가로등마저 줄줄이 꺼져 있어서 사위가 빠른 속도로 어두워졌다. 그는 담배가 늘고 나는 한숨이 늘었다. 설마 방이 없으랴 하던 낙관이 이러다 노숙하게 될지도 모르겠다는 비관으로 바뀌기까지는 고작 두 시간밖에 걸리지 않았다.

찬 음료수라도 마시며 한숨 돌릴 겸 눈에 띈 편의점으로 들어가려 할 때였다. 누군가의 목소리가 우리의 걸음을 멈춰 세웠다.

"헤이, 친구들. 나 오늘밤 잘 곳을 알아."

고개를 돌렸다. 태풍에 날아가지 않은 게 신기할 정도로 작고 깡마른 체구를 가진 남자가 내 뒤에 서 있었다. 머리카락이 밝은 분홍색이어서 가발을 쓴 것처럼 보이는 남자였다. 편의점 출입문을 반쯤 연 상태였던 그가 문에서 손을 떼며 남자 앞으로 나섰다.

"그게 어딘데요?"

"셸 아일랜드."

나는 배낭 안에 두 번 접은 지도가 들어 있다는 것을 용케 기억해냈다. 공항 안내 데스크에서 공짜로 얻어온 그 지도 어디에도 셸 아일랜드라 표기된 섬은 없었다. 물론 소축척지도라서 이름이 생략된 작은 섬들이 수두룩하긴 했다. 그런 섬들 중 하나이겠거니 하며 남자의 말을 믿고 싶어하는 내 마음이 자못 선명해서 나는 속으로 움찔했다. 그가 재차 물었다.

"거기 방이 있는 게 확실하다는 거지요?"

"그렇다니까, 친구. 나만 믿어."

분홍 머리 남자의 말투는 누가 들어도 미덥지 않았다.

"나 돈 벌려고 이러는 거 아니야."

누가 봐도 돈 벌려고 호객하는 것으로밖에 보이지 않았다.

"서둘러, 친구들. 막배가 삼십 분 후에 떠나."

남자가 말끝에 길게 휘파람을 불었다. 그와 나의 눈빛이 서로 교차했다. 희한한 일이었다. 평소 성격대로라면 그도 나도 동네 건달 같은 남자의 말을 무조건 경계했을 텐데, 어쩐지 속는 셈 치고 한번 믿어볼까 하는 마음이 들었던 것이다. 우리는 동시에 고개를 끄덕였다.

셸 아일랜드로 가는 페리보트는 그로부터 정확히 삼십 분 후에 출항했다.

우리말로 하면 조개섬, 혹은 조가비섬쯤 될까.

셸 아일랜드는 이름에서 유추할 수 있듯 조개 모양으로 생긴 유인도로서 거주인구가 백 명도 안 되는 아주 작은 섬이라고 했다.

우리가 가진 정보는 그게 다였다. 나중에 더 자세히 물어볼 작정이었으나 분홍 머리 남자는 수고비를 받기 무섭게 사라져버렸다.

막배의 승객은 그와 나 둘뿐이었다. 배가 모래톱에 정박하자 언제부터 기다리고 있었는지 손에 꽃을 든 소년들이 알아들을 수 없는 언어로 노래를 부르며 우리에게 다가왔다. 몇은 꽃 대신 등불을 들고 있었다. 그들이 우리에게 환영 인사와 함께 꽃을 건넸다. 남자가 말한 대로였다. 소년들을 만나게 될 거야, 친구. 그들을 따라가. 그리고 남자는 무슨 말인가 더 했으나 보트의 엔진 소음에 묻혀 들리지 않았다.

등불을 든 소년들이 앞장을 섰다. 달빛에 그들의 발뒤꿈치가 새하얗게 빛났다. 다들 맨발이었다. 파도 소리에 맞춰 왼발, 오른발, 왼발, 오른발. 어느 틈엔가 나도 그들과 발을 맞춰 걷고 있었다. 어쩐지 그들을 따라 언제까지나 쉬지 않고 걸을 수도 있을 것 같았다. 그들이 이 세상 아닌 곳으로 인도해도 홀린 듯 따라가게 될 것 같았다. 그러나 소년들은 곧 걸음을 멈추었다. 아담한 석조건물 앞이었다.

SHELL ISLAND RESORT

건물 입구에 조개껍데기로 만든 문자 간판이 세워져 있었다. 보통 조개니 돌멩이니 짚 따위 자연물로 제작한 조형물은 허술하고 조잡해 보이기 쉬운데 그 간판은 우아하고 어딘가 신성해 보이기까지 하여 나는 흡사 꿈을 꾸고 있는 듯한 기분이었다.

눈을 뜨니 사방이 환했다. 높은 천장이 먼저 눈에 들어왔다. 욕실에서 그의 콧노래 소리가 흘러나오고 있었다. 언제 어떻게 체크인을 했을까. 지난밤 리조트에 도착한 이후의 일이 잘 기억나지 않았다. 그도 나도 방으로 들어서자마자 곯아떨어진 모양이었다. 어디선가 기분좋은 향기가 났다. 나는 침대에서 몸을 일으켜 앉았다. 반투명한 속커튼이 쳐진 창밖으로 바다가 보였다. 뭍과 가까운 쪽에서부터 먼바다 쪽으로 갈수록 층층이 짙어지는 물색이 커튼 너머로도 선명했다. 그러고 보니 열대의 바다를 보는 것은 처음이었다.

"그게 뭐야?"

욕실에서 나온 그가 내가 앉은 쪽 침대 머리맡을 가리켰다. 베개 옆에 손바닥만하게 접힌 쪽지가 놓여 있었다. 나는 그것을 펼쳤다.

"이 베개에는 지난해에 말린 국화 꽃잎이 들어 있습니다."

그러니까 방안에 가득한 기분좋은 향기는 베개에서 나는 것이었다.

"당신은 베개의 향기를 고를 수 있습니다."

쪽지를 계속 읽었다.

"라벤더도 있고, 장미도 있고, 팬지와 라임도 있습니다."

그가 고개를 갸우뚱거렸다.

"근데 여기도 국화꽃이 있나?"

"있으니까 베갯속으로 썼겠지."

"기후가 안 맞을 텐데. 국화는 가을꽃 아냐?"

"국화도 품종이 다양하잖아."

국화의 원산지에 대해서는 그와 나의 의견이 엇갈렸지만 그것이 우리가 국화 꽃잎 베개를 제공해주는 이 리조트를 좋아하게 될 거라는 예감을 갖는 데 영향을 미치지는 않았다.

식당에는 아무도 없었다. 조식 시간이 한참 지난 탓이었다. 더구나 점심을 먹기에도 애매한 시간이었다. 제복 위에 앞치마를 두른 여자가 우리에게 다가왔다. 그가 난처한 기색으로 입을 열었다.

"지금 식사가 가능할까요?"

여자가 고개를 숙이며 미소를 지었다. 가까이에서 보니 콧등에 미인점이 있었다.

"식사는 언제나 가능합니다."

"언제나 가능하다고요?"

여자가 창가 쪽 탁자를 가리키며 우리에게 앉을 것을 권했다.

"당신들이 원하니까요."

탁자에 왕골 바구니가 놓여 있었다. 바구니를 덮은 붉은색 체크무늬 헝겊을 들추자 종류별로 담긴 빵이 보였다. 여자가 유리 종지들을 가져왔다. 안에 각각 으깬 훈제연어와 마늘과 마요네즈를 섞어 만들었다는 수제 소스를 비롯하여 오렌지 과육이 들어간 버터니 올리브 오일이니 크림치즈 같은 것들이 들어 있었다. 그것들을 곁들인 빵은 첫 입부터 마지막 입까지 경이로웠다. 그와 나는 난생처음 빵을 접해본 사람들처럼 먹으면서 관찰하고 먹으면서 탄복했다. 빵뿐 아니었다. 향이 독특한 셸 아일랜드 특산품 조개가 든 수프, 갖은 허브와 큼지막하게 구운 가지가 어우러진 샐러드, 쫄깃한 버섯과 부드러운 돼지비계가 함께 씹히는 식감이 일품인 오믈렛까지, 첫 끼니라 간소한 요리들만 주문했는데도 어느 하나 허투루 먹을 수 있는 것이 없었다.

식사가 끝났다. 그래도 우리는 자리에서 일어나지 않았다. 밥을 먹었으니 이제부터 뭔가를 하긴 해야 하는데 아무 준비도 계획도 없이 온 여행에 할일이 정해져 있을 리 없었던 것이다. 여자가 쟁반을 들고 우리 탁자로 왔다. 식사가 어땠느냐 물어볼 줄 알았는데 여자는 웃으면서 식당 바깥의 프런트를 가리켰다.

"저기 가면 이 섬의 지도를 얻을 수 있어요."

리조트 뒤편에 산책로가 있었다. 경사가 완만한 언덕을 오르자 키 작고 잎 넓은 관목들이 우거진 숲이 나타났다. 우리는 숲속으로 들어갔다. 방향을 바꿀 때마다 파도 소리가 멀어졌다 가까워졌다 했다. 숲 일대가 한때는 해수면 아래 잠겨 있었던 듯 바닥 곳곳에 조개껍데기가 박혀 있었다. 이따금 산호 조각도 눈에 띄었다. 그것들을 그와 나는 헨젤과 그레텔이 빵조각 따라가듯이 집중해서 찾으며 걸었다. 그렇게 한참을 땅만 보고 걷다가 불현듯 이상

한 기척이 느껴져 고개를 들었다. 눈앞에 커다란 공작새 한 마리가 늠름한 자태로 날개를 펼친 채 서 있었다.

공작새라니. 그것도 야생의.

너무 갑작스러운 상황에 감탄사를 내지를 여유도 없었다. 공작의 몸은 인간세계에서는 찾아보기 힘든 비현실적으로 화려한 푸른빛을 띠고 있었다. 부채꼴로 펴진 날개 끝에 있는 황금색과 청동색이 뒤섞인 타원형 무늬들이 수십 개의 눈동자처럼 강렬하게 주변 공기를 압도했다. 공작은 물기 많은 진짜 눈동자를 굴리며 그와 나를 번갈아 보았다. 그럴 때마다 머리 위에 솟은 장식깃이 미세하게 흔들렸다. 우리를 앞에 두고 한동안 탐색전을 벌이던 공작이 돌연 날개를 접었다. 군더더기 없이 빠르고 날렵한 동작이었다. 몇 초가 흘렀을까. 공작이 천천히 날개를 폈다. 수십 개의 아름답고 무시무시한 눈동자들이 부채꼴로 일사불란하게 늘어섰다. 공작은 다시 날개를 접었다. 그리고 다시 펴는가 싶더니 순식간에 하늘로 날아올랐다.

땅에는 그와 나 둘만 남았다.

"봤어?"

"봤어."

뭔가 할말이 많은데 말이 나오지 않았다.

우리는 잠자코 걸었다. 더는 산호나 조개껍데기를 찾으려 애쓰지도 않았다. 숲을 벗어났다. 시야가 탁 트인 모래 평원이 나타났다. 현재 위치가 궁금해서 내가 프런트에서 얻어온 지도를 펼쳐보려 할 때였다. 그가 내 어깨를 건드렸다. 그가 가리키는 대로 하늘을 쳐다보았다.

처음에는 무지개인 줄 알았다. 그러나 형태가 반원형이 아니었다. 게다가 비 한 방울 오지 않은 마른하늘이었다. 땅에 끌리는 긴 치맛자락처럼 수평으로 부드럽게 늘어진 그것은 여러 색깔로 이루어진 구름이었다. 맨 위의 채도 높은 붉은색이 아래로 내려가면서 노랗게 푸르게 종내는 탁한 보랏빛으로 바뀌었는데, 하나같이 크레파스나 그림물감 따위로는 묘사할 수 없는 오묘한 색들이었다.

"오로라는 아닐 테고."

"무지개구름이라고 해야 할까?"

"글쎄, 오색구름? 채색구름?"

그와 나는 아무 말이나 주워섬겼다. 어차피 중요한 것은 그 구름의 정확한 명칭이 아니라 우리가 지금 이 순간 그것이 뿜어내는 상서로운 기운 아래 손을 잡고 서 있다는 사실이었다. 고작 섬의 절반을 돌아보았을 뿐인데 벌써 이곳의 가장 내밀한 고갱이를 본 것 같다고 나는 생각했다. 더 좋은 것이 있다면 다른 날을 위해 남겨두고 싶었다.

열대 해양성 기후답게 햇볕이 뜨겁고 바람이 후텁지근했다. 리조트 입구에 이르렀을 때 그의 티셔츠는 땀범벅이 되어 있었다. 내 긴 머리칼도 습기를 머금고 미역 줄기처럼 서로 척척하게 달라

붙었다. 문득 여행 짐을 꾸릴 때 머리빗을 깜빡했다는 사실이 떠올랐다. 그를 먼저 방으로 보내고 나 혼자 프런트로 갔다. 제복 차림의 남자가 웃는 얼굴로 나를 맞았다.

"이곳에는 빗이 없습니다."

고급 호텔이라면 모를까, 이런 소규모 중급 리조트에서는 있을 법한 일이었다. 게다가 요즘은 숙박업소들이 고급 저급을 떠나 환경보호를 위해 일회용품 제공을 자제하는 추세였다.

"그럼 빗을 파는 곳은 어디 있나요?"

"이곳에는 빗을 파는 곳이 없습니다."

그 이곳이라는 게 이 리조트가 아니라 이 섬을 칭한다는 것을 이해하기까지 몇 번의 문답이 더 오갔다. 남자가 시종 웃는 얼굴이어서 더 헷갈렸다. 하기야 다른 직원들도 마찬가지였다. 모두 언제나 웃고 있어서 그 웃는 얼굴이 수시로 바뀔 수 있는 표정이 아니라 영영 떼어낼 수 없는 피부의 영역에 속해 있는 것처럼 느껴질 정도였다. 어쨌든 결론은 간단했다. 나는 빗을 구할 수 없다는 것. 남자가 두 손을 모으며 정말 유감이라고 했다. 어조는 정중했으나 입가에는 여전히 미소가 남아 있었다. 내가 산책하다가 다리가 부러졌다고 해도 웃으면서 이곳에는 병원이 없다고 할 그 한결같음이 한편으로는 감동적이기도 해서 나 역시 두 손을 모으고 괜찮다고 대답해주었다.

그는 발코니에 앉아 있었다. 바다를 하염없이 바라보는 그 뒷모습이 정물화처럼 고요했다. 내가 발코니로 다가가자 그가 고개를 돌렸다.

"이것 좀 봐."

그가 보고 있던 것은 바다가 아니라 탁자 위 재떨이였다. 누구의 솜씨일까. 재떨이를 가득 채운 모래 표면에 앙증맞은 조개 무늬가 돋을새김되어 있었다. 그 자체가 하나의 예술품이어서 그 위에 재를 떨려면 약간의 뻔뻔함이 필요할 것 같았다. 그가 이번에는 발코니 아래쪽을 턱짓했다.

"사방에 조개가 널려 있어."

그러고 보니 리조트 전경이 한눈에 들어왔는데, 그의 말마따나 수영장 바닥의 타일에도 거대한 조개 문양이 그려져 있고 정원에도 눈 닿는 곳마다 각양각색의 조개껍데기들이 장식품으로서의 효과를 극대화하기 위한 계산에 따라 정교하게 배치되어 있었다.

"정말. 조개 천국이네."

그가 나를 돌아보며 소리 내어 웃었다.

"그거 꼭 조개구이 식당 이름 같다."

나도 따라 웃었다.

우리는 방으로 피자를 주문해서 먹었다. 그런 다음에는 나가서 수영을 했다. 맥주를 마시면서 석양이 내려앉는 바다를 감상했다. 시간이 더 지나 늦은 저녁으로 해산물이 잔뜩 든 국수를 먹었다. 이어서 칵테일을 마셨고 밤하늘을 올려다보며 아는 별자리를 찾왔다.

셸 아일랜드 리조트에서의 첫날은 그렇게 흘러갔다.

이튿날도 별다르지 않았다. 그와 나는 느긋하게 일어나서 먹고 마시고 해변에서 시간을 보냈다. 낮잠을 자고 수영을 하고 또 먹고 마셨다. 오후가 되자 빨랫감이 바구니에 가득찼다. 그가 프런트에 전화를 했다. 제복 위에 앞치마를 두른 남자가 방으로 왔다.

"자연의 햇빛으로 말려드릴까요?"

그는 남자의 말을 금방 알아듣지 못했다.

"아니면 건조기 열풍으로 말려드릴까요?"

그가 뒤늦게 알아듣고는 뒷머리를 긁으며 나를 돌아보았다. 내가 전자를 택하자 남자는 웃으며 허리를 숙였다.

"그럼 내일 아침에 방으로 가져다드리겠습니다."

곧 해가 질 텐데 언제 햇빛에 말려서 내일 아침까지 가져다준다는 걸까 하고 남자가 간 후에야 뒤늦게 의문이 들었다. 어쨌든 나는 내 선택이 흡족했다. 아니, 남자의 질문이 마음에 들었다. 자연의 햇빛을 원합니까, 건조기 바람을 원합니까. 그것은 머그잔에 드릴까요, 일회용 컵에 드릴까요, 같은 질문과는 달랐다. 일시불로 하시겠습니까, 할부로 하시겠습니까, 같은 질문과도 달랐다. 그것을 되새겨보는 것만으로도 나는 자연의 햇빛에 몸을 푹 담그고 있는 기분이었다.

매 순간이 내 집에 있을 때처럼 안락하고 평화로웠다. 동시에 내 집에 있을 때와는 반대로 매 순간이 예측할 수 없는 새로움과 특별한 배려와 우연한 행운으로 가득했다. 그와 내가 식당을 찾으면 주방장이 마침 특선 요리를 준비하고 있고, 수영을 하러 가면 수영장 청소가 막 끝나 있으며, 산책을 나가려고 하면 줄기차게 오던 비도 뚝 그치는 식이었다. 말하자면 이 리조트가, 이 섬이, 이 세계가 오직 우리를 위해 존재하고 있었던 것이다.

숙박 기간을 연장하는 것은 당연한 수순이었다. 어느 순간부터인가 우리는 여행하면서 이 리조트에 머무는 것이 아니라 이 리조트에 머무는 것이 곧 여행이 되었다는 데 암묵적으로 동의하고 있었으니까.

"앞으로 이삼 일쯤 더 머물 수 있습니까?"

프런트의 남자는 질문이 끝나기도 전에 고개를 끄덕였다.

"물론입니다."

예상한 대답이었다. 나는 이제 남자가 추가로 지불해야 할 숙박비에 대해 이야기하리라 생각했다. 그러나 남자는 고개를 돌려 나를 보았다.

"어떤 빗을 원하십니까?"

"네?"

전혀 예상하지 못한 질문이었다. 남자가 손바닥을 폈다. 그 위에 크기며 모양이 비슷비슷한 머리빗 세 개가 놓여 있었다.

"이것은 편백나무로 만든 빗입니다."

남자가 빗 하나를 들어 보이며 말했다.

"이것은 야자열매로 만든 빗."

두번째 빗을 들어 보인 후 남자는 곧장 세번째 빗을 보여주었다.

"그리고 이것은 조개껍데기로 만든 빗입니다."

셋 중 마음에 드는 것을 고르라는 말에 나는 안절부절못했다. 산신령이 금도끼, 은도끼, 쇠도끼를 내밀어도 이렇게 당혹스럽지는 않을 것 같았다. 산신령이야 도끼든 뭐든 뚝딱 만들 수 있겠지만 남자는 평범한 인간이었다. 그리고 세 개의 빗 가운데 어느 것도 내 빗이 아니었다. 남자는 부담스러워하지 말라고 했다.

"당신이 원하니까요."

남자가 웃으면서 나를 향해 손바닥을 내밀었다.

나는 조개껍데기 빗을 골랐다. 손안에 쏙 들어오는 크기로 표면에 윤기가 흐르고 빛을 받는 각도에 따라 색이 영롱하게 달라지는 것이 나전칠기를 연상케 하는 빗이었다. 내 머리카락 색과 잘 어울린다고 그가 말했다.

늦은 오후의 정원은 고적했다. 수영장에도 사람이 없었다. 그와 나는 손을 잡고 리조트 곳곳을 거닐었다. 문이 활짝 열린 식당 앞을 지날 때였다. 텅 빈 홀을 보고 있으니 뭔가 이상하다는 생각이 들었다. 점심때가 지나 있긴 했지만 점심때에도 저녁때에도 그 어떤 때에도 식당에서 다른 손님을 본 적이 한 번도 없었던 것이다.

식당뿐 아니었다. 수영장에도, 정원에도, 야외 바에도, 로비에도 언제나 그와 나밖에 없었다. 듣고 보니 그렇다며 그가 맞장구를 쳤다.

앞치마를 두른 여자가 식당 밖으로 나오다가 우리를 보고 눈웃음을 지었다. 콧등에 미인점이 있는 여자였다.

"뭐 필요한 게 있나요?"

나는 문득 이 섬에 오던 날 페리보트의 승객도 그와 나 둘뿐이었다는 사실을 떠올렸다.

"여기 우리 말고 투숙객이 또 있어요?"

"물론이지요."

"그런데 왜 다들 안 보여요?"

여자는 다른 투숙객들이 옆에 있기라도 한 것처럼 주위를 한번 둘러보았다.

"글쎄요. 해변에 갔거나 산책을 하고 있겠지요."

여자는 곧이어 객실들이 늘어선 건물 쪽을 바라보았다.

"방에서 쉬고 있을 수도 있고요."

그가 대수롭지 않다는 표정으로 고개를 끄덕였다. 하긴 나도 다른 객실에 불이 켜져 있는 것을 몇 번인가 본 것 같기는 했다. 여자가 자리를 뜨자 그는 내 어깨에 팔을 올렸다. 그리고 언제 어딜 가든 우리 둘만 있으니 분위기도 더 오붓하고 낭만적이어서 좋지 않냐고 물었다. 내가 대답을 주저하자 그는 내 귀에 얼굴을 바투

가져다대고 속삭였다.

"신혼여행 온 것 같잖아."

나도 모르게 그에게서 화들짝 몸을 뗐다. 그가 목소리를 낮추어 웃었다.

작업복 차림의 남자 두엇이 청소도구를 들고 정원을 가로질러 갔다. 그들의 작업복 바지 뒷주머니에도 조그만 조개 무늬가 수놓아져 있다는 것을 나는 처음 알았다. 그러니 다시 한번 조개구이 식당 이름을 떠올리지 않을 수 없었다.

실로 조개 천국이었다. 이곳에 오던 첫날에는 몰랐지만 알고 보니 리조트 내부 눈에 잘 띄는 곳은 물론이고 눈에 잘 띄지 않는 곳에도 조개들이 있었다. 이를테면 투숙객 전용 우산의 손잡이라든가 욕실 깔개 가장자리, 객실 전등 스위치, 식당의 탁자마다 놓인 장식용 램프의 뚜껑 등, 예기치 못한 곳에서 마치 들키지 않으려고 애쓴 것처럼 소심하게 각인된 조개 무늬를 발견할 때마다 그와 나는 숨은 그림을 하나씩 더 찾아낸 것처럼 뿌듯해했다. 물론 숨은그림찾기가 끝날 때쯤이면 이곳을 떠나야 하리라는 생각에 아쉬워한 것도 사실이었다.

그렇게 일주일을 머물렀다. 우리는 밤마다 베개에서 국화와 라벤더와 장미와 팬지와 라임의 향기를 번갈아 맡으며 잠들었고 아침에 일어나면 열대의 태양광에 보송보송하게 말린 옷을 입었다. 우리만을 위해 문을 연 식당에서 우리만을 위해 요리된 음식을 먹고 우리만을 위해 맑은 하늘 아래 산책을 했으며 우리만을 위해 잔잔한 바다에서 수영을 했다. 그런가 하면 나는 빛깔이 찬연한 조개껍데기 빗으로 머리를 빗었고 그는 그런 내 모습을 좋아했다. 또한 그는 매일 다른 문양의 조개가 양각으로 새겨지는 모래 재떨이에 차마 담뱃재를 떨지 못했고 나는 그런 그의 모습을 좋아했다.

마지막날 밤 그는 물었다.

"우리 사 년 뒤 오늘 여기 다시 올까?"

"왜 사 년이야? 오 년도 아니고 십 년도 아니고."

그가 벽에 걸린 달력을 가리켰다. 아, 하고 나는 입을 벌렸다.

2월 29일이었다. 사 년에 한 번씩 윤년에만 찾아오는, 평년에는 2월 28일 밤과 3월 1일 새벽 사이에 슬그머니 사라져버리는. 오늘이 그날이었나. 등줄기가 서늘했다. 지금 이 순간이 더없이 특별하고 유일하며 절대적이라는 생각에 사로잡혀 나는 곧바로 대답을 하지 못했다.

"그전에 우리가 헤어지면?"

"우린 안 헤어져."

"만약에 말이야."

"만약 같은 건 없어."

"에이, 그럼 대화가 진행이 안 되잖아."

말은 그렇게 했지만 그의 대답이 바로 내가 원하던 것이었으므로 나는 더 따지지 않았다. 대신 지금처럼 아무 준비도 계획도 없이 무작정 오자고 했다. 그가 내 머리를 자신의 품으로 당겨 안았다. 그래. 꼭 다시 오자. 그는 진지한 얼굴로 덧붙였다. 우리는 절대 헤어지지 않을 거야.

우리가 헤어진 것은 그 사 년 가운데 절반이 지났을 때였다.

헤어진 후에 나는 다시 예전의 여행 방식을 고수하게 되었다. 여행할 지역의 명승과 고적의 위치가 상세히 표시된 지도를 사고, 청결하고 안전하면서 가격이 적당한 숙소를 예약하고, 여행지에서 이용할 교통편을 알아보고, 현지 음식을 잘하는 식당을 찾아보고, 여행지에서의 다양한 변수를 고려해가며 세부 계획을 세웠다. 여행지에 당도해서는 미리 짜둔 동선을 따라 미술관과 공연장과 재래시장과 묘지 등을 발바닥이 아플 때까지 돌아다녔다. 비가 오면 준비해온 우산을 쓰고 두통이 생기면 준비해온 약을 복용하고 옷의 실밥이 뜯어지면 준비해온 반짇고리를 열었다. 여행 준비에 들인 시간과 공의 크기가 여행의 질과 비례한다는 믿음은 몇 번의 여행 경험이 추가되는 동안 한층 더 공고해졌다.

물론 그 믿음이 언제나 옳은 것은 아니었다. 모든 준비를 다 하고 여행을 떠나도 뜻밖의 불운이 제멋대로 끼어들 때가 있게 마련이었다. 예보에 없던 악천후를 겪어야 한다든가, 옆방에 투숙한 사람이 밤새 고성방가를 한다든가, 타고 있던 차가 갑자기 고장이 난다든가, 전산 오류로 예약이 취소된다든가, 설상가상으로 그 취소 사실을 현장에 가서야 알게 된다든가 등등, 여행 준비 여부와 관계없는 불운들은 도처에 도사리고 있다가 불시에 나를 덮치곤 했다.

그럴 때면 반사적으로 셸 아일랜드에서의 시간이 떠올랐다. 아무 준비 없이 무턱대고 떠났던 여행이 어떻게 그토록 완전무결할 수 있었는지, 생각할수록 믿기지가 않았다. 사실 돌아보면 의아한 점이 한두 가지가 아니었다. 시작부터 그랬다. 그때 나는 어쩌자고 무작정 떠나자는 그의 제안을 덥석 받아들였을까. 그곳에 일주일이나 머물렀는데 어떻게 다른 투숙객들과 한 번도 마주치지 않았을까. 어찌하여 여행 이후에도 셸 아일랜드에 가보았거나 그곳 이름을 안다는 사람을 본 적이 없으며, 어떻게 그곳에 대한 정보가 그 많은 여행 서적에도 없고 그보다 더 많은 여행 관련 사이트에도 없을 수 있는가.

증거물이 없다는 것도 기이한 일이었다. 귀국할 때 나는 리조트에서 얻은 조개껍데기 빗을 행여나 잃어버릴까 천으로 싸고 지갑에 넣은 후 다시 배낭 안주머니에 보관했다. 그러나 집에 도착해서 배낭을 열었을 때 그것은 온데간데없었다. 손안에 쏙 들어오는 부피, 머리를 빗을 때마다 두피에 와닿던 그 차고 단단한 감촉, 햇빛의 각도에 따라 변화무쌍하게 바뀌던 색상. 내 몸이 그 빗을 생생하게 기억하는데 정작 빗의 실체가 없는 것이었다. 그 섬에서 주워온 조개껍데기라든가 그와 함께 찍은 사진, 그곳에서 먹고 마신 후 계산한 영수증 같은 것도 전혀 남아 있지 않았다. 그러니 시간이 흐를수록 내가 정말 그곳에 다녀왔는지, 그런 곳이 실제로 존재하긴 하는지 반신반의하는 마음이 커지는 것도 당연했다. 가끔은 그런 것들이 그가 나를 떠난 이유보다 더 궁금하기도 했다.

그러던 어느 새벽이었다. 자다가 깼는데 더이상 잠이 오지 않았다. 아예 일어나기로 작정하고 창문을 열었다. 해 뜨는 하늘이 붉었다. 구름도 햇빛에 물들어 불그스름했다. 색이 고운 구름들을 물끄러미 보고 있으려니 문득 그 섬에서 보았던 무지갯빛 구름이 떠올랐다.

컴퓨터의 전원을 켰다. 검색창에 무지개와 구름 두 단어를 입력했다. 화면에 수천 개의 이미지가 떴다. 나는 부지런히 마우스를 놀리며 그것들을 하나씩 살펴보았다. 그리고 어느 순간 손놀림을 멈추었다.

"이게 진짜 있네."

나는 듣는 사람도 없는데 혼자서 중얼거렸다.

그와 함께 산책하다가 보았던, 열대의 하늘에 치맛자락처럼 부드러운 곡선을 그리며 수평으로 늘어져 있던, 위에서부터 붉은색과 노란색과 푸른색과 보라색이 물감 번지듯 경계 없이 이어지던, 그 신비롭던 구름의 이미지가 화면을 꽉 채우고 있었다.

검색 끝에 나는 그것의 명칭이 자개구름 혹은 진주구름이라는 사실을 알아냈다. 그것의 정의를 마저 읽었다. 과냉각된 물방울이

태양광의 굴절을 일으켜…… 구름 가장자리가 무지개색을 띠면서…… 고위도 지역에서만 관찰되는데…… 응? 나는 화면 앞으로 얼굴을 들이밀었다. 알래스카나 스코틀랜드, 스칸디나비아 등 고위도 지역에서만 관찰된다…… 다시 읽어도 그대로였다.

그럼 그때 우리가 본 것은 무엇이었을까.

꿈이었을까.

나는 그곳에 다시 가야겠다고 생각했다. 확인해보고 싶었다, 그곳이 정말 존재하는지를. 여전히 무지갯빛 구름이 뜨는 하늘을 보여주고, 베개에 향이 좋은 꽃잎을 넣어주고, 아무도 없는 식당의 문을 열어주고, 아무도 없는 수영장의 조명을 켜주고, 언제 어떤 질문에도 웃으면서 대답해주는지. '당신이 원하니까요.'

달력의 날짜를 확인했다. 그는 떠났어도 그와의 약속은 남아 있었다. 어쩌면 그곳에서 그와 재회할 수도 있겠다는 생각이 들었다. 그렇게 되기를 바라는 것은 아니지만 막상 그런 상황이 되면 실은 내가 그것을 바라왔음을 깨닫게 될지도 몰랐다. 아니, 설령 그렇지 않다 해도 가야 했다. 그와 상관없이 그곳의 안부를 알고 싶었다. 그곳이 정말 존재하는지, 내가 그곳에 다녀온 것이 맞는지. 그의 생사보다 내 기억의 진위가 오히려 더 궁금했다.

드디어 그와 약속한 날이 하루 앞으로 다가왔다. 그러나 공교롭게도 그날부터 나는 집밖으로 한 발자국도 나갈 수 없는 신세가 되었다. 몸을 움직일 때마다 극심한 허리 통증이 엄습했던 것이다. 걷기는 고사하고 허리를 구부릴 수도 없었다. 셸 아일랜드에 가야 하는데. 통증 때문에 인상을 쓰며 생각했다. 허리를 구부릴 수 없으니 세수를 할 수도 없고 변기에 앉을 수도 없었다. 곧 출발해야 하는데. 나는 여전히 잠옷 차림에 맨발이었다. 비행기 시간이 얼마 안 남았는데. 양말을 신으려고 했지만 손이 발에 닿지 않았다. 양말을 쥔 채 나는 손에서 한없이 멀리 있는 내 발을 멀거니 내려다보았다.

2월 29일은 그렇게 지나갔다.

그를 다시 만난 것은 그로부터 몇 해가 더 지난 후였다.

"잘 지내셨어요?"

"네. 좋아 보이시네요."

너무 오랜만의 재회라 어색해서 그랬는지, 일 때문에 만난 자리인 만큼 격식을 갖추느라 그랬는지, 나로 말하자면 두 가지 다 해당되었는데, 우리는 서로 존댓말을 쓰고 있었다. 그리고 초반에 형식적인 안부를 주고받은 것을 빼면 서로의 신상에 대해 아무것도 묻지 않았다.

볼일은 금방 끝났다. 그래도 우리는 자리에서 일어나지 않고 미적거렸다. 그는 물만 연거푸 마셔댔다. 뭔가 하고 싶은 말이 있는데 첫마디를 꺼내기가 어려운 모양이었다. 어쩌면 내가 하고 싶은 말과 그가 하고 싶은 말이 같을지도 몰랐다. 침묵이 길어졌다. 내가 먼저 말하는 게 낫겠다 싶었다. 그러나 그가 한발 빨랐다.

"곧 결혼하시나요?"

"네?"

"말을 못하고 머뭇거리시기에, 결혼 얘긴가보다 했습니다."

내가 머뭇거리는 것처럼 보일 줄은 몰랐다. 더욱이 내 머뭇거림이 그런 식으로 해석될 줄은 몰랐다. 고개를 저으면서 순간 나도 예의상 그에게 결혼 여부를 물어야 하나 생각했다.

"전에 그 섬 있잖아요."

"섬? 섬이라니요?"

그의 대꾸를 듣고서야 내가 결혼 여부가 아니라 애초에 묻고자 했던 것을 물었음을 알아차렸다. 그만큼 정신이 온통 거기에 쏠려 있었던 것이다.

"왜 그 섬, 셸 아일랜드, 그 리조트 있던 곳 말이에요."

"그 리조트라니, 무슨 말씀이신지……"

갑자기 입안이 말랐다. 그가 모를 리 없었다. 세상이 우리 두 사람만을 위해 존재했던 절대의 시간, 아무것도 준비하지 않았으나 모든 것이 충만하고 완전했던 그 기적의 공간, 그곳에서 우리가 나눈 꿈같은 사랑의 기억들. 그곳을 잊어버린다는 것은 불가능했다. 만약 그가 기억하지 못한다고 주장한다면 경우의 수는 두 가지였다. 기억력이 치매 수준으로 나빠졌거나, 기억하지 못하는 척 거짓말을 하고 있거나. 나는 어느 쪽도 인정하고 싶지 않았다.

"기억 안 나요? 예전에 우리 2월 29일에 셸 아일랜드로 여행 갔었잖아요."

그는 아무 말도 하지 않았다. 그러나 마침내 뭔가 떠올랐다는 듯 그의 눈빛이 미묘하게 흔들리는 것을 나는 놓치지 않았다.

"국화 꽃잎 베개, 그 국화 원산지에 대해 얘기했었는데, 기억 안 나요? 우리 산책 갔다가 야생 공작새도 봤잖아요. 밥 먹으러 갈 때마다 식당에 우리밖에 없었던 거. 그리고 재떨이 모래에 조개 무늬가 새겨져 있었던 거. 아, 그거 정말 예뻤는데. 기억나지요? 거기 차마 재를 떨지 못하겠다고 했었잖아요. 또……"

그가 불쑥 내 말꼬리를 잘랐다.

"저는……"

그는 뜸을 들이듯 눈을 들어 허공 어딘가를 응시하다가 다시 나를 바라보았다.

"담배를 피워본 적이 없습니다."

가위로 잘라낸 것처럼 단호한 말투였다.

"섬에 여행을 가본 적도 없고요."

그의 눈이 다시 허공을 향했다. 그렇다고 그가 뭔가 숨기고 있거나 거짓말을 하고 있는 것 같지는 않았다. 자신이 진실이라고 믿는 것을 담담하게 털어놓을 때 절로 우러나는 평온과 여유가 그의 얼굴에 깃들어 있었다. 나는 조금 멍청해진 기분이었다.

그는 오래전 나를 떠나던 때처럼 먼저 자리를 떴다. 나는 한동안 그대로 꼼짝 않고 앉아 있었다. 그의 말은 내가 있지도 않았던 일을 지어냈다는 것인가. 그와 내가 그곳에 간 적이 없다는 것인가. 맥이 풀렸다. 그럼 내가 기억하고 있는 것은 다 무엇인가. 자리에서 일어났다. 그러니까 나는 가본 적도 없는 곳을 그리워하고, 존재한 적도 없는 추억을 소중히 여기고, 사랑한 적도 없는 사람과 헤어진 것인가.

나도 모르게 걸음이 빨라졌다. 물이 빠진 갯벌에서 조개가 모습을 드러내듯 이윽고 모든 것이 선명해졌다. 그와 헤어진 후 나는 한 번도 슬펐던 적이 없다. 그와 한 번도 여행을 가본 적이 없다. 그를 한순간도 사랑한 적이 없다.

이 세상에 사랑이 존재한 적이 없었다.

오늘의
운세

눈을 떴다. 내 방의 낯익은 천장이 보였다. 몇시나 되었는지 몰라도 사위가 이미 환했다. 그래도 아직 알람이 울리기 전이니 꽤 이른 시각일 것이었다.

도로 잠을 청하려고 눈을 감았다가 곧 떴다. 소변이 마려워서였다. 당장 화장실로 달려가지 않으면 큰일날 정도까지는 아니었지만 화장실에 다녀와야 단 오 분, 십 분을 더 자더라도 마음놓고 푹 잘 수 있을 것 같았다. 몸을 일으켰다. 일으키려고 했다. 그런데 뭔가 이상했다. 몸을 일으킬 수가 없었다. 나는 당황했지만 곧 마음을 가라앉히고 천천히 상황을 파악해보기로 했다. 팔을 들어보았다. 들 수가 없었다. 다리를 구부려보았다. 구부릴 수가 없었다. 고개를 돌려보았다. 돌릴 수가 없었다. 맙소사. 손가락 하나 발가락 하나, 내 몸뚱이 어느 것 하나 내 뜻대로 할 수가 없었다. 할 수 있는 것은 침대에 그대로 누운 채 천장을 바라보는 것뿐이었다. 지금 내가 보는 것이 내 방 천장이 맞고 내가 누운 자리도 내 방 침대가 맞는데 내 몸은 내 것이 아니란 말인가?

입을 벌리고 소리를 내보기로 했다.

"아아."

입을 벌리자 소리가 저절로 나왔다. 소리라기보다 그것은 신음에 가까웠다. 입을 크게 벌린 것도 아니고 살짝 벌리는 시늉만 했는데도 입 주위가 송곳으로 후벼파는 듯 얼얼하게 아팠기 때문이다. 그 와중에도 나는 입을 벌릴 수 있긴 있구나 하고 안도했는데 최악의 경우 살려달라고 고함은 칠 수 있겠다는 생각이 들어서였다. 시험삼아 입을 좀더 크게 벌리고 목소리를 더 크게 내보았다.

"아아아."

이번 것은 신음도 아니고 숫제 울음이었다. 입 가장자리 근육이 갈가리 찢어지는 것 같았다. 아니, 찢어지는 것 같은 게 아니라 실제로 찢어진 게 틀림없었다. 그렇지 않고서야 이토록 혹독하게 아플 리가 있나. 설상가상으로 그 고통의 크기에 비해 내 목청에서 나온 소리는 너무도 작았다. 이래서야 고함을 칠 수도 없으려니와 설령 고함을 친다 해도 나밖에 듣지 못할 것이었다. 아프기도 아팠지만 그것을 순간적으로나마 잊을 만큼 어처구니가 없었다. 이게 대체 어떻게 된 일인가. 혹시 내가 꿈속에 있는 것은 아닐까.

그러나 꿈이라고 하기에는 방금 겪은 고통이 지나치게 생생하고 구체적이었다.

이따 출근은 어떻게 하지?

대뜸 회사 생각부터 났다. 나는 고개를 저었다. 마음으로 저었다. 그래, 내가 지금 잠이 모자라서 정신이 혼미한 거다. 다시 자자. 한숨 자고 일어나면 분명히 다 괜찮아져 있을 것이다. 입가가 여전히 욱신거렸지만 눈을 감았다. 왜 그럴 때 있잖은가. 자고 나면 문제가 다 해결되어 있는 경우. 자기 전에는 몹시 신경쓰이던 일이 자고 나면 그다지 대수롭지 않은 일로 여겨지는 경우. 이는 비단 정신의 영역에만 해당되는 것은 아니어서 육체의 어느 한 곳이 이유 없이 아플 때 일단 자고 나면 신통하게 그 아픔이 사라져 있는 경우도 적지 않았다.

다시 잠들기로 결심하자 마음이 차차 평온해졌다. 눈을 감은 채 가만히 누워 있으려니 조금 전에 내가 겪은 해괴한 상황이 벌써 아득히 먼 과거의 일처럼 느껴지기까지 했다.

자자, 자야 한다, 잠이 온다, 잔다……

갑자기 알람이 울리기 시작했다. 빌어먹을. 그것은 내 알람이 아니었다. 오직 알람이라는 본연의 기능에만 충실한 구닥다리 알람 시계 특유의 따르르릉 소리. 단조롭다못해 폭력적이기까지 한 그 소리는 벽 너머에서 들려오고 있었다. 무시하고 자려 했지만 조금 더 버티다가 결국 눈을 떴다. 알람 소리에 깬다는 것 자체가 이미 기운 빠지는 일인데 그것이 내 알람도 아닌 남의 알람이요, 더구나 내가 일어나야 할 시각보다 일찍 울리는 상황이라니. 처음 겪는 일도 아니건만 나는 한숨을 쉬었다. 그래도 어쨌든 현재 시각이 새벽 여섯시라는 정보 하나는 얻을 수 있었다.

그것은 옆방 남자의 알람이었다. 남자는 한 달포 전엔가 이 원룸 건물로 이사왔다. 내가 그의 얼굴을 직접 본 것은 밤늦게 편의점에 다녀오다가 문 앞에서 마주쳤을 때 한 번뿐이었다. 그러나 그의 현관문에 노란색 포스트잇이 붙어 있는 것은 두 번 보았다.

'알람을 빨리 꺼주시기를 부탁드립니다.'

첫번째 포스트잇의 문구는 그러했다. 누가 붙여놓았는지는 알 수 없었다. 어쩌면 남자는 바로 옆방에 사는 나를 먼저 의심했을지도 모른다. 자신의 방과 복도를 사이에 두고 앞방이 있기는 했지만 일반적으로 앞보다는 옆이 더 가깝게 느껴지는 법이니까. 신기한 일은, 워낙 신경이 무뎌 그전에는 매일 잠결에 들어도 아무렇지 않던 그 알람 소리가 포스트잇을 발견한 날 이후부터는 은근히 신경에 거슬리더라는 점이었다. 그래서 그것이 울리는 여섯시부터 내 알람이 울리는 일곱시까지 나는 꼬박 한 시간을 반수면상태로 있어야 했다. 물론 방음시설이 형편없는 원룸 건물에서 의도치 않게 각자 이런저런 소음으로 이웃에게 피해를 주는 일이야 흔히 있을 수 있다. 옆방 남자의 경우는 그가 알람을 듣고도 금방 깨지 못해서인지 어째서인지 따르르릉 소리가 늘 삼십 분 이상 계속된다는 게 문제였다. 음량마저 큰 탓에 잠귀 밝은 이웃이라면 매일 새벽잠을 설칠 법도 했다. 더욱이 이 건물의 세입자 대부분이 새벽부터 일찍 일어날 필요가 없는 대학생들인 것을 감안하면 그것은 거의 테러에 가까운 짓이었다.

두번째 포스트잇이 나붙은 것은 그로부터 사나흘 후였다.

'제발 알람 좀 빨리 꺼주세요!'

제발이라는 부사의 절박함 때문이었을까. 아니면 문구 끝 느낌표에서 은근한 분노를 읽었기 때문일까. 그래서 이대로 가다가는 '이 씨발놈아, 죽여버리기 전에 알람 빨리 꺼!' 같은 문구가 적힌 세번째 포스트잇을 받게 되겠구나 싶어 조바심이 났던 것일까. 남자가 어떤 조치를 취했는지 그후로는 더이상 알람 소리를 들을 수 없었다. 그러니 지금 저 소리는 실로 오랜만에 듣는 것이었다.

하여간 오늘 회사에는 못 가게 생겼구나.

출근시간까지 세 시간이나 남아 있는데도 어쩐지 그사이에 이 상황이 바뀔 것 같지는 않다는 회의적인 생각이 들었다. 다시 잠들었다가 깨면 정상적인 일상으로 돌아와 있지 않을까 싶기는 했지만 정신이 오히려 점점 말똥말똥해지고 있으니 다시 잠들기는 이미 틀린 일이었다.

평소에 나는 정각 일곱시에 맞춰놓은 알람이 울리면 곧바로 눈을 떴다. 가장 먼저 베개 옆에 놓아둔 휴대폰을 집어 알람을 해제

했다. 그러고 나서는 무료 운세풀이 앱을 실행하여 오늘의 운세를 확인했다. 운세가 궁금해서라기보다 그냥 습관이었다. 사실 그것이 들어맞은 적은 한 번도 없었다. 어떤 날은 운세가 매우 좋음, 어떤 날은 약간 좋음, 또 어떤 날은 약간 나쁨, 그런 식인데 그것이 어떻게 맞겠는가. 현실의 삶에서 내 운세는 항상 매우 나쁨인데. 행운의 물건이 손수건이든 사인펜이든 즉석복권이든, 행운의 숫자가 2든 4든 7이든, 행운의 장소가 야구장이든 경찰서든 버스 정류장이든, 나는 항상 매우 불운한데 말이다. 그것은 그냥 매일 아침 기상 직후의 심심풀이 일과였다. 그러나 오늘은 진심으로 나의 오늘의 운세가 궁금했다.

소변이 마려웠다. 사지에 아무 감각이 없는데 요의를 느낄 수는 있다는 것이 기이했다. 다시 한번 몸을 움직여보았다. 여전히 요지부동이었다. 어젯밤 잠들기 직전까지도 멀쩡했던 몸이 불과 대여섯 시간 만에 통째로 마비될 수 있다니. 건강에 문제가 있다면 고도비만과 지루성 피부염이 다였으니 지병 탓일 리도 없고, 밤사이 희귀병에 걸리기라도 한 것일까. 온갖 생각이 머릿속을 스쳤다. 혹시 누군가가 내 방에 침입하여 내 몸을 움직이지 못하도록 손써놓은 것은 아닐까. 그러나 체중 팔십 킬로그램의 거구를 이렇듯 꼼짝달싹 못하게 결박하려면 보통 공력이 드는 게 아닐 것이며, 그렇게까지 해서라도 훔쳐갈 만한 고가품이 내 집에 있는 것도 아닌데, 어느 멍청한 강도가 이런 짓을 하겠는가. 게다가 누군가가 내 몸을 이 지경으로 만들어놓을 때까지 내가 아무것도 느끼지 못하고 내처 잤을 리도 없었다. 침입자의 소행은 아니었다. 백번 양보해서 침입자 짓이라 쳐도 지금 내가 입을 벌릴 때 겪는 그 무지막지한 고통은 또 어떻게 설명한단 말인가.

나는 돌릴 수 없는 고개 대신 눈동자를 한껏 옆으로 돌렸다. 인간의 최대 시야각이 수평으로는 백팔십 도라고 하던가. 과연 눈동자만 굴렸는데도 의외로 많은 것을 볼 수 있었다. 오른쪽으로는 침대가 면해 있는 벽이 보일 뿐이지만 왼쪽으로는 텔레비전이 보이고 수납장이 보이고 냉장고와 개수대가 보이고 그 옆의 욕실 문과 그 앞에 깔아놓은 러그까지 보였다. 그러나 어젯밤 잠들기 전 베개 옆에 놓아둔 휴대폰만은 시야에 잡히지 않았다. 내 눈에서 베개까지의 거리가 세상에서 가장 멀었다.

도대체 왜 이런 일이 생겼을까. 내가 과연 무엇을 잘못했을까.

소변이 계속 마려웠다. 온 신경이 한 가닥 한 가닥씩 방광으로 모이는 기분이었다. 그럼에도 달리 할 수 있는 일이 없었으므로 그저 눈을 깜빡거리며 천장을 바라보았다. 만약 죽을 때까지 계속 이 상태 그대로 누워서 천장만 보아야 한다면 종내에는 천장 도배지의 격자무늬가 전부 몇 개인지 셀 수도 있을 것 같았다. 아니, 그 격자무늬들에 하나씩 이름을 지어줄 수도 있으리라. 정말이지 어이가 없는 상황이었다. 그러니까 도무지 말이 안 되는 일이었다.

생각해보자. 모든 일에는 그 일이 일어날 만한 이유가 있게 마련이다. 예컨대 백 년 만에 하늘을 뒤덮은 유성우를 본 사람은 다음날 눈이 먼다, 거리에서 절름발이 탁발승을 모욕한 사람은 다음날 머리가 하얗게 센다, 한밤 바닷가에서 인어가 부르는 노랫소리를 들은 사람은 다음날 귀머거리가 된다…… 이를테면 거기에는 스토리가 있다. 똑같은 하루를 똑같지 않게 만들어준 사건이 있는 것이다. 그러나 나의 경우에는 아무것도 없었다.

어제 내가 무엇을 했던가. 그저께와 똑같은 하루를 보냈을 것이다. 그끄저께와도 같은 하루였을 것이다. 무엇을 어떻게 한들 여섯 면에 똑같은 개수의 점이 찍힌 주사위를 던지는 것처럼 매일 똑같은 날들이었다. 업무시간에는 쓰레기통 옆의 내 자리에 앉아서 아무도 내게 일거리를 맡기지 않는 시간을 견디다가, 점심시간에는 나를 빼고 끼리끼리 어울려 밥을 먹으러 가는 동료들의 뒷모습을 견디다가, 퇴근시간이 되면 인사도 없이 가장 먼저 사무실을 빠져나왔을 것이다. 집에 와서는 같은 건물 일층 편의점에서 산 즉석 도시락 두 개를 식탁에 나란히 늘어놓고 한꺼번에 먹어치웠을 것이다. 별다른 일이라고는 아무것도 없었다. 그런데 왜 이런 일이 생겼을까.

소변이 마려웠다. 내가 왜 이렇게 되었는지에 대해 생각하는 것은 다음 문제였다. 내가 앞으로 어떻게 될지에 대해 생각하는 것이 먼저였다. 나는 오늘 회사에 가야 했다. 내가 이런 식으로 무단

결근을 한다면 모두가 옳거니 하며 이것을 구실로 삼아 나를 쫓아내려고 할 것이 분명했다. 그러나 지금 이 상태에서는 나 혼자 무엇을 어떻게 해볼 도리가 없었다. 살려달라고 비명을 지르는 것조차 불가능했다. 입을 벌릴 때의 끔찍한 고통이야 어떻게든 감내한다 해도 목소리가 아예 나오지 않는 것을 어쩌겠는가. 결국 누군가가 나를 구출해주러 오기를 기다리는 수밖에 없었다.

문제는 그럴 만한 사람이 한 명도 없다는 것이었다. 나는 십여 년째 혼자 살고 있었다. 십여 년 전에 자발적으로 이산한 내 가족이 뜬금없이 오늘 나를 수소문해서 찾아올 리는 없고, 안 그래도 합심하여 나를 따돌리는 회사 동료들이야 오늘 내가 출근하지 않았다는 사실에 도리어 반색을 할 것이며, 그들이 설사 앞으로 영원히 출근하지 않아도 된다는 말을 전하기 위해 내게 전화를 건다 하더라도 내가 응답하지 않는 것을 수상히 여겨 경찰을 대동하고 내 집 초인종을 누를 확률은 오늘의 운세가 정확히 맞아떨어질 확률보다도 낮았다.

결국 나는 죽을 것이다. 침대에 누운 채로 서서히. 이 상태로 얼마나 버틸 수 있을까. 일주일? 열흘? 보름? 그렇다면 아사일까, 쇼크사일까. 내게 가장 치명적인 쇼크는 배고픔이지만 그건 평상시 얘기고 지금 같은 비상시에는 못 견디게 배고파지기 전에 쇼크로 돌연히 죽을지도 모른다. 그리고 아마도 내 죽음을 가장 먼저 알게 되는 것은 옆방 남자일 것이다. 내 시체가 썩는 냄새를 가장 먼저 맡게 될 테니까. 그가 건물 관리인에게 고하고 관리인이 경찰을 부르고 그리하여 경찰이 내 현관문을 강제로 열고 들이닥쳐 세상 만천하에 나의 죽음이 공개되기까지는 얼마나 걸릴까. 마침 한여름이니 삼복더위에 시체도 빨리 썩을 터, 열흘이면 족하지 않을까.

옆방 남자는 나에 대해 이렇게 증언할지도 모른다.

"상당히 예민한 여자였어요. 제가 아침에 알람을 조금 늦게 껐더니 그것 좀 빨리 꺼달라는 메모를 두 번이나 제 현관문에 붙여놨더라고요."

내가 거의 매일 저녁 퇴근길에 소불고기 도시락과 생선튀김 도시락 혹은 생선튀김 도시락과 떡갈비 도시락 혹은 떡갈비 도시락과 소불고기 도시락을 사곤 했던 편의점의 아르바이트생도 나에 대해 의견을 보탤 것이다.

"실연 문제가 있었던 거 같아요. 죽기 전에는 매일 도시락을 두 개씩 사가셨거든요. 당시에는 동거하는 사람이 있었다는 거죠. 근데 그 사람과 헤어지고 나니 너무 힘들었겠죠."

소변이 마려웠다. 내가 죽고 나서 나에 대해 말해지는 것들이 잘못된 정보일 거라는 추측보다 나에 대해 증언해줄 이들이 나와 아무 상관 없는 옆방 남자나 편의점 아르바이트생뿐일 거라는 추측이 쓴웃음을 짓게 했다.

내 죽음은 필시 사회문제로 떠오를 것이다. 지금부터 내가 죽기까지 얼마나 오래 걸릴지는 모르나 만약 보름이 걸린다면 부검을 통해 내가 무려 보름 동안 끼니를 잇기는커녕 물 한 모금 마시지 않았다는 사실이 드러날 것이다. 내 휴대폰 통화내역 조회를 통해 지속적으로 연락을 주고받는 가족이나 지인이 전혀 없었다는 것 또한 밝혀질 것이다. 외부 침입 흔적과 외상이 없으니 타살 의혹이 있는 것도 아니요, 결국 내 공식적인 사인은 아사에 고독사를 결합한 것이 되리라. 삼십대 독신 여성의 사체 숨진 지 열흘 후에 발견, 사망한 여성 보름간 굶어, 다섯 평 원룸이 관이 된 싱글 라이프의 최후…… 신문기사며 텔레비전 뉴스는 내 죽음을 그런 식으로 포장하여 세상에 내보낼 것이다. 자연히 회사에서도 알게 되겠지. 동료들 중 몇은 인터뷰 요청에 기꺼이 응하리라.

"원래 좀 특이했거든요. 회사에 계속 안 나와도 무슨 일이 생겨서 그런 거라고는 상상도 못했어요. 그냥 이런 식으로 회사를 그만두는구나, 다들 그렇게 생각했죠."

"주변 사람들과 잘 어울리지 못했습니다. 언제나 혼자 다녔고 표정이 몹시 어두웠지요. 뭐랄까, 자신만의 세계에 갇혀 있는 사람처럼 보였습니다."

하여 사망 원인 목록에 우울증이니 신변 비관이니 대인 기피니 하는 것들이 추가될 것이다.

소변이 점점 더 마려웠다. 불현듯 내가 죽고 난 뒤 사람들이 나를 발견했을 때 내 속옷 상태가 어떠할지에 생각이 미쳤다. 오래 입어 천 색깔이 바래고 호크 부분의 실밥마저 풀려 있는 싸구려 브래지어, 그것과 짝이 맞지 않는데다 분비물에 찌들어 빨아도 지워지지 않는 누런 얼룩이 남아 있는 낡은 팬티. 사람들이 그것을 보고 나를 어떻게 생각할까 싶어 얼굴이 화끈거렸다. 이럴 줄 알았으면 구질구질하게 오래 입은 속옷 따위 일찌감치 버리고 새 속옷을 사 입었을 텐데. 어차피 보여줄 사람도 없다는 생각으로 늘 아무거나 주워 입었던 속옷에 나는 이제 와 처음으로 신경을 쓰고 있었다.

아아, 정말이지 소변이 마려워서 더이상 못 참겠다고 생각한 다음 순간 나는 마침내 자리에 누운 채로 소변을 찔끔 지리고 말았다. 시작이 어려웠을 뿐이다. 곧이어 나는 아예 마음놓고 오랫동안 느긋하게 소변을 보았다. 뜨끈하고 축축한 오줌 줄기가 팬티를 적시고 엉덩이를 적신 후 침대 시트 속으로 스며들어갔다. 상황과 어울리지 않게 평화와 지복이 찾아왔다. 엉덩이와 허벅지 부분이 순식간에 뜨거워졌다가 오줌이 식으면서 순식간에 차가워졌다. 곧이어 코끝이 찡하도록 짙은 지린내가 올라왔다. 그럼에도 숨통이 트였다. 오늘 아침 눈뜬 이후 처음으로 나는 죽을 것 같은 게 아니라 살 것 같다고 생각했다.

옆방 남자의 알람은 여전히 기세 좋게 울리고 있었다. 예전에 그것은 보통 삼사십 분 정도 울리다가 꺼지곤 했다. 그러니 내가 이 꼴로 얼마나 오래 누워 있었는지는 몰라도 지금 시각이 대략 여섯시 사십분 안쪽일 거라는 결론이 나오는 셈이었다. 그런데 그거야 그렇다 치고, 남자는 어쩐 일일까. 한동안 고분고분 알람을 빨리 끈다 했더니 오늘따라 늦잠을 자는 것일까. 저러다 조만간 세번째 포스트잇을 받게 될지도 모르겠군. 하긴 내가 곧 죽게 된 마당에 남 걱정까지 해줄 필요는 없지만 말이다.

이대로 이렇게 죽는다면 억울할까.

곰곰이 생각해보니 이렇게 죽는들 별로 억울할 것도 없었다. 행복하게 누릴 것 다 누리며 산 사람은 죽을 때도 여한이 없을 것 같고, 반대로 실컷 고생만 하며 불행하게 산 사람은 죽을 때도 억울할 것이라 막연히 믿어왔는데, 막상 죽음이 코앞에 닥치니 어떤 면에서는 홀가분하기까지 했다. 불행한 사람이 불행한 삶에 무슨 미련이 있어 더 살고자 하겠는가. 어제 불행했으면 오늘도 불행한 게 당연하고 내일도 불행하게 마련이었다. 정말로 불행한 사람은 그렇게 생각한다. 그래서 더더욱 정말로 불행해질 수밖에 없는 것이다.

모든 것을 체념하고 편안하게 죽음을 받아들이기로 했다. 그럴 수 없다고 해도 어차피 이 상황을 타개할 다른 뾰족한 방법이 있는 것도 아니었다. 다만 원래 죽을 때가 되면 눈앞에 자신이 살아온 인생 전체가 파노라마처럼 펼쳐지고 사랑했던 사람들의 얼굴이 한꺼번에 떠오른다던데, 왜 내 눈앞에는 아무것도 펼쳐지지 않고 아무것도 떠오르지 않을까, 그것이 궁금할 뿐이었다. 나의 서른 해 인생이 그만큼 초라하다는 이야기일 것이다. 사랑하는 사람이 한 명도 없다는 이야기일 것이다.

사실 한때 내가 사랑한다고 믿었던 사람이 한 명 있기는 했다. 대학 때 같은 과 선배였던 그는 나보다 세 살이 더 많았다. 그는 내 생일을 기억해준 유일한 사람이었다. 물론 우연하게도 날짜가 자신의 생일과 똑같았기 때문이겠지만 나는 그 점 때문에 그와의 인연이 더 특별하다고 느꼈다. 내가 마음을 고백했을 때도 그는 진지한 얼굴로 고민해보겠다고 했다. 그리고 얼마 후 그의 생일이기도 한 나의 생일날 밤늦게 취한 상태로 내 자취방을 찾아왔다. 말없이 술만 들이켜는 그를 보고 나는 그가 드디어 내 고백에 대답을 하려는 모양이구나 생각했다. 그러나 그가 한 것은 대답이 아니라 질문이었다.

"너 남자랑 자본 적 있냐?"

맥락 없는 질문에 나는 곤혹스러웠다. 어떤 대답이 그의 마음을 얻는 데 유리하게 작용할 것인지 도저히 짐작할 수가 없었다.

"왜요?"

"묻는 말에 대답부터 해. 자본 적 있어?"

있을 리가 없었다. 하지만 없는 것보다는 있는 게 나으리라 판단했다.

"있어요. 왜요?"

"있었구나. 몰랐네."

"왜요?"

그는 낄낄거리면서 웃었다. 실제로 사람이 웃을 때 만화책 주인공들이나 내는 줄 알았던 낄낄 소리가 날 수도 있다는 것을 나는 그때 처음 알았다.

"난 또, 아직 자본 적 없으면 나라도 한번 자줄까 했지."

그의 말만으로도 이미 강간을 당한 듯한 기분이었다. 계속 낄낄거리는 그를 자취방에서 내보냈다. 그보다 더 나쁠 수는 없었다. 그걸로 끝이라고 생각했다.

하지만 내 생각이 틀렸다. 그것이 끝이 아니었다. 그보다 더 나쁜 것이 뒤에 있었다. 그로부터 고작 칠팔 년이 지났을 뿐인데 회사 거래처 상대로 뜻하지 않게 다시 만났을 때 그는 나를 전연 기억하지 못했다. 기억을 떠올리는 데 도움이 될까 싶어 내 생일을 말했으나 자신의 생일이 같은 날임을 밝히지도 않았다. 오히려 내가 자신의 학과 후배라는 사실을 알게 되었으니 함부로 대해도 된다고 판단했는지 어느 순간 말이 확 짧아졌다.

"내가 기억 못한다고 너무 서운해하지 마."

그런 다음 그는 얼른 덧붙였다.

"뚱뚱한 애들은 원래 다 비슷해 보이잖아."

빌어먹을. 그를 떠올리자 기분이 착잡해졌다. 나는 그때 왜 그렇게 머저리같이 굴었을까. 지금 생각해보면 그가 나를 기억하지 못한 게 천만다행이었다. 어쨌거나 이제는 다 지난 일. 더이상 생각하지 않기로 했다. 언감생심 내 주제에 사랑하는 사람은 무슨. 내 죽음을 아쉬워하거나 슬퍼해줄 사람도 없을 텐데. 다들 내가 죽은 것도 모를 텐데. 아니, 어쩌면 내가 누군지도 모를 텐데.

내가 마지막으로 만난 사람이 누구인지 생각해보았다. 오래 생각할 필요도 없이 그것은 어젯밤에 만난 편의점 아르바이트생이었다. 내가 마지막으로 통화한 사람이 누구인지도 생각해보았다. 이번에는 제법 오래 생각해야 했는데 최근에 누구하고든 통화를 한 기억이 나지 않았기 때문이다. 아마 십중팔구 직장인 신용대출을 받으라거나 스마트폰 기기를 최신형으로 바꿔주겠다는 광고 전화였을 것이다. 마지막으로 문자메시지를 주고받은 상대에 대해서도 생각해보았다. 이번에도 꽤 오래 생각해야 했다. 얼마 전부터 이직을 준비하고 있던 터라 최근에 면접을 본 회사가 서너 군데쯤 되었으니까. 면접 결과가 매번 문자메시지로 통보되었으니까. 감사하오나, 안타깝게도, 그러나, 오히려, 다시 한번…… 매번 거기서 거기인 표현이 띄엄띄엄 박힌 메시지들. 합격 사유는 다양하지만 불합격 사유는 늘 비슷했다. 한마디로 내가 저희들 마음에 안 든다는 것이었다.

그러고 보니 그것을 내 면전에 대고 직접 일러준 사람도 있었다. 회식 자리에서였다. 밖에서 담배를 피우고 들어오던 팀장은 마침 회식 자리를 몰래 빠져나가려던 나를 불러 세웠다.

"사람들이 이대리를 왜 싫어하는지 알아요?"

그녀가 물은 것은 하나였으나 그 물음이 내포한 것은 여럿이었다. 사람들은 너를 싫어해, 너도 당연히 알고 있겠지, 아직 그 이유까지는 모르는 것 같지만 말이야. 나는 그런 식의 질문이 바람직하지 않다고 생각했다. 그래서 천연덕스럽게 물었다.

"어머나, 사람들이 저를 싫어하나요?"

팀장은 잠시 말을 잇지 못하고 나를 가만히 주시했다. 흡사 밑 터진 음식물 쓰레기봉투 내려다보듯 하는 표정이었다. 그녀는 뭔가 착각하고 있었다. 사람들이 나를 싫어하는지 아닌지, 싫어한다면 그 이유가 무엇인지 따위에 나는 별 관심이 없었다. 그 이유를 알아도 달라질 것이 없기 때문이었다. 내가 나를 바꿀 수 있다면 진즉 바꾸지 않았겠는가. 그런데도 팀장은 굳이 알려주고자 했다.

"이대리는, 재수가 없거든."

나는 놀라지 않았다. 처음 듣는 얘기도 아니었다.

그것은 아주 오래전 어느 예기치 못한 순간에 시작되었다. 고등학교 삼학년 때였다. 우리 반에서 왕따당하던 아이가 자살했다. 우리는 단체로 버스를 타고 장례식장에 갔다. 나는 울지 않았다. 대신 그 아이를 왕따시켰던 많은 아이들이 구슬피 우는 것을 지켜보았다. 그들을 이해할 수가 없었다. 이해할 수 없는 그들과 함께 있고 싶지 않았다. 그래서 혼자 장례식장 구석으로 가서 영어 단어장을 펼쳤다. 마침 기말고사가 며칠 뒤로 다가와 있었다. 나는 단어장 한 번 들여다보고 고개를 들어 저만치 멀리서 울고 있는 아이들을 한 번 보며 단어를 입속으로 외웠다. 다시 단어장 한 번 들여다보고 울고 있는 아이들 한 번 보며 단어를 외우고, 다시 단어장 한 번 들여다보고 고개를 드니 울던 아이들이 전부 나를 노려보고 있었다.

그 기말고사에서 나는 처음으로 반 1등을 했다. 그리고 새로운 왕따가 되었다. 그때부터 본의 아니게 학교에서 하루종일 말 한마디도 안 하기 기록을 세워야 했다. 기록은 날마다 경신되었다. 그리고 이백삼십팔 시간 이십일 분쯤 되었을 때 깨졌다. 한 아이가 나를 툭 치며 이렇게 물었기 때문이다.

"너 좆나 재수없는 거 알아?"

누군가가 내게 말을 걸어오리라는 예상을 전혀 하지 못했던 터라 나는 얼떨결에 "응?" 하고 되물었다. 하지만 그 아이는 내 물음 "응?"을 대답 "응!"으로 받아들인 모양이었다.

"알면 꺼져야지, 응? 안 그래?"

그랬다. 그래도 차마 꺼질 수는 없어서 나는 눈 닫고 귀 닫고 입 닫고 공부만 했다. 공부하지 않을 때는 딱히 할 게 없어서 먹기만 했다. 나중에는 공부할 때도 먹었다. 그러다가 어느 날 거울을 보니 내 눈과 코와 입이 살 속에 파묻혀 있었다. 얼굴과 몸통 사이에는 교복 넥타이가 이곳이 바로 목이올시다 하고 말하는 듯 빠듯하게 끼여 있었다. 그 상태로 대학에 진학했다. 고등학교 사학년 같은 대학생활이 이어졌다. 아무도 내게 말하지 않았고 나 역시 아무에게도 말하지 않았다. 이백사십 시간 약간 못 미쳤던 고교 시절의 학교에서 말 안 하기 최고 기록을 나는 대학 입학 첫 학기에 이미 갈아치웠다. 칠백오십구 시간까지인가 세고는 귀찮아서 더 이상 세지 않았다.

어쩌면 그때부터 나는 이미 죽어 있었는지도 모른다. 그렇다면 지금 이 상황은 죽은 내가 꾸는 꿈 같은 것이리라.

베개 아래쪽에서 음악이 흘러나오기 시작했다. 아, 바야흐로 나의 알람이 울리는 것이었다. 그렇다면 지금 시각은 일곱시 정각. 내가 몸을 움직이지 못하는 상태로 한 시간을 버텼다는 얘기였다. 귀에 익은 음악 소리를 듣고 있으려니 마치 공포영화에서 유령의 집에 갇힌 주인공이 출구를 찾지 못하고 제자리를 끝없이 맴돌 때처럼 절망적인 기분이 되었다. 그 와중에도 옆방 남자의 알람은 여전히 줄기차게 울리고 있었다. 그리고 놀랍게도 몇 분 지나지 않아 내 귀는 두 종류의 알람 소리에 섞여 허공을 떠도는 또다른 소리를 포착해냈다. 몸을 움직일 수 없으니 청각을 비롯한 다른 감각이 상대적으로 더 예민해진 모양이었다.

소리는 현관문과 가까운 곳에서 들려오고 있었다. 귀에 꽤 익숙한 클래식 음악이었는데 그렇다고 베토벤의 〈운명〉이나 차이콥스키의 〈백조의 호수〉나 비발디의 〈사계〉처럼 중고교 시절 주입식 교육의 영향으로 듣자마자 곡명을 떠올릴 정도까지는 아니고, 들을 때는 알 것도 같고 모를 것도 같아 답답해하다가 곡명을 알고 나면 비로소 이 곡이 그 곡이었구나 하고 무릎을 칠 정도로만 익숙한 곡이었다. 물론 지금 내가 알고자 하는 것은 곡 제목이 아니라, 시간대가 이렇듯 이른 아침이고 곡의 일정 부분이 반복되고 있으니 아무래도 알람 같은데, 과연 누구의 알람인가 하는 것이었다. 앞방 여자 것일까. 평소에도 울렸다면 왜 여태까지 한 번도 듣지 못했을까. 내 출근 준비에 바빠 그랬을 수도 있겠지. 그러다가 문득 정신을 차렸다. 내가 지금 무슨 생각을 하고 있는 거지. 저게 누구의 알람이든 나와 무슨 상관이며 지금 이 상황에 무슨 소용이 있단 말인가.

문득 배가 고팠다. 생각하는 것도 열량을 소비하는 일이라더니 새벽부터 깨어 너무 많은 생각을 한 탓이었다. 하지만 할 수 있는 일이 오로지 생각뿐인 것을 어쩌랴. 평생 동안 나눠 할 생각을 나는 이제부터 한꺼번에 몰아서 하게 될 것이다. 다만 미래는 상상할 필요가 없고 현재는 직시하기가 싫으니 그저 과거만을 회상하게 되겠지. 이를테면 내가 중학생이었을 때 뿔뿔이 흩어진 가족, 고등학생 때 나를 대놓고 따돌렸던 친구들, 대학생 때 내게 무심했던 학과 동기며 선후배들, 직장에서 나를 교묘하게 소외시켰던 동료들…… 떠올릴수록 기분이 한없이 가라앉았다.

다른 것들을 떠올려보기로 했다. 그러니까 갓 구운 식빵이라든가 생크림을 듬뿍 얹은 비엔나커피, 금방 쪄서 김이 모락모락 나는 만두, 면발이 혀에 착 감기는 따뜻한 자장면, 그리고 모차렐라 치즈가 쭉쭉 늘어나는 피자 같은 것들. 내가 기분좋게 떠올릴 수 있는 과거라고는 먹어본 음식들밖에 없었다.

이게 내 삶이구나. 이렇게 내 인생이 끝나는 거구나 하고 나는 생각했다. 이렇게 끝나버릴 것을 뭐하러 기를 쓰고 회사에 다녔을까. 아침에 눈뜨자마자 회사에 가기 싫다고 생각했으면서, 회사에 도착하는 순간부터 집에 가고 싶다고 생각했으면서, 집에 갈 때마다 이대로 영영 회사를 그만두고 싶다고 생각했으면서, 그러면서 왜 악착같이 다녔던 것일까. 그러고 보면 오늘 이런 식으로 회사에 가지 못하게 된 것은 신의 섭리일 수도 있었다. 내 뜻에 의한 것도 아니고 회사의 뜻에 의한 것도 아니지만 어쨌거나 회사에 가지 않게 되는 상황이야말로 내가 간절히 바라왔던 것이니 말이다.

도움을 청하려고 해보지 않은 것은 아니었다. 정부 기관이며 시민단체에서 운영하는 직장 내 왕따 문제 상담 센터에 전화도 여러 번 해보았다. 상담원들은 하나같이 상냥하고 친절하게 대책을 일러주었다. 업무를 박탈당했다면 눈치볼 것 없이 당당하게 휴식을 취하세요. 사소한 것이라도 왕따 행위를 당하면 그 자리에서 즉시 항의하세요. 주위 사람들을 설득해 본인 편으로 만드세요. 네, 네, 아유, 그러믄입죠. 하나같이 구구절절 옳으신 말씀들이었다. 하지만 어떻게? 어떻게 그렇게 한단 말인가.

회사에서도 그것은 예기치 못한 순간에 시작되었다. 팀장이 이른바 낙하산 인사로 부임한 직후였다. 우리 부서 팀원들은 틈만 나면 메신저로 팀장 흉을 보았다. 업무에 관한 것만이 아니라 그녀의 외모와 화장법, 옷 입는 취향도 구설에 올랐고 가족 및 친구 관계 등 사생활마저 까발려졌다. 비방 수위가 점점 높아져 저주에 가까워졌을 무렵 나는 문득 향후 팀장과 팀원들 사이의 관계가 걱정되었다. 그리고 정작 팀장 앞에서는 입안의 혀요 혀 위의 사탕처럼 굴면서 메신저에만 접속하면 세 치 혀로 경쟁하듯 그녀를 난폭하게 짓밟는 동료들을 이해할 수 없다는 생각이 들었다. 이해할 수 없는 그들과 함께 있고 싶지 않았다. 하여 메신저에서 말없이 발을 뺐다. 밥도 혼자 먹기 시작했다. 그때까지만 해도 별문제가 없었다. 그러나 어느 날 팀장이 나를 따로 불렀다. 정수리 뒤쪽을 보여주면서 요새 흰머리가 부쩍 늘었는데 그것을 좀 뽑아달라고 했다. 일종의 신호였을까. 저쪽이 싫다면 이쪽에 붙으라는 제안이었는데 내가 알아듣지 못했던 것일까. 지금도 모르겠다. 좌우지간 나는 거절했다. 상사 흰머리를 뽑아주기 위해 입사한 것은 아니라는 거절의 변까지 똑 부러지게 내놓았다. 팀장은 웃으면서 말했다. 이대리, 참 똑 부러지는 사람이군요.

우려와 달리 우리 부서 팀원들과 팀장의 관계에는 아무 문제도 불거지지 않았다. 문제가 생긴 것은 도리어 그들과 나의 관계였다. 어느 순간부터인가 팀장은 내가 해야 할 일을 내게 맡기지 않았다. 대신 화분갈이나 간식 심부름이나 비품 구매, 캐비닛 정리 같은 업무 외 일을 시켰다. 내가 이의를 제기하면 일에 귀천이 어디 있느냐고 질책했다. 어느 순간부터인가 팀원들은 내게만 회식 일정을 미리 귀띔해주지 않았다. 내가 체질상 돼지고기를 먹지 못한다는 것은 누구나 다 아는 사실이었다. 그런데 회식 메뉴는 번번이 돼지갈비나 삼겹살, 보쌈, 족발 같은 것으로 정해졌다. 그래놓고 그들은 회식 중간에 불현듯 탄식했다. 아 참, 이대리는 돼지고기 못 먹지! 어머, 이거 미안해서 어떡해요. 우리 다음 회식 때는 소고기 먹으러 갑시다! 그러나 다음 회식 메뉴도 물론 돼지고기였다.

만약 내가 그때 팀장의 흰머리를 뽑아주었다면, 아니, 그전에 팀원들의 메신저에서 발을 빼지 않았다면, 아니, 그보다도 훨씬 더 전에 친구의 장례식장에서 영어 단어를 외우지 않았다면, 만약 그랬다면 내 인생은 지금과 달라졌을까.

그러나 과거에 만약이라는 부사는 존재하지 않는다. 눈을 감았다. 빛이 사라지자 더욱 강렬해진 지린내가 콧속으로 파고들어왔다. 오줌에 흠씬 젖은 속옷이 맨살에 척척하게 들러붙어 있으니 하반신뿐 아니라 몸 전체가 으슬으슬했다. 그래도 괜찮았다. 어둠 속에 있으면 괜찮지 않은 것도 괜찮아지니까. 나는 눈을 뜨지 않았다. 어둠 속에서 일없이 귓가에 떠다니는 세 종류의 알람 소리를 하나씩 하나씩 구분했다. 나도 내 알람을 끄지 못하는 처지인데, 어쩐 일인지 옆방 남자도 끄지 못하고, 앞방 여자마저 끄지 못하고 있으니, 참으로 공교로운 상황이었다. 저들도 지금 내 알람 소리를 듣고 있겠지. 이러다가 조만간 서로가 서로에게 노란색 포스트잇을 옐로카드처럼 남발하게 될지도 모르겠구나 하고 나는 생각했다.

잠깐, 혹시 저들도 지금 나처럼 침대에 꼼짝 못하고 누워 있는 것은 아닐까. 저들도 몸을 움직일 수 없는 상황인 것은 아닐까. 그래서 알람을 끄지 못하고 있는 것이 아닐까.

퍼뜩 눈을 떴다.

아니, 어쩌면 이 세계 전체가 그런 것은 아닐까.

숨을 죽였다. 그리고 내가 가진 모든 신체 능력을 오로지 청력으로 치환했다. 그걸 어떻게 하는 거냐고 묻는다면 할말이 없지만 마음으로 그러려고 하자 정말 그렇게 되는 기분이었다. 듣자, 들어야 한다, 들리는 것 같다, 들린다…… 아, 정말이었다. 이윽고 세 종류의 알람 소리를 넘어, 먼 곳에서 희미하게 다른 알람 소리가, 곧이어 또다른 알람 소리가 들려왔다. 귀가 점점 더 크게 열렸다. 한두 개가 아니었다. 수십 개의 알람이 동시에 울리고 있었다. 어쩌면 수백 개, 수천수만 개일지도 몰랐다. 그러고 보니 아침이란 알람의 시간이었다. 누군가가 끄지 않는다면 영원히 울릴지도 모르는 세상 모든 알람들의 시간.

그리고 우리는 모두 그 소리를 들으며 서서히 죽어갈 것이다.

순간 온몸에 소름이 돋았다. 나도 모르게 눈물이 흘러 귓속으로 들어갔다. 무서운 것도 아니고 슬픈 것도 아니지만 동시에 무섭기도 하고 슬프기도 했다. 나 혼자가 아니었다. 옆방 남자도 앞방 여자도 다들 나처럼 꼼짝도 못하고 누워 있는 것이었다. 하나로 규정할 수 없는 낯선 감정들이 머릿속에서 뒤엉켰다. 이제껏 나는 뉴스에서 혼자 죽기는 싫어 차를 몰고 광장으로 돌진하거나 가족을 모두 죽인 후 자살한 이들의 소식을 접할 때마다 그들을 맹렬히 비난해왔다. 하지만 내가 의도한 것은 아니어도 결과적으로 그와 비슷한 상황이 되자 그들이 왜 그랬는지 조금은 알 것도 같았다. 덜 아프고 덜 외롭고 덜 무서울 것 같아서 그랬겠지. 그리고 그것은 어느 정도 사실이었다.

음악 감상하듯 알람 소리에 가만히 귀기울였다. 그 알람들의 주인을 상상했다. 그들은 지금 어떤 심정일까. 황당해하고 있을까. 억울해할까. 분노하고 있을까. 아니면 덜 아프고 덜 외롭고 덜 무서울 수 있는 길이 무엇인지 고민하고 있으려나. 아직도 어리둥절한 채 현실을 받아들이지 못하고 있는 이들도 많을 것이다. 꿈이라고, 가위에 눌리고 있는 거라고 생각하면서. 문득 궁금했다. 이게 정말 꿈이라면. 만약 꿈에서 깨듯 이 기이한 상황이 갑자기 종료된다면, 그래서 몸을 움직일 수 있게 된다면 사람들은 가장 먼저 무엇을 할까. 답이 금방 나왔다. 아마 전화부터 걸겠지. 서로의 생사를 확인하고 서로를 위로하려 하겠지. 대부분의 사람들은 그럴 것이다.

그럼 나는?

나 역시 휴대폰부터 찾을 것이다. 일단 알람을 해제할 것이다. 그리고 평소대로 운세풀이 앱을 실행할 것이다. 달리 할일이 없으니까. 결국 이렇게 되나 저렇게 되나 다를 게 없는 삶이었다.

나는 다시 눈을 감았다.

질문들

죽일까, 말까.

선뜻 결정할 수가 없었다. 죽인다면 모든 갈등이 끝나겠지만 결말이 작위적으로 비칠 위험이 있고, 죽이지 않는다면 열린 결말을 제시할 수 있겠지만 인물들의 갈등을 어떻게 봉합해야 할지 알 수가 없었다. 아, 진짜 어떻게 하는 게 좋을까. 주인공의 운명 앞에서 고민하는 내 속도 모르고 오빠는 내 앞에 앉자마자 대뜸 시비를 걸었다.

"넌 왜 조용한 집 놔두고 이런 카페에서 글을 써?"

그가 이해할 턱이 없었다. 아무리 조용하다고 해도, 심지어 혼자 산다고 해도 원래 집에서는 글이 안 써진다는 것을. 세상에 어째서 그토록 많은 도서관과 독서실이 존재하겠는가. 다 집에서는 공부가 안 되는 학생들을 위해 만들어진 것 아니겠는가.

나는 동네 카페에서 다가오는 신춘문예에 응모할 단편소설을 쓰던 참이었다. 투고 마감까지 무려 일곱 달이 남아 있었지만 신문사 세 곳에 응모하려면 적어도 소설 세 편이 필요했고 한 편 완성하는 데 보통 두어 달이 걸리는 내 작업 속도를 감안하면 일곱 달은 결코 넉넉한 시간이 아니었다. 이번에는 꼭 당선되어야 했다. 나이 서른에 언제까지 한시적인 아르바이트나 하며 기약 없는 등단에 목을 매고 있을 수는 없었다. 다행히 지금 쓰고 있는 소설은 예감이 좋았다. 결말만 남겨놓은 상태인데 주인공을 죽일지 살릴지 그것만 결정하면 사나흘 안으로 탈고할 수 있을 것 같았다.

"저기, 뭐 좀 물어보려고."

안다. 오빠는 뭐 좀 물어볼 게 있을 때만 나를 찾으니까.

"너 지금 사는 원룸 보증금이 얼마야?"

"그건 왜?"

신혼집으로 아파트를 얻으려고 하는데 전세금이 모자란다고 오빠는 말했다. 그는 석 달 후에 결혼할 예정이었다. 나의 올케가 될 여자는 오빠에게 과분하다고 느껴질 만큼 참하고 다정하고 사려 깊은 사람이었다. 특히 대화할 때 눈을 동그랗게 뜨고 상체를 앞으로 약간 숙여 상대방의 말에 귀기울이는 모습이나 오빠의 시답잖은 농담에도 희고 조그만 치아를 드러내며 활짝 웃는 모습은 여자인 내 눈에도 대단히 사랑스러워 보였다.

"넌 직장에 다니는 것도 아니잖아."

어차피 집에서 글을 쓰는 거라면 꼭 서울에 살 필요가 없지 않느냐, 그러니 부모님이 계신 고향집으로 내려가 그곳에서 글을 쓰고 너의 서울 원룸 보증금은 나에게 빌려달라, 그것이 오빠가 오늘 나를 만나자고 한 목적이었다. 맞는 말이었다. 소설을 쓰기 위해서라면 굳이 서울 한 귀퉁이 보증금 천만원에 월세 삼십만원짜리 성냥갑만한 방에서 아르바이트로 근근이 생계를 이어가며 살 필요가 없었다. 그렇긴 하지만……

나는 십 년 전 상경하면서 중고로 샀던 구닥다리 노트북의 화면을 노려보았다. 삼십 분에 한 번씩 전원이 나가버려서 소설 쓰다 말고 이십구 분마다 저장을 해줘야 하는 애물인데도, 원룸 보증금을 모으느라 내년에 사야지 내년에는 꼭 사야지 하며 새 노트북 구입을 미뤄온 것이 벌써 구 년째였다.

"내 형편에 월세는 어렵고, 그렇다고 이제 와서 결혼을 연기할 수도 없고."

그것도 맞는 말이었다. 결혼은 일개 노트북 따위가 아니었다. 오빠에게는 미룰 수 없는 일이고 평생 한 번 있는 거사였다. 오빠가 올케 앞에서 기죽는 것은 나도 싫었다. 그리고 나는 그녀를 좋아했다. 두 사람이 행복하기를 바랐다. 게다가 이 청을 거절한다면 오빠는 나를 평생 원망할 것이고 나는 평생 죄책감을 안고 살아야 할 것이었다. 결국 임대계약 만료까지 서너 달 남긴 했지만 집주인에게 사정을 해서 최대한 빨리 방을 빼보겠다며 나는 그가 원하는 답을 주었다.

거기서 대화를 끝냈으면 좋았을 것이다. 오빠는 그저 고마워서, 내게 미안해서, 그래서 제 딴에는 자리를 뜨기 전에 무슨 말인가 더 해야 한다는 의무감을 느꼈을 것이다. 그러나 성격상 미안하다거나 고맙다는 말을 할 수는 없으니 다른 말을 찾았을 것이다.

"그리고 말이야."

출입문 쪽으로 한 발 내딛다 말고 그가 나를 돌아보았다.

"그만큼 했는데도 안 된 건 그냥 안 되는 거야."

나는 대꾸 없이 노트북 화면 속의 쓰다 만 문장들을 들여다보았다.

"이게 다 너를 걱정해서 하는 소리야."

주인공의 이름 뒤에서 커서가 무심하게 반짝이고 있었다. 죽일까, 말까.

"고향 내려가면 이참에 그냥 취직을 하든가 해."

카페를 나서는 오빠의 뒷모습을 바라보면서 나는 주인공을 죽이기로 했다.

홍대입구 지하철역 일대는 늘 그렇듯이 소란스럽고 활기차고 인파로 북적거렸다. 어리거나 젊은 사람들, 얼굴 반반하고 옷맵시 빼어난 사람들, 혹은 그렇게 보이고 싶거나 스스로 그렇게 보인다고 믿는 이들을 한곳에 모아놓은 것 같다고 할까. 그 거리 한쪽에 나는 접이식 플라스틱 탁자를 펴놓고 보경과 둘이 나란히 서 있었다. 5번 출구 옆에 정차한 대한적십자사 헌혈 버스의 차창에 'A형 급구' 종이가 부착된 것이 보였다. KFC 건물 앞에서는 금발에 푸른 눈을 가진 청년이 기타를 치며 노래를 부르고 있었다. 다른 금발 청년이 모자를 들고 청중 사이를 돌아다녔다. 주차장길 입구에서는 형광 주홍색 핫팬츠를 입고 짙은 색조화장을 한 여자가 일인 시위라도 하듯이 피켓을 높이 쳐들고 서 있었다. 거기에 그려진 것은 커다란 물음표 달랑 하나. 행사 도우미가 특정 회사의 신상품 프로모션을 하고 있을 확률이 높겠지만 그래도 궁금했다. 저것은 과연 무엇에 대한 물음표일까.

내가 사회에 나와 깨달은 것들 중 하나는 이 세상에는 정말로 많은 질문들이 있다는 것이었다. 무엇인가를 하기 위해 우리는 끊임없이 질문해야 하고 또 질문 받아야 한다. 면접을 보러 가면 왜 이 회사를 지원했느냐는 질문을 받아야 하고, 식당에서는 이 쇠고기가 미국산인지 아닌지 질문해야 하고, 번화가를 혼자 걷노라면 도를 믿으시냐는 질문을 받아야 하며, 소개팅을 할 때는 상대방의 외모가 어떤지 '스펙'이 어떤지 주선자에게 미리 질문해야 하는 것이다. 하기야 쪽지시험을 포함해 중간고사니 기말고사니 학창 시절에 우리가 치른 모든 시험에는 아예 질문밖에 없었으니, 사회에 나오기 전에도 이 세상이 수많은 질문으로 이루어져 있다는 사실을 영 모르지는 않았을 것이다. 그리고 그것들을 능수능란하게 받아치던 친구들이 사회에 나가서도 주눅들지 않고 무엇이든 잘 받아친다는 것을 목격했으니 삶에서 질문에 대처하는 능력이 매우 중요하다는 것 역시 알고 있었을 것이다.

가끔은 이 위태로운 세상이 아직 무너지지 않고 있는 것이 바로 그 질문들 때문일지도 모르겠다는 생각을 한다. 묻고 답하고 다시 묻는 그 과정에 필요한 에너지가 사람을 살아가게 하고 세상을 지탱해주는 것은 아닐까, 하고 말이다.

예컨대 중세 유럽에서는 학자들이 '하나의 바늘 위에서 몇 명의 천사가 춤출 수 있는가' 같은 맹랑한 질문의 답을 찾느라 밤잠을 설치며 격론을 벌였다는데, 반짇고리 속의 바늘도 숨을 죽이고 천국에 있는 천사들도 날개를 접은 채 인간 세상을 향해 귀를 쫑긋 세우고 있었을 그 밤들을 상상하노라면 나는 괜히 흐뭇해지는 것이다. 당장은 쓸모없어 보이는 질문일지라도 누군가가 그것을 쓸모 있게 만들어줄 답을 찾기 위해 애쓴다면, 그 곡진한 기운들이 모여 결국은 사람들의 인식을 바꾸고 시대의 얼굴을 바꾸고 나아가 역사의 흐름을 바꾸는 것 아니겠는가. 인간이란 무엇인가, 신은 존재하는가, 우주는 어떻게 형성되었는가, 이런 질문들에서부터 저 나무 이름이 뭐예요, 너 휘파람 불 줄 아니, 브람스를 좋아하세요, 이런 질문들에 이르기까지.

어쨌거나 나의 상황에 대입시켜 말한다면 질문이 사람을 살아가게 하는지도 모른다는 표현은 은유가 아니었다. 그것은 실제로 나에게 밥과 옷과 방과 약간의 기호품을 제공해주고 있었다. 질문들을 상대하는 것이 바로 내가 하는 아르바이트였기 때문이다.

"설문지를 작성해주시면 선물을 드립니다!"

보경이 외치는 소리가 제법 컸다. 몇몇 행인이 그녀와 내게 눈길을 주었다가 곧 거두며 제 갈 길을 갔다. 숫기 없고 인상도 무뚝뚝한 나와 달리 보경은 이십대 초반 특유의 생기 있는 얼굴에다 타고난 싹싹함과 서글서글함으로 누구에게나 쉽게 말을 걸었고 누구하고나 쉽게 어울렸다. 그것은 웃을 때마다 그녀의 왼쪽 뺨에 파이는 보조개처럼 숨기려 해도 숨길 수 없는 것이어서 나는 보경과 한 팀이 된 지 십오 분 만에 그녀의 성격을 파악할 수 있었다. 그래서 그녀는 사람들을 끌어모으는 데 주력하고 나는 그들에게 설문 작성 요령을 일러주는 일을 전담하는 것으로 자연스럽게 역할 분담을 할 수 있었다.

이름하여 앙케트 조사요원. 소설을 쓰지 않는 날이면 나는 이 아르바이트를 하곤 했다. 아니, 정확히는 이 아르바이트를 하지 않는 날이면 소설을 쓰곤 했다고 말해야겠지만. 회사를 그만둔 후로 줄곧 홍대입구나 강남역, 명동, 종로 등 유동인구가 많은 곳에서 행인들을 상대로 설문조사를 하는 아르바이트를 해왔다. 최근 들어서는 온라인 앙케트가 각광받는 추세라 오프라인 앙케트는 일주일에 한두 건 있을까 말까 할 정도로 일감이 현저히 줄었지만, 대신 상대적으로 단가가 높아져서 생존에 필요한 최소한의 수입과 소설 집필에 필요한 최대한의 시간적 여유를 원했던 내게는 오히려 더 나은 조건이라고 할 수 있었다.

"설문조사에 참여해주세요! 오 분이면 됩니다!"

마침 한 쌍의 남녀가 우리 탁자 쪽으로 다가오고 있었다.

"선물로 아주 예쁜 순면 백 퍼센트 고급 타월을 드려요!"

보경이 때를 놓칠세라 그들의 눈앞에 설문지를 흔들어 보였다. 나도 모르게 웃음이 나왔다. 세수수건이 예쁘면 얼마나 예쁠 것이며 고급이면 얼마나 고급이겠는가. 하지만 나는 요행히 우리에게 관심을 보이는 그들 남녀에게 자못 진지한 얼굴로 설문의 내용과 목적을 설명해주었다. 그리고 그들이 설문을 끝내기를 기다리며 바닥에 부려놓았던 라면 박스에서 수건 두 장을 꺼내 탁자 위에 올려두었다.

"언니!"

"……"

"언니! 안 들리냐니까?"

보경의 얼굴이 코앞에 있었다. 퍼뜩 정신이 들었다. 주위를 둘러보니 언제 가버렸는지 예의 두 남녀가 보이지 않았다. 탁자 위에 있던 아주 예쁜 순면 백 퍼센트 고급 타월 두 장도 어느새 사라지고 없었다.

"세 번이나 불렀는데. 열두시야. 점심 먹자고."

"아, 미안해. 못 들었어."

"언니도 참. 무슨 생각이 그렇게 많아?"

그랬나. 그랬다. 실로 생각이 너무 많았다.

며칠 전 집주인은 고맙게도 보증금 천만원을 돌려주는 것은 어려운 일이 아니라고 했다. 다만 방을 빼지 말고 월세로 계속 사는 것은 어떨지 내 의향을 물었다. 저와 내가 임대인과 임차인으로서 그간 쌓아온 정리가 있으니 보증금 없이 대신 월세를 십만원 올려 받는 조건으로, 다시 말해 월세만 사십만원씩 내며 살 수 있도록 배려해주겠다는 것이었다. 그러니까 그게 정말 '배려'라면 말이다. 나는 하루만 더 생각해볼 시간을 달라고 했다.

그 하루 동안 마음은 수차례 귀성열차를 탔다가 고향에 도착하기도 전에 도로 귀경열차로 갈아타고는 했다. 그것은 소설의 주인공을 죽이느냐 살리느냐 따위와는 비교도 되지 않을 만큼 어렵고 복잡한 문제였다. 내가 죽느냐 사느냐, 하는 문제였으니까. 처음 오빠에게 돈을 보내주기로 마음먹었을 때는 그의 말대로 고향에 내려가도 괜찮을 거라 생각했다. 하지만 다시 생각해보니 상경한 지 십 년이 지났는데 이대로 패잔병처럼 터덜터덜 고향에 내려가는 것은 남부끄러운 일이었다. 귀향과 낙향은 엄연히 다르지 않은가. 금의환향까지는 아니더라도 최소한 명분은 있는 귀향이어야 했다.

십 년 세월은 금방이었다. 서울에 자리한 이 년제 대학의 문예 창작과에 진학할 때만 해도 나는 졸업하면 겨우 스물두 살이니 스물네 살쯤이면 이미 소설가가 되어 있을 줄 알았다. 그러나 등록금만으로도 등골이 휠 텐데 생활비까지 부모에게 전가할 수는 없어 갖은 아르바이트를 하느라 휴학을 일삼았더니 졸업할 때 이미 스물네 살이었다. 그래도 나는 여전히 이삼 년 안에 등단할 수 있으리라 믿었다. 대학 재학 시절 내내 교수들로부터 소설가는 소설을 잘 쓰는 사람이 아니라 소설을 꾸준히 쓰는 사람이라는 말을 들어오지 않았던가. 꾸준히 쓰는 걸로 말하면 나만한 사람도 드물터였다. 하여 졸업 후에도 계속 아르바이트를 하며 짬짬이 소설을 썼다. 세 편을 완성했고 세 곳에 응모했다. 세 번을 낙선했지만 그래도 여전히 희망을 버리지는 않았다. 문제는 사글셋방을 전전하다보니 수입보다 지출이 많아 늘 돈에 쪼들리며 살아야 한다는 것이었다. 과연 사그라지는 돈이라 사글세라 한다던가. 전세 보증금을 모으기로 작심하고 취직을 한 것은 스물다섯 살. 사 년 동안 야근에 주말 근무까지 불사하며 돈을 모았다. 회사가 자금난으로 문을 닫은 것은 지난해의 일이었다. 내가 아직도 희망이 있을지 회의하기 시작한 것은 그때부터였다. 스물아홉 나이에 다시 취직을 하기도 쉽지 않을 테고 이참에 당분간 아르바이트나 하며 소설에 전념해볼까, 하고 등 떠밀리듯 결심하게 된 것도 그래서였다. 그것이 불과 일 년 안쪽의 일이었다.

그런데 이 시점에서 고향에 내려간다니. 남들 눈에 우세스러운 것이야 그렇다 치더라도 당장 내가 소설을 쓸 수 없다는 것이 더 큰 문제였다. 진종일 텔레비전을 틀어놓고 볼륨을 최대치로 높인 채 고함을 지르듯 대화하는 귀먹은 부모와 한집에 살면서, 얼른 시집이나 가라는 그들의 잔소리에 시달려가면서, 무엇을 어떻게 쓸 수 있겠는가. 하다못해 그 동네에는 변변한 카페 하나 없지 않던가. 지금은 귀향할 때가 아니었다. 일단 서울에 남아야 했다.

그때까지만 해도 나는 내가 뭔가를 선택하고 있다고 믿었다. 고향이냐, 서울이냐. 그중에서 서울을 택한 것이었다. 그러나 풀어야 할 문제는 또 있었다. 월세를 사십만원씩 낸다는 것이 가능할까. 다행히도 그것은 묻는 순간 바로 답을 알 수 있는 종류의 질문이었다. 도시가스 요금에 전기세, 수도세, 건물 관리비까지 합하면 실질적으로 통장에서 다달이 빠져나가는 돈은 오십만원 안팎이 될 터였다. 아무데도 안 가고 우산꽂이처럼 얌전히 집구석에만 처박혀 있어도 한 달에 오십만원인 것이다. 거기에다 건강보험료와 통신비와 식비와 교통비 등 생활비를 다 합하면…… 숨이 턱 막혔다.

내가 지금 이런 고민을 하고 있는 게 다 누구 때문인가. 오빠 때문 아닌가. 그의 신혼집 전세금이 모자라는데 왜 내가 그걸 메워주어야 하나. 여윳돈이 있어서라면 또 모를까, 내 방 보증금을 빼가면서까지 그래야 할 까닭은 없지 않은가. 오빠만 아니면 서울이냐 고향이냐 월세 사십만원을 내느냐 못 내느냐 고민할 필요가 없었다. 그리고 그것은 곧 내가 예전처럼 마음 편히 소설에만 전념할 수 있다는 것을 의미했다. 나는 새삼 오빠의 부탁을 들어주기로 하기 전까지 내가 누렸던 그 보잘것없다 생각했던 시간들이 실은 얼마나 안온하고 평화롭고 소중한 것이었는지를 뒤늦게 실감하고 있었다.

그 하루의 끝에 나는 결심했다. 그리고 거울을 보며 목소리를 한 옥타브 낮춰서 말하는 연습을 해보았다.

오빠, 정말 미안한데…… 엊그제 돈 빌려주기로 했던 거 말이야…… 그거 없었던 일로 해야 할 것 같아. 정말 미안해……

휴대폰의 폴더를 열었다. 마땅히 해야 할 말을 하려는 것뿐인데 스타트라인에서 출발신호를 기다리는 육상선수처럼 긴장이 되었다. 심호흡을 했다. 오빠의 전화번호를 누르려는 찰나였다. 때마침 새로운 문자메시지가 수신되었음을 알리는 초록색 불빛이 손바닥 안에서 조급하게 반짝거렸다.

'오빠한테 뒤늦게 얘기 들었어요. 정말 너무 고마워요.'

발신인 칸에 찍혀 있는 것은 올케의 전화번호였다. 가지런한 이를 드러내고 웃으며 나를 아가씨라 부르곤 하던 그녀의 상냥한 목소리가 떠올랐다. 부정출발을 했다가 제자리로 돌아오는 육상선수처럼 허탈해하며 나는 폴더를 닫았다.

그래, 까짓것, 더 싼 방으로 이사가면 된다. 방이야 얼마든지 있지 않겠는가. 그리고 겨우 일 년이다. 오빠는 일 년 이내에 돈을 갚겠다고 했다. 그 정도 버티는 것이야 일도 아니잖은가. 십 년 세월도 금방 지나가는데.

결국 집주인에게 배려는 감사하지만 방을 빼야겠노라 통보했다. 그리고 돌아서면서 홀연히 깨달을 수 있었다. 내가 선택한 것이 아님을. 애초부터 내가 선택하고 자시고 할 일이 아니었음을. 그냥 결정된 것이었다. 어차피 이렇게 될 수밖에 없었다.

그 이튿날부터 어림잡아 하루에 두세 명 정도가 방을 보러 왔다. 나는 집 근처 카페에서 소설을 쓰다가 방을 좀 보여달라는 부동산 중개인의 전화를 받으면 집으로 냅다 뛰었다. 카페에 노트북을 그대로 놔둔 채 자리를 비워도 아무도 안 훔쳐갈 것이 뻔했으므로 새 노트북 사는 것을 구 년째 미뤄오길 잘했다는 생각도 했다. 나는 정말이지 참으로 긍정적인 인간이었다.

맨 처음 방을 보러 온 사람은 삼십대 여자 직장인이었다. 그녀는 방이며 욕실을 대충 둘러보는 시늉만 하더니 내게 물었다.

"낮에 햇빛 잘 들어와요?"

나는 창문이 북향으로 나 있어서 낮에도 불을 켜지 않으면 어두우며, 아마 그래서일 테지만 지금껏 살아서 이 방을 나간 화초가 하나도 없다고 사실대로 이야기해주었다.

두번째로 온 이들은 신혼부부였다. 그들은 형광등을 껐다가 켜보고 창문을 열었다 닫아보고 욕실에 들어가 세면대 수도꼭지까지 틀었다 잠가본 후에 물었다.

"방음은 잘되는 편입니까?"

옆방에 사는 사람이 컴퓨터로 메신저에 접속할 때면 로그인 사운드를 또렷하게 들을 수 있다고 나는 이번에도 사실대로 고했다. 그러나 옆방 사람이 샤워할 때 샤워기를 벽에 거는 소리까지 들을 수 있다는 이야기는 쓸데없이 야릇한 오해를 살까봐 하지 않았다.

세번째 방문객은 이십대 남자 대학생이었다. 그는 집주인이 이 건물에 살고 있지 않으며 고로 세입자의 사생활을 간섭할 일도 전혀 없다는 사실을 확인하더니 만족스러운 표정을 지었다. 그리고 방을 나가기 직전에 깜빡 잊을 뻔했다는 듯 짧게 아, 하고 외쳤다.

"여기 인터넷 깔려 있나요?"

나는 아무래도 이 건물은 아니고 옆 건물의 누군가가 무선 인터넷을 쓰는 것 같기는 한데, 낮에는 신호가 거의 안 잡히지만 자정부터 새벽 다섯시 사이에는 그럭저럭 잡히므로, 만약 그 시간대에 주로 활동한다면 공짜로 인터넷을 할 수 있을 것이라고 일러주었다. 내 대답에는 조금의 과장도 거짓도 없었다.

그들은 그렇게 왔다가 갔다. 이사철도 아닌데 희한하게 방을 보러 오겠다는 사람은 끊이지 않았다. 따라서 나 또한 카페에서 소설 쓰다 말고 집으로 달려가는 일을 반복해야 했다. 소설에 집중하기가 어려운 것이 당연했다. 집에 있는 동안이라고 마음을 놓을 수 있는 것도 아니었다. 그들은 아침에 내가 늦잠을 자고 있을 때도 왔고 점심을 먹고 있는 도중에도 왔고 저녁에 샤워를 하고 있을 때도 왔다. 나는 아무것도 할 수가 없었다. 그들이 언제 올지 알 수 없었기 때문이다. 다만 그들이 무엇을 질문할 것인지는 짐작할 수 있었다.

"외풍이 있진 않나요?"

"수압은 괜찮습니까?"

"겨울에 가스비가 얼마나 나와요?"

나는 매번 있는 그대로 솔직하게 대답해주었다. 그러기를 사나흘쯤 했을까. 안 그래도 낯선 사람들을 상대하는 일에 슬슬 지쳐가던 차였다. 저녁 늦게 방을 보러 온 젊은 남자가 갑자기 걸려온 전화를 받느라 밖으로 나간 사이, 그와 함께 온 부동산 중개인이 문 쪽을 힐끔거리며 낮은 목소리로 나를 다그쳤다.

"도대체 방을 뺄 생각이 있는 거요, 없는 거요?"

그는 같은 말을 해도 아 다르고 어 다른 법이라고 했다. 나처럼 이 방에 하자가 있다는 것을 곧이곧대로 말하면 누가 입주하려 하겠냐는 것이었다. 사람이 살아가면서 물론 솔직한 게 제일 좋지만 경우에 따라 가끔은 거짓말도 좀 하고 그래야 사는 게 편해지고 서로 좋은 게 좋은 것 아니겠냐는 그의 말에는 두서가 없었다. 그렇지만 악의도 없었다.

"이게 다 아가씨를 걱정해서 하는 소리예요."

오빠가 나에게 했던 말을 그도 똑같이 하고 있었다. 왜 다들 이렇게 나를 걱정하는 것일까. 그들에게 걱정을 끼치지 않으려면 나는 소설쓰기를 포기해야 하고 방을 보러 온 사람들 앞에서 이 방의 문제점들을 은폐해야 했다. 그러나 그것이 과연 바람직한 일인가. 내가 원하는 일인가. 내가 어떻게 하는 것이 좋을지 자연히 생각이 많아질 수밖에 없었다.

그것이 바로 어제의 일이었다.

보경과 나는 설문지가 수북이 쌓인 탁자를 사이에 두고 마주앉아 편의점 샌드위치와 테이크아웃 커피로 점심을 때웠다. 오전에만 설문 사십여 건을 해치웠으니 그만하면 중간 성적이 나쁘지 않은 셈이었다. 그럼에도 바지런한 보경은 쉬지 않았다.

"너는 이성을 볼 때 어디를 제일 먼저 봐?"

그녀는 커피를 홀짝거리며 남자친구와 통화를 하고 있었다.

"1번 얼굴, 2번 몸매, 3번 성격, 4번……"

그에게 전화로 설문조사를 하고 있는 것이었다. 이번 건은 항목별로 답을 체크한 후 마지막에 응답자의 전화번호만 기재하면 되는 양식이라 타인의 설문지를 대신 작성하는 것도 불가능하지는 않았다. 설문 한 건당 따로 수당이 떨어지기 때문에 보경은 이런 식으로 가끔 제 지인들을 동원하고는 했다.

"그럼 데이트 비용은 어떻게 부담해? 1번 남자가 전부 낸다,

2번……"

신생 결혼정보업체에서 실시하는 설문조사였다. 그들의 진짜 목적은 설문 자체에 있는 것이 아니라 언론사를 통해 그것의 결과를 보도하는 방식으로 회사의 이름을 대중에게 노출하려는 데 있다고 봐야겠지만, 우리 아르바이트생들이야 시키는 대로 하고 돈만 받으면 그만이니 그런 데까지 신경쓸 필요는 없었다.

이 일을 시작하고 나서 나는 수많은 질문들을 상대해왔다. 요즘 청소년의 독서 경향 및 실태에 대해, 우리나라 커피 전문점의 평균 커피 가격에 대해, 재활용품 분리수거의 실효성에 대해, 성범죄자 신상공개의 적절한 수위와 방식에 대해, 시판되는 유기농식품의 신뢰도에 대해, 독도 문제를 어떻게 생각하는지에 대해, 휴대폰 기기를 교체하는 이유에 대해. 그것들은 항목도 다양했고 목적도 다양했고 대상도 다양했다. 다양하지 않은 것은 아르바이트생에게 지급되는 건당 수당뿐이었다. 또한 질문들은 낮이 가면 밤이 오고 밀물이 들면 썰물이 지고 사람들이 서로 만나면 헤어지고 또 만나듯 끝없이 이어졌다. 앙케트 대행회사가 망한다 해도, 내가 아르바이트를 그만둔다 해도, 세상의 질문들은 끝없이 생산되고 유포되고 소비될 것이었다. 내가 죽은 후에도 물론. 그런 생각이 가끔 나를 막막하게 하곤 했다.

"애인의 생일선물 가격은 얼마가 적당한가? 이건 주관식이야."

나는 보경을 쳐다보았다. 그리고 얼른 탁자 위의 설문지를 살

폈다. 내 기억대로 거기에 주관식 항목은 없었다. 보경의 질문 자체가 아예 없는 것이었다. 그녀는 내 의아한 시선에도 아랑곳하지 않고 질문을 이어갔다. 그러면서 뭐가 그리 우스운지 이따금 손으로 제 입을 가리고 웃었다.

"뭐가 그렇게 물어볼 게 많아?"

그러고 보니 내가 생각이 많다면 보경은 질문이 많았다.

"왜? 난 누가 나한테 뭐 물어보면 기분좋던데. 언닌 안 그래?"

전화를 끊은 후에도 그녀의 왼쪽 뺨에는 여전히 보조개가 패어 있었다.

"글쎄, 그런가. 난 잘 모르겠는데."

"뭘 물어본다는 건 그만큼 나한테 관심이 있다는 거잖아."

그래서 보경은 저부터 관심이 가는 사람이 있으면 항상 먼저 말을 건다고 했다. 사람은 누구나 자신에게 뭔가를 물어봐주고 말을 걸어주는 이를 좋아한다, 그가 자신에게 관심을 갖고 있다고 생각하게 되기 때문이다, 그래서 응당 고마움을 느끼게 되고 친절하게 대답하게 된다, 그러면 처음에 말을 걸었던 이는 자신의 시도가 성공했다는 사실에 용기를 얻게 되고 남에게 점점 더 잘 물어보게 된다, 당연히 점점 더 많은 사람의 호감을 사게 된다, 이것이 그녀의 주장이었다. 말하자면 일종의 선순환이라고 할까.

듣고 보니 그럴듯했다. 그렇다면 나는 어떤가. 내가 남에게 뭔가를 먼저 물어본 적이 있던가. 아니, 내게도 먼저 뭔가를 물어봐준 사람이 있었나. 기억을 더듬어보고 있는데 휴대폰 벨이 울렸다. 부동산에서 온 전화였다. 방을 보고 싶어하는 사람이 있다는 것이었다.

"죄송하지만 제가 지금 밖이라서 방을 보여드릴 수가 없어요."

"아이고, 그럼 집주인한테 열쇠를 맡겨놓고 나갔어야지."

중개인은 혀를 차더니 다시 한번 내게 방을 뺄 생각이 있기는 있느냐고 물었다. 나는 결국 그에게 현관문 디지털 도어록의 비밀번호를 알려주었다. 어쩌면 방 보러 온 이들에게 방의 하자를 시시콜콜 고하는 내가 없는 편이 방을 빼는 데 더 도움이 될지도 모르는 일이었다. 곧이어 오빠에게서도 전화가 왔다. 그는 내가 집주인에게 보증금을 돌려받았는지 알고 싶어했다.

"아직 못 받았어. 방이 안 나갔거든."

"그럼 언제쯤 받을 수 있을까? 내가 좀 급해서 말이야."

나는 종이컵 속의 식은 커피를 마저 들이켰다. 사람들은 내게 무엇인가를 묻고 있었으나 기실 그것들은 질문이라기보다 명령이나 권유에 가까웠다. 컵 바닥에 채 녹지 않은 설탕이 남아 있었다. 마지막 커피 한 모금이 몹시 달았다.

긴 오후였다. 보경은 오전보다 더욱 적극적으로 사람들을 불러모았다. 나 역시 그들에게 설문 작성 요령을 설명해주고 수건을 나눠주느라 분주했다. 탁자에 엉거주춤 엎드려서 설문지를 들여다보는 사람들의 머리 위로 헌혈 버스 앞 대한적십자사에서 파견 나온 자원봉사자들이 외치는 헌혈하고 가세요, 소리가 어지럽게 떠돌다 흩어졌다. KFC 건물 앞에서 기타 치며 노래를 부르던 금발 청년은 오늘의 공연 일정을 끝냈는지 모자를 들고 청중 사이를 누비던 다른 금발 동료와 함께 앰프며 스피커 등을 정리하고 있었다. 그들이 영어로 소리지르듯 주고받는 대화 속에서 나는 용케 'too late' 한마디를 알아들었다. 너무 늦었다니, 무엇이 너무 늦었다는 것일까.

사람들은 금세 설문을 마쳤고 금세 자리를 떴다. 질문 스무 항목의 답을 표기하는 데 평균 오륙 분밖에 걸리지 않았다. 문제가 모두 객관식이었으니까. 그리고 자기 자신에 대한 질문이 아니었으니까. 다시 말해 심사숙고하거나 정성을 기울일 필요 없이 그저 세수수건 한 장만큼의 성의만 보이면 되는 일이었으니까 말이다.

아침부터 주차장길 입구에서 주홍색 핫팬츠 차림으로 혼자 피켓을 들고 서 있던 여자는 어디로 갔는지 보이지 않았다. 아르바이트가 벌써 끝났을 리는 없는데. 잠깐 휴식을 취하고 있으려나. 문득 여자의 이것저것이 궁금했다. 아르바이트를 하지 않을 때 그녀는 무엇을 할까. 그녀가 진짜로 하고 싶은 일은 무엇일까. 아마도 그것을 안정적으로 하기 위해 물음표가 그려진 피켓을 들고 번화가 한가운데 서 있는 거겠지. 내가 소설을 쓰고 싶어서 사람들에게 설문지 돌리는 일을 하는 것처럼.

아직도 끝내지 못한 나의 소설이 떠올랐다. 주인공을 죽일지 살릴지 결정하고 나면 나머지는 일사천리로 진행되리라 믿었는데 실상은 그렇지가 않았다. 방을 내놓은 후 더이상의 진척이 없었던 것이다. 썼다 지웠다 반복하고 나면 늘 제자리였다. 따라서 일찍이 죽이기로 마음먹었던 주인공도 아직 살아 있는 상태였다.

쓰다 만 소설의 마지막 페이지에서 주인공은 고민하고 있었다. 죽을 것인가, 말 것인가. 그는 고민 끝에 다이어리를 펴고 왼쪽 페이지와 오른쪽 페이지에 각각 자신이 죽어야 할 이유와 살아야 할 이유를 적어보았다. 그 과정을 통해 그가 깨달은 사실은 딱히 죽어야 할 이유도 없고 마땅히 살아야 할 이유도 없다는 것이었다. 주인공은 서른 살이었다. 서른 해 이후의 생사를 단칼에 결정할 만큼의 절대적이고도 필연적인 이유가 없다는 것에 그는 충격을 받았다. 거기에서 소설은 멈춰 있었다.

이 소심하고 나약한 인물을 어떻게 처치하는 것이 좋을까. 다섯 리 안개 속에 갇혀 있는 것 같은 소설의 결말을 떠올리자 마음이 착잡해지면서 육천 마디 힘줄이 다 느슨해지는 기분이었다. 하기야 남의 인생을 결정하는 일이 그렇게 호락호락할 리가 없었다.

부동산 중개인에게서 다시 전화가 걸려온 것은 내가 주홍색 핫팬츠 여자의 행방이 궁금하여 일없이 목을 빼고 주차장길 쪽을 기웃거릴 때였다. 중개인은 내가 가르쳐준 방법대로 도어록을 조작해보았지만 문이 열리지 않는다고 했다.

"우물 정 다음에 공이일일 그리고 다시 우물 정 누르면 돼요."
"숫자 맞게 누르셨어요? 공이일일, 영둘하나하나."
"네? 그럴 리가요. 처음부터 다시 해보세요, 우물 정부터."
매일 한집에서 얼굴 맞대고 사는 현관문조차 나를 도와주지 않으니 오늘도 방이 나가기는 글렀구나 싶었다. 사실 방이 덜컥 나간다고 해도 문제였다. 그때부터는 당장 내가 앞으로 살 방을 구해야 했기 때문이다. 그러니까 보증금 없이 월세만으로 들어갈 수 있는 사글셋방을 말이다. 결국 내 종착지는 고시원이 될 확률이 높았다. 오빠가 겨우 일 년이라며 그 안에 돈을 갚겠다고 했지만 돈을 꿔준 사람 입장에서는 겨우 일 년도 영원 같은 시간일 수 있다. 나는 창문도 없는 한 평짜리 방에 영원히 갇힌 나를 상상했다. 그러자 불현듯 내가 지금 이 낯선 서울 땅에서 뭘 하는 것일까, 나는 대체 어디로 흘러가고 있나, 나이 서른에 이렇게 살아도 괜찮은 걸까, 하는 생각이 들었다.
헌혈 버스 자원봉사자 한 명이 버스 창문의 'A형 급구' 옆에 나란히 'O형 급구' 종이쪽을 붙이는 것이 보였다. 해가 이울어가는데 하던 일을 정리하는 게 아니라 새로 일을 더 벌이는구나 하고 나는 잠시 놀라워했다. 수건 상자를 정리하기 위해 몸을 돌렸다. 그때, 등잔 밑이 어둡다더니 마침내 주홍색 핫팬츠 여자가 바로 맞은편 파리바게트의 노천 탁자 앞에 앉아 있는 것을 보았다. 탁자 위에는 테이크아웃 종이컵이, 탁자 아래에는 피켓이 놓여 있었다. 잠깐 쉬고 있는 걸까. 쉬면서 무슨 생각을 할까. 아니, 그건 그렇고 나는 왜 이다지도 생각이 많은 것일까. 생각만, 쓸데없이 생각만. 다시 앞으로 몸을 돌렸다. 눈앞에 답란이 비어 있는 설문지가 높다랗게 쌓여 있었다.

"설문조사 참여하시고 선물 받아가세요!"

그렇게 외친 것은 나였다. 의자에 앉아 휴대폰을 들여다보던 보경이 나를 향해 미소를 지었다. 그리고 이내 자리에서 일어나더니 쭈뼛거리는 내 목소리에 당당한 제 목소리를 슬쩍 보탰다. 주홍색 핫팬츠 여자가 우리 쪽으로 고개를 돌렸다. 막연히 짐작했던 것보다 훨씬 어려 보이는 얼굴이었다. 왜였을까. 순간 나는 결심했다.

그래. 살리자.

주인공은 이제 겨우 서른 살이었다. 서른이면 이미 겪은 것보다 앞으로 겪어야 할 것이 많은 나이였다. 아직 모르는 것이 많고 그래서 궁금한 것도 많고 자연히 알아야 할 것도 많을 때였다. 딱히 죽어야 할 이유가 없다고 살기에는 늦은 나이가 아니지만 마땅히 살아야 할 이유가 없다고 죽기에는 이른 나이였다. 물론 그런 일에 적당한 나이가 따로 있다고 할 수는 없겠지만. 어쨌거나 단순하게 생각해도, 살리기로 했다가 나중에 마음이 바뀌어 다시 죽일 수는 있어도 일단 죽이고 나면 나중에 다시 살리고 싶어도 그럴 수가 없는 것이다.

주인공을 살리기로 결심하고 나니 갑자기 사기가 충만해졌다.

이번에는 정말로 결말이 술술 잘 풀릴 것 같았다. 어서 책상 앞에 앉아 노트북 자판에 열 손가락을 올려놓고 싶었다. 그러려면 설문 아르바이트를 빨리 끝내야 했다. 나는 숨을 깊이 들이마셨다가 내쉰 후 앞을 바라보았다. 마침 헌혈 버스에서 교복 차림의 여학생 네댓 명이 한꺼번에 내리는 것이 보였다. 학생들은 저희끼리 잠깐 수군거리나 싶더니 이윽고 우리 탁자를 향해 걸어왔다.

"이거 고등학생도 할 수 있는 거예요?"

보경이 얼른 대답했다.

"그럼요."

다른 학생이 물었다.

"이거 하면 뭐 주는데요?"

내가 대답을 하기도 전에 또다른 학생이 물었다.

"하는 데 오래 걸려요?"

"사은품이 수건이에요?"

"수건 말고 다른 건 없어요?"

"근데 뭐에 대한 설문조사예요?"

쏟아지는 질문들에 정신없이 대답하다가 나는 무심코 주홍색 핫팬츠 여자 쪽을 다시 한번 돌아보았다. 어라, 그새 탁자가 비어 있었다. 여자도 없고 테이크아웃 종이컵도 피켓도 보이지 않았다. 주차장길 입구 쪽을 눈으로 훑었으나 그곳에도 여자는 없었다. 일이 다 끝난 것일까. 그럼 그대로 가버린 것인가.

학생들에게 줄 수건을 한 장씩 접어 종이봉투에 넣었다. 그러면서 나는 아 참, 그 물음표, 무엇에 대한 물음표였는지 물어보고 싶었는데, 하고 뒤늦게 아쉬워했다.

선생님,
제예요

정말 오랜만이에요, 선생님. 저는 제자 최은주입니다. 제 나이 마흔이 넘었으니 무려 이십여 년 만에 인사드리는 거네요. 물론 선생님은 제가 누군지 기억하지 못하실 거예요. 너무 흔한 이름이기도 하고 너무 오래전 제자이기도 하니까요. 아마 선생님은 기억에도 없는 까마득한 옛날 제자가 갑자기 나타나 안부를 묻는 이유가 뭘까 의아해하시겠지요.

죄송합니다, 선생님. 더 일찍 안부를 여쭈었어야 하는데 말이에요. 선생님께 전해드릴 물건이 있었는데, 제가 너무 늦었습니다. 곧 알게 되시겠지만 그건 선생님께 대단히 중요한 물건이거든요.

변명을 하자면 사실 이십여 년 전 그때 한 차례 선생님께 그것을 전하려 한 적이 있었습니다. 제 실수로 그 시도가 무위로 돌아갔지요. 그 일이 성공했다면 모든 게 달라졌을 거예요. 제가 이렇듯 긴 세월 후에 갑자기 나타나 선생님 안부를 묻는 일도 생기지 않았을 거고요.

무슨 이야기를 하는 건지 통 모르시겠다고요?

네, 선생님. 처음부터 차근차근 말씀드릴게요.

오래전 선생님이 재직하셨던 강원도 소읍의 그 조그만 여자고등학교를 기억하실 거예요. 산중턱에 자리한 탓에 교정의 기온이 늘 산 아래보다 얼마쯤 낮았고, 그래서 산 아래 벚꽃이 다 질 무렵 비로소 피기 시작하는 교내 벚꽃을 보러 봄마다 상춘객이 들끓던 곳이지요. 교장선생님이 교내방송으로 꽃구경하러 오신 분들은 학생들의 면학 분위기 조성을 위해 모두 나가달라며 외치던 목소리가 너무 커서 오히려 면학을 방해한다며 저희 학생들끼리 키득거렸던 기억이 아직도 생생합니다. 그러고 보니 지금이 딱 그 계절이네요, 산 아래 벚꽃은 지고 교정의 벚꽃은 만개할.

저는 그 학교 일학년 신입생이었어요. 입학하고 얼마 안 있어 저는 선생님을 사모하게 되었습니다. 네, 선생님. 바로 당신을요. 수학을 끔찍하게 싫어하면서 수학 선생님을 좋아한다는 것은 줄리엣이 하필 몬터규 가문의 아들인 로미오를 사랑하게 된 것처럼 비극적일 수밖에 없었는데, 선생님께 잘 보이려 애썼음에도 제 수학 성적은 전혀 오르지 않았으니 그쯤 되면 상황은 비극적인 게 아니라 그냥 비극이었지요. 실제로 저는 수업시간에 어떻게든 선생님 눈에 띄고 싶어 상체를 꼿꼿이 세우고 있다가도 혹 저와 눈이 마주친 선생님이 저더러 앞으로 나와 칠판에 적힌 문제를 풀어보라고 하면 어쩌나 싶어 이내 몸을 움츠려야 했습니다.

선생님이 왜 좋았는지는 모르겠어요. 저희 학년에서는 곱상한 얼굴에 유머 감각이 뛰어났던 영어 선생님, 그리고 평소 학생들을 대하는 태도가 소위 '나쁜 남자' 냄새를 풀풀 풍겨 그것이 묘한 매력으로 작용했던 화학 선생님, 그렇게 두 분이 인기의 양대산맥이었지요. 외모도 범상하고 수업시간에 농담 한 번 안 하고 차분하게 수업만 해서 재미도 없는, 심지어 교사들 중 나이도 많은 편에 속했던 선생님을 제가 마음에 두게 된 것은 좀 뜻밖의 일이었습니다.

돌이켜보면 그저 누군가를 한번 좋아해보고 싶은, 그 설렘과 애틋함을 향유해보고 싶은 사춘기 소녀 특유의 과잉 감성이 가장 큰 이유였던 것 같아요. 지금이라면 시큰둥하게 넘겨버릴 일들에 십대 시절의 저는 쉽게 감하고 동하고 탄했으니, 아주 사소한 빌미만 생겨도 죽음 같은 절망에 빠지거나 불꽃같은 사랑에 기꺼이 뛰어들 준비가 되어 있었던 거지요. 그러던 차 우연히 선생님이 가시권에 들어왔다고 할까요.

물론 그렇다고 제가 아무나 좋아했다는 것은 아닙니다. 선생님은 여러모로 특별한 분이었어요. 학기초 무슨 일인가로 교무실에 갔다가 책을 읽는 선생님을 보았던 것이 떠오릅니다. 척 봐도 수업 교재는 아니었지요. 무슨 책일까 궁금하던 차 누군가가 선생님을 불렀고 선생님은 책을 펼친 채 뒤집어놓고 자리를 떴습니다. 저는 지나가는 척하면서 재빨리 책 뒤표지를 훑어보았어요. 한 남자가 한 여자에게 바치는 숭고하고 절대적인 사랑의 대서사시…… 시대를 초월하여 전 세계 독자를 울린 영원불멸의 사랑 노래…… 아아, 소개 문구만으로도 저는 벌써 감동했습니다. 책 제목이 '이녹 아든'이더군요. 어느 나라 말인지 무슨 뜻인지도 모를 그 단어의 신비로운 발음은 교무실에서 그것을 읽는 이가 국어 선생도 아니고 문학 선생도 아닌 바로 수학 선생이라는 사실의 생경함과 함께 제 뇌리에 선명하게 박혔습니다. 그날 저는 하교하자마자 읍내 하나뿐인 서점으로 달려갔어요. 그러나 그 책은 없었습니다. 읍내 하나뿐인 도서관에도 구비되어 있지 않았지요. 여러 날을 이리 뛰고 저리 뛰어보다가 결국 저는 신 포도를 포기하는 여우처럼 그 책에 대한 환상을 유지하려면 그것을 읽지 말아야 하는 법이라고 자위하게 되었습니다. 그러고 보니 아직도 읽어보지 못했네요.

선생님을 남다른 분이라고 인식하게 된 두번째 사건도 교무실에서 일어났습니다. 진학상담 순서가 돌아와 담임선생님을 만나러 간 저는 마침 자리를 비운 담임을 기다리며 일없이 주위를 둘러보았습니다. 그러다 책상 서너 개 건너 제게 옆모습을 보이고 앉은 선생님을 발견했어요. 선생님은 담배에 막 불을 붙이고 라이

터를 책상에 내려놓던 참이었습니다. 그때만 해도 흡연의 폐해에 대한 사회적 인식이 미약하고 비흡연자의 건강 및 인권에 대한 제도적 장치 또한 미비할 때라, 교사들의 교무실 내 흡연은 노상 있는 일이었지요. 하등 인상적일 것 없는 그 장면을 인상적으로 만든 것은 선생님이었습니다. 무슨 이유에서인지 선생님이 고개를 들어 저를 바라보았고, 우리의 눈이 서로 마주쳤고, 선생님은 멋쩍게 웃으며 방금 불붙인 그 담배를 지체 없이 재떨이에 비벼 껐습니다. 곧이어 담임이 자리로 돌아왔습니다. 하지만 저는 상담에 집중할 수가 없었어요. 선생님이 애써 지켜준 제 비흡연자로서의 건강 및 인권을 상담 내내 제 코앞에서 줄담배를 피움으로써 참혹하게 짓밟은 담임이 원망스러웠기 때문이기도 하지만, 그보다는 담임의 어깨 너머로 보이는 입에 아무것도 물지 않은 선생님의 옆모습이 너무 근사했기 때문이지요.

그날 저는 짝에게 선생님을 흠모하고 있노라 털어놓았습니다. 제 짝은 화학 선생님을 좋아한다더군요. 하긴 그 무렵 저희는 다들 누군가 한 사람씩 마음에 품고 있었습니다. 서태지에 목을 매거나, 교회 오빠를 짝사랑하거나, 보습학원에서 만난 옆 학교 남학생을 좋아하거나. 혹은 타인의 이성에 대한 취향이란 참으로 오묘하고도 난해한 측면이 있는 법이라 강호동의 도플갱어처럼 생긴 교내 매점 아저씨에게 푹 빠진 아이도 있었지요. 하지만 학교에서, 가뜩이나 폐쇄적이고 보수적인 시골 여고에서 가장 화제가 되는 대상은 아무래도 교사일 수밖에 없었어요. 스승의 날이 다가오면 학교가 온통 달콤하고 말랑말랑한 분홍빛 기류에 휩싸이는 것도 당연한 일이었지요.

바야흐로 스승의 날이 되었습니다. 첫 수업이 수학이었어요. 선생님은 교탁을 보더니 쑥스러운 듯 웃었습니다. 그러면서 한편으로는 난처한 표정을 지었는데, 교과서를 내려놓으려면 먼저 교탁에 쌓인 꽃다발과 선물 꾸러미들을 다른 곳으로 옮겨야 했기 때문이지요. 저는 저 말고도 선생님을 좋아하는 아이들이 꽤 있었다는 사실에 기가 죽어서 고개를 푹 숙이고 있었습니다.

"그런데 얘들아, 꽃은 어떻게 말리는 거니?"

고개를 들었습니다. 선생님의 손에 들린 것은 잘 마른 색색의 꽃송이가 들어 있는 기다란 유리병이었어요. 저는 저도 모르게 맞잡은 두 손을 가슴 앞에 모았습니다. 짝이 옆에서 속삭였어요.

"어머, 저거 니 선물 아냐?"

저는 아무 말도 하지 못했습니다. 교실 이곳저곳에서 아이들이 꽃을 말리는 방법에 대해 각기 의견을 내놓았지만 귀에 들어오지도 않았습니다.

그것이 꼭 제 선물이어서가 아니었습니다. 물론 선생님이 하고 많은 선물 가운데 제 것에 유독 관심을 보였다는 사실도 충분히 놀라웠지만, 그것보다 저는 선생님이 꽃을 말리는 데 방법이 따로 있다고 생각할 수 있는 종류의 사람이라는 사실에 더 매료되었습니다. 대개는 꽃 말리는 거야 생화를 그냥 내버려두면 그걸로 끝이라고 여기니까 말이에요.

스승의 날을 기점으로 선생님을 사모하는 마음은 점점 커져만 갔습니다. 저는 매일 짝과 비밀스럽게 선생님 이야기를 주고받았어요. 제가 이른 아침 아무도 없는 교무실의 선생님 책상에 노란 소국이 꽂힌 화병을 두고 오거나, 수학 시간 직전 교탁에 아몬드가 박힌 초콜릿을 올려놓거나, 봄소풍 때 멀리서 선생님을 찍은 사진을 현상해서 항상 지갑에 넣고 다닌다는 사실을 제 짝만은 알았습니다. 선생님의 혈액형이 무엇인지, 어떤 종교를 가지고 있는지, 평소 취미는 무엇이고 어떤 음식을 좋아하며 어떤 음악을 즐겨 듣는지, 그리고 잠이 오지 않는 밤에는 무엇을 하는지 등등 제가 선생님의 모든 것을 궁금해한다는 것도 잘 알고 있었고요. 마침 짝은 화학 선생님을 좋아하다가 한문 선생님을 좋아하다가 영어 선생님을 좋아하다가 잠깐 쉬겠다며 아무도 안 좋아하던 때라 시간과 기력이 남아돌았어요. 고맙게도 그것을 저를 위해 썼지요. 하여 짝은 전방위를 누비며 무시로 선생님에 대한 따끈따끈한 최신 정보들을 수집해왔어요. 어제 수학경시반 아무개 엄마가 선생님에게 홍삼 엑기스를 선물했다더라, 선생님 단골식당이 마을회관 뒤 국숫집이라더라, 다음 주말에 선생님 마지막 예비군 훈련이 있다더라…… 실로 대단한 정보력이었습니다. 짝은 선생님에 대해서라면 모르는 게 없었어요.

딱 하나만 빼고 말입니다. 편지에 대한 것.

아무에게도 말하지 않았습니다. 일기장에도 쓰지 않았습니다. 스승의 날 무렵부터 저는 혼자만 아는 일을 묵묵히 행하는 자가 으레 가질 법한 경건함과 긴장감 속에서 매주 한 통씩 선생님에게 편지를 보내고 있었습니다. 선생님 집주소를 알 수 없었으므로 편지 수신처는 매번 학교가 되었지요. 어차피 답장을 받을 리 없고 선생님에게 제가 누군지 밝힐 용기도 없었으므로 발신인란은 늘 비워두었습니다. 다만 첫번째 편지에 제가 몇 학년 몇 반인지를 밝혔는데, 그것은 자신에게 꾸준히 팬레터를 보내는 여학생이 속한 반에서 선생님이 어떤 표정 어떤 말투로 수업을 하실지 알고 싶었기 때문입니다.

어쩌다 편지를 써야겠다는 생각을 하게 되었을까요. 그야 물론 하고 싶은 이야기가 있어서였겠지요. 그러나 막상 펜을 쥐어보니 선생님에게 미주알고주알 할 이야기가 많으리라는 것은 착각이었습니다. 그렇잖아요. 별다른 친분도 없이 그저 수많은 제자 중 한 명에 불과한 제가 담임도 아닌 수학 선생님에게 딱히 무슨 할말이 있겠어요? 선생님, 멋있어요. 선생님, 좋아해요. 그 두 문장이면 끝이었어요. 팬과 친구의 차이점이 전자와의 대화에서는 화제가 금방 동나는 것이라는 에릭 시걸의 소설 속 전언은 과연 옳았습니다.

그럼에도 저는 편지를 썼습니다. 무슨 말이든 하고 싶었습니다.

그래서 우리 반 아이들에 대해 이야기하기 시작했어요. 1번부터 번호 순서대로 선생님께 아이들을 소개한 것이지요. 예를 들면 이런 식이었어요.

선생님, 우리 반 1번 현주는 노래를 정말 잘 불러요. 피아노도 잘 치고 기타도 잘 치고 심지어 작사 작곡에도 능해요. 현주의 꿈은 싱어송라이터래요. 현주 때문에 가을에 열릴 교내 가요제가 무척 기대되네요.

선생님, 우리 반 2번 윤지는 운동신경이 되게 좋아요. 체육 시간에는 거의 혼자 날아다니다시피 해요. 편을 갈라서 시합을 하면 윤지가 어느 편에 속해 있느냐에 따라 승패가 나뉠 정도지요. 지금도 육상부와 테니스부에서 서로 윤지를 모셔가려고 난리래요.

5번 지원이는 보이시해서 친구들에게 인기가 많아요. 한마디로 미소년 같다고 할까요. 잘 보면 예쁜 얼굴인데 말투나 행동은 딱 남자애거든요. 지원이가 지나가면 아이들이 무슨 연예인이라도 나타난 것처럼 숙덕거리거나 카메라로 몰래 촬영을 하기도 해요. 그런 걸 보면 인기 많은 게 꼭 좋지만도 않은 것 같아요.

7번 경희는 우리 반에서 키가 제일 커요. 다리가 기니까 청바지 입을 때도 아랫단을 접을 필요가 없고 사실 뭘 입어도 모델 같아 보여요. 그렇지만 경희는 속상하대요. 자기보다 작은 남자는 싫은데 소개팅에서 자기보다 큰 남자를 만나본 적이 없다나요. 참고로 경희의 키는 백칠십오 센티미터랍니다.

반 친구들에 대해 이야기하는 것은 즐거웠습니다. 그들을 소개하려면 먼저 관찰을 해야 했고 그러다보면 자연히 새로운 면면을 발견하게 되었는데 그 과정이 그들 한 명 한 명과 한층 친해졌다는 느낌을 주었거든요. 게다가 제 편지 때문인지 아닌지는 알 수 없지만 선생님도 우리 반 아이들의 이름을 금세 외웠습니다. 아니, 이름만 외운 것이 아니었어요.

어느 날 수학 시간이었습니다. 제가 세번째 편지를 준비하던 때지요. 선생님이 출석을 부르다 말고 물었습니다.

"경희는 키가 되게 커 보이네. 키가 몇이지?"

처음에는 우연이라고 생각했습니다. 하지만 그다음 수업시간에 선생님은 또 물었어요.

"이번 영어 말하기 대회에서 지연이가 1등 했다면서?"

그다음 시간, 또 그다음 시간에도 그랬습니다. 혜정이에 대해, 수진이에 대해, 보영이와 진희와 윤정이에 대해 선생님은 출석을 부를 때마다 문득 생각난 것처럼 뭔가를 물어보거나 알은척을 했습니다. 모두 제가 편지에 쓴 내용과 관련된 것들이었어요. 우연

일 수가 없었습니다. 말하자면 선생님은 그런 식으로 제 편지에 매번 답장을 보내고 있었던 것이지요.

신기한 것은요, 그 답장 때문에 반 아이들이 조금씩 달라지게 되었다는 거예요. 이름이 불린 친구들은 선생님이 보여준 관심에 놀라움과 고마움을 느꼈고 그것을 계기로 선생님께 호감을 갖게 되었지요. 이름 불리지 않은 친구들도 마찬가지였어요. 눈에 띄는 극소수 학생들만 기억하는 여느 교사들과 달리 선생님은 우리 반 아이들 모두에게 고루 관심을 갖는 다정다감하고 자상한 사람이라는 인식이 갈수록 공고해졌지요. 아이들이 선생님을 좋아하게 되면서 수업 분위기도 점점 더 화기애애해졌습니다. 이렇게 말하니 제가 마치 수학 시간의 면학 분위기 조성에 지대한 공을 세운 것처럼 느껴지네요. 사실 제가 선생님께 편지를 쓴 것은 오로지 저를 위해서였는데 말입니다.

7월이 시작되었습니다. 이제 29번인 제 차례였습니다. 오래 기다려온 순간이었어요. 선생님에게 저를 각인시킬 수 있는 절호의 기회였으니까요. 모든 면에서 나무랄 데 없는 모범생이라고 할까. 성격이 너무 좋아서 주변에 항상 친구들이 많다고 할까. 알면 알수록 심성 곱고 속도 깊은 아이라고 할까. 저는 편지지 앞에서 주저했습니다. 마음에 쏙 드는 표현이 떠오르지 않았습니다. 선생님 입장에서 학생의 최고 미덕은 공부를 잘하는 것이겠지만 그렇게 쓸 수는 없었어요. 수학 시험 점수가 이미 나와 있었으니까. 선생님에게 이성으로서 매력적으로 보이고 싶었지만 그렇게 쓸 수도 없었지요. 출석부에 이미 사진이 부착되어 있었으니까요. 이도 저도 걸러내자 할말이 없었습니다. 제가 별다른 장점도 없고 특색도 없는 아이라는 사실을 그때만큼 뼈저리게 느껴본 적도 없을 거예요.

이틀을 고심한 끝에 다행히 저는 할말을 찾아냈습니다. 사람들은 대개 자신과 공통점을 가진 이에게 친밀감을 느끼게 마련이잖아요. 그 점을 공략하고자 했지요.

> 29번 은주의 취미는 독서예요. 주말이면 늘 집에서 책을 읽는대요. 특히 시집을 좋아한다고 합니다. 최근에 감명깊게 읽은 책은 한 남자가 한 여자에게 바치는 숭고하고 절대적인 사랑의 대서사시, 시대를 초월하여 전 세계 독자를 울린 영원불멸의 사랑 노래, 영국 계관시인 앨프리드 테니슨의……

반쯤은 사실이었어요. 저는 독서를 좋아했고 주말이면 으레 집에서 소설책을 읽었으니까요. 시집을 사본 적은 없지만 『이녹 아든』은 정말 사려 했어요. 그리고 살 수만 있었다면 분명히 감명깊게 읽었을 겁니다.

제 전략이 흡족한 동시에 불안한 마음이 들었습니다. 커닝으로 시험 성적이 잘 나왔을 때처럼 죄의식을 동반한 성취감이 있었다고 할까요. 선생님이 의심하면 어쩌지. 아무리 우연이라 해도 너무 딱 맞아떨어지는데. 물론 의심하지 않는다 해도 걱정이었습니다. 이 정도 우연이면 운명이라 해도 무방하지 않을까. 선생님이 청혼이라도 하면 어쩌지. 난 이제 겨우 열일곱 살인데.

그러나 선생님은 저에게 아무것도 묻지 않았습니다. 혹시 편지가 배달사고로 선생님에게 전달되지 않았나 했으나 그것도 아니었습니다. 선생님은 저 빼고 28번과 30번에게는 알은체를 했으니까요.

당혹스러웠습니다. 어째서? 왜? 아무리 생각해도 이해할 수가 없었습니다. 선생님은 기막힌 우연의 일치로 자신과 똑같은 책을 읽은 지성과 교양이 넘치는 29번에게는 궁금한 게 전혀 없고, 28번이 양손잡이라서 숟가락질과 젓가락질을 양손으로 동시에 할 수 있는지 없는지, 30번이 보라색 마니아라서 문구류를 보라색으로 통일하고 필기도 보라색 펜으로 하는지 아닌지, 고작 그런 것들이 궁금했단 말인가요?

그렇습니다. 그게 정답이었습니다. 선생님은 저에게 아무 관심이 없었던 거예요. 매주 이름 없는 편지를 보내오는 미지의 소녀에 대해서는 환상을 품었겠지만, 수업시간마다 선생님 눈앞에 실재하는 29번 학생에게는 아니었던 거지요. 전자도 저고 후자도 저지만 더 약한 쪽, 더 상처받기 쉬운 쪽은 후자였습니다. 수학을 지지리 못하는데다 여드름으로 뒤덮인 얼굴에 도수 높은 안경을 쓴 키 작은 아이.

당혹감은 슬픔으로 수치심으로 종내는 체념으로 바뀌었습니다. 문득 상상해보았어요. 전자와 후자가 동일인이라는 것을 알면, 나라는 것을 알면 선생님은 어떤 반응을 보일까. 상상할 필요도 없었습니다. 이미 모든 것이 자명했어요. 어쩌면 제가 처음부터 이런 결말을 예상하고 있었는지도 모른다는 생각마저 들었습니다.

여름방학이 일주일 앞으로 다가왔습니다. 제가 아직 소개하지 못한 아이들이 세 명 남아 있더군요. 솔직한 심정으로는 이제 소개고 뭐고 다 그만두고 싶었지만 그래도 이왕 시작했으니 완주해야겠다는 의무감이 들었어요. 그때까지 선생님에게 보낸 편지는 모두 아홉 통이었습니다. 저는 일주일에 한 통씩 쓰던 관행을 깨고 그날 곧바로 열번째 편지를 썼습니다. 빨리 끝내버리고 싶었거든요.

31번은 제 짝이었습니다. 일필휘지로 소개했습니다. 32번도 수월하게 넘어갔습니다. 마지막 한 명이 남았습니다. 33번 황미선. 갑자기 말문이 막혔습니다. 미선이와는 말을 해본 적이 한 번도 없었거든요. 말 없고 웃음기도 없어 평소 있는 듯 없는 듯 눈에 띄지 않던 아이. 비쩍 마른데다 안색이 늘 창백하여 어딘가 아파 보이던 미선이에 대해 제가 아는 것은 그 아이가 학교 앞에서 자취를 한다는 것 하나뿐이었습니다. 미선이를 소개하기 위해서는 그 애를 관찰해야 하고 뭔가 발견해야 했습니다. 그러나 그럴 시간이 없고 의욕도 없었습니다.

선생님, 대체 제가 왜 그랬을까요.

33번 미선이는 저예요, 선생님.
부디 제 마음을 알아주세요.
그리고 비밀을 꼭 지켜주세요.

어쩌자고 그렇게 썼던 것일까요.

물론 그건 장난이었어요. 아니, 장난이랄 것까지도 없고 그냥 별생각이 없었습니다. 미선이에게 불이익이 가는 것도 아니고 선생님에게 해가 되는 것도 아니니 아무려면 어때, 했던 거지요. 설령 문제가 생긴다 해도 그때 가서 제가 진실을 밝히면 된다고 생각했습니다. 이학기에도 수학 수업은 계속되니까요. 제가 학교를 그만둘 게 아니니까요. 그때는 그저 그렇게만 생각했습니다.

방학이 되었습니다. 그리고 저는 집안에 갑작스럽게 몰아닥친 크고 작은 우환들을 겪으며 거의 넋이 나가버렸습니다. 학교에 알리지도 못하고 친구들과 인사도 못 나누고 야반도주하듯 마을을 떠나야 했으니까요. 그런데요, 선생님. 사람 심리라는 게 참 이상하지요. 집안이 풍비박산 나고 이민을 서두르는 그 정신없는 와중에 문득문득 편지 생각이 나더라고요. 아무 생각 없이 한 거짓말이 이상하게 머릿속을 떠나지 않았습니다. 선생님은 그게 미선이인 줄 알겠지, 그래서 기뻤을까 아니면 실망했을까, 미선이를 보면 어떤 기분일까, 미선이는 아무것도 모르겠지, 이 사실을 안다면 미선이는 어떤 기분일까……

두 사람의 기분을 알 수는 없었습니다. 그러나 제 기분은 분명하게 알 수 있었어요. 두 사람이 마시는 우물에 독을 푼 것 같은 기분이었습니다. 진실을 밝혀야겠다고 저는 뒤늦게 마음먹었습니다. 이 나라를 떠나게 되었고 다시는 선생님을 만날 일도 없다고 생각하자 용기가 생기더군요. 부랴부랴 열한번째 편지를 썼습니다. 그건 저라고요. 선생님에게 그 편지들을 보낸 사람은 33번 황미선이 아니라 29번 최은주라고 말입니다.

편지를 쥐고 우체통으로 달려갔습니다. 하필 방학 때라 선생님 손에 들어가기까지 시간이 좀 걸리겠지만 그래도 학교니까 우편물이 분실되는 일은 없을 거라고 생각했습니다. 그제야 홀가분한 마음으로 비행기에 오를 수 있었지요.

편지를 받지 못하셨다고요? 네, 알아요, 선생님. 제가 선생님에게 보냈던 그 열한번째 편지를 제 방 서랍의 잡동사니 틈에서 발견한 것은 한국을 떠나고도 몇 년이 더 지난 후였습니다. 분명히 우체통에 넣었다고 생각했는데 제가 뭔가 착각했던 것인지 어찌된 일인지 알 수 없었지요. 황당했지만 다시 부칠 수도 없는 노릇이라 서랍에 도로 넣어두고 그대로 잊었습니다. 며칠 전 난데없이 선생님 소식을 한국 신문기사와 인터넷 뉴스를 통해 접하지 않았다면 아마 그 편지를 다시 꺼내볼 일은 영영 없었겠지요.

선생님, 이제 짐작하시겠지요? 기억에도 없는 까마득한 옛날 제자가 갑자기 나타난 이유를요. 바로 그 열한번째 편지를 선생님께 드리려고요. 이제라도 진실을 알려드리려고요. 그러려고 한국에 왔습니다.

네. 늦어도 너무 늦었다는 거 압니다. 제가 할 수 있는 일이 사실상 없다는 것도요. 아동 및 청소년의 성보호에 관한 법률에 따르면 미성년자 성범죄 사건의 공소시효가 피해자가 성년에 도달한 날부터 십 년이라고 하던데 이미 이십 년도 더 지났으니까요. 하다못해 손해배상청구도 민사상 소멸시효가 지났으니 불가능하고요. 저도 그 부분을 고민했습니다. 하지만 법적으로 할 수 있는 일은 없어도 저에게는 아는 바를 사실대로 밝혀야 할 의무가 있다는 생각이 들더군요. 진실규명에는 공소시효가 없으니까요.

선생님, 사실 저는 지금도 얼떨떨합니다. 아직도 믿기지가 않아요. 대체 무슨 일이 있었던 건가요? 어떻게 그런 일이 일어났나요? 아니, 왜 그러셨나요, 선생님?

인터넷에서 처음 선생님 관련 기사를 본 순간부터 지금까지 수백수천 번 생각했습니다. 어쩌다 그렇게 되었을까. 내 편지 때문일까. 그때 내가 뜬금없이 미선이를 끌어들이지 않았다면, 나중에라도 진실을 밝힌 편지를 선생님에게 제대로 전달했다면, 그랬다면 아무 일도 일어나지 않았을까. 그럴지도 모르지. 하지만 내가 어떻게 그런 일이 일어나리라는 것을 미리 알 수 있었겠는가. 그건 순전히 장난이었는데. 그렇다면 내 잘못은 어디까지인가…… 답할 수 없는 질문이 끝없이 이어지더군요.

아무 대답도 하지 못한 채 선생님 기사를 끝없이 반복해서 읽었습니다. 모든 혐의를 부인하셨더군요. 나아가 황 모 양을 명예훼손으로 고소하겠다고 하셨더군요. 너무 오래전 일이라 기억은 잘 안 나지만 두 사람이 연인 사이였고 오히려 상대가 자신을 먼저 유혹했다는 증거로 이십여 년 전 황 모 양이 보낸 자필 편지들을 공개하겠다고 주장하셨다면서요. 그렇게 시작된 진실 공방의 판이 점점 커지다가 급기야 제 모교 이름과 선생님 이름이 나란히 포털 사이트 실시간 검색어 1위와 2위에 오르기까지 전 과정을 저는 숨도 못 쉬고 지켜보았습니다. 어떻게 그럴 수가 있는지요, 선생님?

알아요, 미선이에게 용서받을 수 없는 죄를 저지른 사람은 선생님만이 아니라는 것을요. 제가 먼저였지요. 모든 것이 제 편지에서 시작되었으니까요. 미선이, 아, 미선이에게 제가 무슨 말을 할 수 있을까요. 대체 어떻게 사죄해야 할지, 이제 와 사죄한들 무슨 소용이 있을지, 무엇을 어떻게 해야 할지 막막하기만 합니다. 그때는 일이 이렇게 될 줄 몰랐다고 해야 할까요. 몰랐다는 게 변명이 되기는 할까요. 아무 생각 없이 끼적인 거짓말 한 줄이 누군가의 인생을 완전히 바꾸어놓을 수도 있다는 사실을 그때는 정말 몰랐다고, 그렇게요? 아아, 정말 모르겠습니다.

그래서 저는 일단 미선이를 만나기로 했습니다. 직접 만나보면 제가 무엇을 해야 하는지 알게 될 수도 있으니까요. 이 모든 이야기를 처음부터 차근차근 미선이에게 들려주는 것이 아마 가장 먼저 해야 할 일이겠지요. 그다음 순서는 열한번째 편지를 보여주는 것이 될 테고요. 물론 그 편지의 원래 수신자는 선생님입니다. 그러니 선생님께 그것을 전해드리러 갈 겁니다. 선생님이 갖고 있는 편지들과 제가 갖고 갈 편지가 만나면 부러진 칼이 나머지 반쪽을 만나 온전해지듯 그 편지들을 쓴 이가 누구인가도 분명해지겠지요.

짧게 안부를 묻는다는 것이 너무 길어졌네요.

곧 뵙겠습니다, 선생님.

도망가지 않아요

완구는 군내버스 정류장을 향해 걸었다. 조카 돌잔치에 다녀오는 길이었다. 뷔페 오찬이 조금 전에 시작되었고 내빈 선물 추첨 순서도 아직 남아 있었지만 서둘러 자리를 뜰 수밖에 없었다. 서울에서의 저녁 약속에 늦지 않으려면 곧 출발하는 상행선 기차를 타야 했기 때문이다.

정류장은 비어 있었다. 시골이라 그런지 버스 도착 시각을 안내하는 전광판도 설치되어 있지 않았다. 완구는 기차역으로 가는 버스 노선을 물어볼 만한 이가 없을까 하고 주위를 두리번거렸다. 다행히 한 사내가 정류장 뒷벽에 현수막을 부착하고 있는 것이 보였다. 완구는 사내가 일을 끝내면 말을 걸 요량으로 그를 계속 지켜보았다. 마침내 현수막이 좌우로 팽팽하게 펼쳐졌다.

'도망가지 않아요.'

뭐가?

완구는 현수막의 문장이 무엇을 의미하는지 알 수 없어 고개를 갸웃했다. 그 아래에 조그만 글씨로 베스트 어쩌고 하는 문구와 전화번호가 박혀 있었지만 하필 그 앞에서 꾸물거리는 사내의 몸에 가려 잘 보이지 않았다.

"사장님, 명함 한 장 드릴까요?"

"예?"

어느 틈엔가 사내가 완구를 쳐다보고 있었던 것이다. 기습적인 질문에 완구는 현수막 따위에는 관심도 없다는 듯 괜히 먼산을 바라보다가 "지금이 몇시지" 하고 혼잣말을 하며 주머니에서 휴대폰을 꺼냈다. 웬걸, 시간 말고도 그가 확인해야 할 것이 하나 더 있었다.

'집에 급한 일이 생겨 오늘 약속에 못 나가게 되었어요.'

방금 도착한 문자메시지의 내용은 그러했다. 보름 전 소개팅을 한 후 오늘 두번째로 만나는 자리인데, 여자는 약속을 다른 날로 미루자는 말도 없었다. 완구는 고개를 들었다. 서너 발자국 떨어진 곳에서 사내가 허리를 구부리고 노끈과 목장갑과 가위 등을 정리하고 있었다. 약속이 취소되었으니 이제는 쫓기듯 기차 타러 갈 필요도 없겠다, 그렇다고 돌잔치 장소로 돌아가자니 그것도 멋쩍은 노릇이겠다, 마음이 느긋해진 완구는 저도 모르게 용기를 냈다.

"저기 저 도망가지 않는다는 게 무슨 소립니까?"

사내가 동작을 멈추었다. 그가 천천히 허리를 펴며 일어나자 현수막 하단에 인쇄된 문구가 온전히 드러났다.

베스트 국제결혼중개소.

*

완구는 올해로 마흔두 살이 되었다. 물론 생물학적 나이가 그렇다는 것이고 관상학적 나이는 쉰둘쯤 되어 보였다. 새치 유전 탓에 머리는 벌써 반백이요, 축 처진 눈꼬리 밑으로는 굵은 주름 잔주름이 사이좋게 자글자글한데다, 전체적으로 몸은 말랐는데 아랫배와 엉덩이만 지나치게 비대하여 어떤 바지를 입어도 당근처럼 발목으로 내려갈수록 점점 좁아 보이는 우스꽝스러운 체형을 가진 탓이었다.

매일 오후 한시에 그는 보습학원으로 출근했다. 퇴근시간은 대개 밤 열시였다. 학원에서 나오면 근처 기사식당에서 밤참을 먹었다. 그가 하루 중 가장 좋아하는 시간이 그때였다. 줄곧 제육덮밥을 택했고 생선구이도 즐겨 먹었지만 완구가 그 식당에서 무엇보다 좋아하는 것은 이십사 시간 내내 솥에 가득 들어 있어 손님 스스로 떠먹게 되어 있는 조갯국이었다. 그는 국 한 그릇으로는 양이 차지 않아 항상 두세 그릇을 비웠다.

그리고 계산대 앞에서 신용카드를 내밀면서 종업원과 매번 같은 문답을 주고받았다.

"어? 월식 손님 아니신가요?"

"아닙니다."

그럴 때마다 완구는 그들이 이토록 번번이 같은 질문을 해대면서 정작 월식을 권하지는 않는 것이 참 희한하다고 생각했다.

언젠가 한번 엉뚱한 이에게 권유를 받은 적은 있었다. 학원 상담실장이 우연히 완구가 그 식당을 애용한다는 것을 알고 아예 월식을 하는 게 어떠냐고 물었던 것이다. 한 달분 식권을 한꺼번에 사면 소액이나마 할인받을 수 있기는 했다. 계산대 앞에서의 성가신 문답도 더는 없을 터였다. 그런데 이상하게 내키지가 않았다. 꼬집어 설명하기는 어렵지만, 월식 손님으로 식권을 내고 밥을 먹으면 똑같이 내 돈 내고 먹는 것인데도 마치 출석 체크를 하는 것처럼 어딘가 위축되는 기분일 것 같았다고 할까. 그러면 식욕도 떨어질 테고 그 시원하고 칼칼한 조갯국 맛도 반감될 게 뻔했다. 어허, 안 될 일이지, 하고 그는 속으로 도리질을 했다.

식당에서 집으로 오면 시간이 자정에 가깝게 마련이었다. 그러면 컴퓨터로 영화를 한 편 보면서 맥주를 마셨다. 새벽 세시쯤 침대에 누웠고 이튿날 오전 열한시쯤 일어났다. 대충 씻고 아침 겸 점심을 대충 먹고 컴퓨터 앞에 앉아 웹 서핑을 했다. 그리고 오후 한시에 보습학원으로 출근했다.

말하자면 단조로운 삶이었다. 어제나 오늘이나 내일이나 하나의 판으로 찍어낸 판화처럼 똑같은 무늬로 펼쳐지는 그의 일상에서 그나마 다채롭게 바뀌는 것이 있다면 날마다 보는 영화의 제목 정도일까. 어쨌든 단조롭다는 것은 평화롭다는 말의 다른 표현이기도 하므로 완구는 제 삶에 불만이 없었다. 불만이 있는 것은 그의 가족이었다. 이미 칠순을 넘긴 고향집의 부모는 앉으나 서나 눈을 감으나 뜨나 객지에서 홀로 사는 장남을 걱정하는 한편 못마땅하게 여겼는데, 그들의 관심사는 오직 하나였다.

"아버지, 생신 축하드려요."

"근데 너 장가는 언제 갈 거냐?"

"어머니, 어디 편찮으신 데는 없어요?"

"너도 남들처럼 결혼할 색시 좀 데려와봐라."

무슨 이야기를 꺼내도 기, 승, 전, 결혼. 매사가 이런 식이니 대화가 제대로 이루어질 턱이 없었다.

하나 있는 아우도 마찬가지였다. 완구보다 네 살 아래인 그는 이태 전에 결혼하여 처가가 있는 소읍에 살고 있었다. 그런데 결혼 당시 모자라던 신혼집 전세금을 보태준 이가 누구인지 그새 잊기라도 한 것처럼 툭하면 완구에게 신혼집부터 장만하라는 둥, 집 있고 결혼 있지 결혼 있고 집 있는 게 아니라는 둥, 머리털 없는 놈은 해도 돈 없는 놈은 못하는 게 결혼이라는 둥 어디서 주워들었는지 서푼짜리도 못 되는 사설을 늘어놓기 일쑤였다.

완구라고 지난 몇 년간 노력을 하지 않은 것은 아니었다. 주말마다 부모가 마련해준 맞선 자리에도 나갔고 학원 동료나 대학 동기가 소개해준 여자와도 만나보았다. 그러나 열에 열 모두 평소보다 더 가벼워진 주머니와 더 무거워진 발걸음으로 쓸쓸히 귀가했을 뿐이었다. 그 와중에 기껏 한다는 생각이 '오늘이 평일이었다면 최소한 퇴근 후 조갯국이라도 먹을 수 있었을 텐데' 따위였으니 오죽하면 그랬겠는가. 여자들은 혼자 앉은 완구를 발견하고도 '설마 저 남자는 아니겠지' 하는 표정으로 사방을 두리번거리다 결국 현실을 깨닫고 갑자기 부쩍 늙어버린 얼굴로 그에게 다가오고는 했다. 시작이 그러한 만남에 반전 같은 것은 없었다.

신혼집은? 연봉은? 장남이면 결혼 후 부모와 함께 살 것인지?

돌려 묻든 바로 묻든 맞선 상대가 알고자 하는 것은 결국 같았다. 그의 대답이 끝나면 재까닥 일어나는 것도 그랬다. 질문 없이 휴대폰만 만지작거리다가 대뜸 선약이 생겼다며 일어나는 여자도 있긴 했다. 선약이 어떻게 뒤늦게 생길 수 있는지 의아했지만 완구는 허허 웃었다. 처음부터 끝까지 호의적인 태도를 보여준 여자에게 용기를 내어 애프터 신청을 했다가 난데없이 스토커 취급을 받은 적도 있었다. 그때도 완구는 허허 웃고 말았던가.

하기야 그것이 바로 완구의 생존법이었다. 이래도 허허, 저래도 허허, 남들이 속없다고 나무라도 허허. 그 허허 정신이 일종의 보호색이 되어 남들은 눈치채지 못했겠지만, 기실 완구의 속도 편하지는 않았다. 잘못도 없이 내내 벌을 받는 것 같은 심정이었다고 할까. 솔직히 말하면 이 나이에 여태 결혼을 하지 못했다는 것보다 그로 인해 자신이 늙은 부모에게 애물단지가 되었다는 사실이 더 쓰라렸다. 직장에서도 익명의 세계 도처에서도 은연중 자신을 뭔가 하자 있는 이로 간주하는 것 같다는 자격지심이 더 뼈아팠다. 애물단지라니. 하자라니.

그는 국민학교 때 담임선생에게 들은 인생 최초의 칭찬을 아직도 기억하고 있었다. 반에서 국민교육헌장을 가장 빨리 암기한 학생으로 뽑힌 직후였다.

"완구는 누구보다도 애국심이 강한 아주 훌륭한 학생이구나."

선생의 그 한마디는 어린 완구의 귀에 여러 가지 문장으로 변주되어 들렸다.

"완구는 풍전등화와 같은 이 나라를 구할 큰 인물이 되겠구나."

"완구는 장차 조국을 이끌 거룩한 운명을 가지고 태어났구나."

"완구는 이 암흑의 시대에 횃불과도 같은 위대한 지도자가 되겠구나."

미래의 위대한 지도자는 엉겁결에 고개를 끄덕였다. 심장이 뛰는 소리가 제 귀에도 들리는 것 같았다. 완구는 어쩌면 자신이 알에서 태어났거나 등에 북두칠성 모양의 점이 찍혀 있을지도 모른다고 생각했다. 나중에 크면 일신의 영달이 아니라 민족의 중흥을 위해 제 한몸 바쳐 조국의 새 역사를 창조하리라 믿었다. 그런데 현재 불혹을 넘긴 그는 어떠한가. 민족중흥은커녕 저 하나 대를 잇지도 못하고 있는 처지 아닌가.

부모의 닦달은 날이 갈수록 더 심해졌다. 완구는 더욱 치열하게 소개팅에 임했다. 하지만 상대에게 애프터 신청을 할 때마다 실은 정답이 아님을 알면서도 무슨 답이든 써서 낼 수밖에 없는 열등생처럼 참담함을 느꼈다. 어쩌면 평생 혼자 살게 될지도 모른다는 예감이 그의 뇌리에 똬리를 틀기 시작했다. 그리고 그것이 차라리 혼자 사는 게 나을지도 모르겠다는 체념으로 변해갈 무렵, 마침 아우에게서 아이 돌잔치를 한다는 기별이 온 것이었다.

'도망가지 않는' 베트남 신부를 찾는 일은 그렇게 뜻하지 않게 시작되었다.

*

초행인데도 입국장을 찾는 것은 어렵지 않았다. 하노이공항이 원체 협소하기도 했거니와 사람들이 몰려가는 대로 따라가다보니 어느새 입국장이었다.

'김완구님'

그는 환영인파 속에서 용케 제 이름이 적힌 피켓을 찾아냈다. 살집 좋은 중년 여자가 그것을 들고 서 있었다. 한눈에 보아도 한국인은 아니었다. 여자와 그의 눈이 마주쳤다.

"김완구님인가요?"

한국어 발음이며 어조가 상당히 자연스러운 것으로 보아 통역사인 듯했다. 완구는 여자를 따라 공항 밖에서 대기하고 있던 승합차에 올라탔다. 차 안에는 베트남 현지인 운전사 외에 젊은 남자가 한 명 더 있었다. 한국인인가, 하고 생각하는데 남자가 악수를 청했다.

"처음 뵙겠습니다."

자신을 황가라고 소개한 남자는 완구와 같은 고객으로, 자신도 완구와 같은 비행기를 타고 왔다고 했다. 이는 곧 귀국할 때도 둘이 같은 비행기를 타고 간다는 얘기라며 황은 청하지도 않은 설명을 곁들였다.

공항에서 결혼중개소 지부가 있는 하이퐁시까지는 차로 두세 시간이 걸린다고 했다. 완구는 간밤에 잠을 설친 터라 눈을 좀 붙이고 싶었으나 황이 그를 내버려두지 않았다. 하이퐁은 베트남에서 세번째로 큰 도시이자 최대의 항구도시로 요즘 한국 기업의 투자처로 각광받는다, 조만간 한국의 경인고속도로 격인 하노이-하이퐁 고속도로가 개통되면 이동시간이 한 시간으로 줄어들 것이다, 몇 년 후 신항만이 완공되고 국제공항 증축도 끝나면 육상에 해상에 항공까지 최고의 교통 요지로서…… 들어서 나쁠 것 없는 정보들이었으나 흡사 결혼이 아니라 사업을 하러 온 것처럼 황의 하이퐁 브리핑은 끝이 없었다.

"어떻게 그렇게 잘 아십니까?"

"그야 몇 번 오다보니까 자연히 알게 되었지요."

사업차 올 일이 잦은가보다 했는데 황은 은행원이라고 했다. 나이도 겨우 서른여덟 살이었다. 완구는 그에게 아직 젊고 직업도 좋은데 왜 베트남 처녀와 결혼하려는지 물으려다가, 역으로 자신은 나이도 많고 직업도 보잘것없으니 베트남 처녀와 결혼하는 것이 마땅하다는 논리가 성립되는 것 같아서 입을 다물었다. 황이 씩 웃더니 목소리를 낮추어 말했다.

"여기 애들 보다가 한국 여자 보니까 결혼 못하겠더라고요."

완구는 그건 또 무슨 의미인지 묻고 싶었으나 잠자코 있었다. 조수석에 앉은 통역사가 한국말을 알아들을 수 있다는 사실이 왠지 켕겼기 때문이다.

목적지에 도착한 것은 저녁 여섯시쯤이었다. 민가는 고사하고 가등도 없는 휑뎅그렁한 거리에 오층짜리 건물 한 채가 신이 싸놓은 똥처럼 덩그마니 서 있었다. 말이 거창해 국제결혼중개소 베트남 지부지, 간판조차 없는 허름한 건물은 싸구려 모텔과 다름없어 보였다.

완구는 오층의 방을 배정받았다. 안으로 들어서자 천장에 띄엄띄엄 붙어 있던 조그만 도마뱀 서너 마리가 인기척에 놀랐는지 일제히 제 좌표를 수정했다. 실내 구조도 영락없는 싸구려 모텔이었다. 낡은 침대와 낡은 에어컨과 낡은 냉장고며 텔레비전이 구비된

방에 이어 낡은 세면대와 좌변기가 있는 욕실을 둘러보고 나니 마음이 안 좋아져서 완구는 허허 웃었다.

식당은 건물 일층에 있었다. 식당이라기보다 가정집 주방처럼 싱크대와 냉장고와 원형 식탁이 갖춰진 작은 방이었다. 반바지에 흰 메리야스만 걸친 대머리 노인이 황과 이야기를 나누다가 완구를 쳐다보았다. 알고 보니 그 노인이 결혼중개소의 사장이었다. 완구, 황, 그들과 한차를 타고 온 통역사와 운전사, 그리고 사장 노인까지 모두 다섯이 식탁에 둘러앉았다. 갈비찜과 된장국과 김치와 두부조림과 계란말이가 눈에 띄었다. 문자 그대로 한국 밥상이었다. 사장이 황과 완구에게 차가운 생맥주를 권했다. 그것 또한 라벨을 떼어낸 갈색 페트병에 들어 있는 것이 딱 한국 치킨집에서 생맥주 배달시키면 흔히 볼 수 있는 모양새였다. 황과 사장은 최근 베트남의 물가와 국제결혼의 동향에 대해 이야기를 나누었다. 메뉴도 한식이요, 귀에 들리는 언어도 죄 한국말이니 완구는 자신이 지금 낯선 나라에 있다는 것이 믿기지 않았다. 그가 된장국을 훌훌 마시는데 사장이 갑자기 물었다.

"미스터 김은 어떤 여자와 결혼하고 싶어요?"

"예? 저요?"

왜 그런 대답이 튀어나왔을까.

"음…… 조갯국 잘 끓이는 여자요."

이곳에 머물 4박 5일 내내 그 좋아하는 조갯국을 먹지 못하리라는 사실이 불현듯 안타까웠던 것일까. 사장은 껄껄 웃었다.

"이 사람 참 욕심이 없네."

그러면서 덧붙이기를 베트남 여자라면 누구나 해산물 요리에 능하지만 이곳 조개탕은 생강이며 고수를 넣어서 맛이 영 다르니, 요리야 한국 데려가서 가르치면 된다 생각하고 다른 것을 눈여겨 보라고 했다.

"다른 거요?"

"이를테면 결혼해도 살이 안 찔 여자를 골라야지. 몸매 보면 딱 알거든."

사장이 두 손을 허공에 올리더니 여자 몸의 굴곡을 그려 보이는 시늉을 했다. 옆에서 황이 끼어들었다.

"보니까 몸매는 다 좋던데. 일단 얼굴이 예뻐야죠."

"그렇지. 그런데 예쁜 것보다도 여자는 잘 웃어야 돼요. 남자가 저녁까지 일하고 왔는데 색시가 생글생글 웃으면서 반겨봐. 피로가 그냥 싹 풀리지."

"아, 정말 상상만 해도 그러네요."

황이 사장의 연륜에서 우러나온 삶의 지혜와 통찰에 감복했다는 듯 무릎을 쳤다. 사장이 건배를 제안했다. 식탁 위에 잔을 들지 않는 손이 둘 있는 것을 보고 완구는 그제야 운전사와 통역사가 옆에서 묵묵히 밥을 먹고 있었음을 알아차렸다. 별안간 극심한 갈증이 몰려와 그는 맥주를 단숨에 들이켰다.

*

알람이 울렸다. 겨우 새벽 여섯시였다. 완구는 노독이 가시지 않아 마디마디가 쑤시는 몸으로 샤워기 아래 섰다. 군 제대 후 이렇게 일찍 일어나보기는 처음이라 과연 결혼은 쉬운 일이 아니구나 싶었다. 이제 아침을 먹고 나면 본격적인 일정이 시작될 터였다. 그가 처음 한국의 결혼중개소를 방문했을 때 받은 안내책자에는 4박 5일에 걸친 인륜지대사의 전 과정이 딱 다섯 문장으로 정리되어 있었다.

1일째—출국한다.

2일째—맞선을 보고 신부를 정한다.

3일째—결혼식을 치르고 신혼여행을 간다.

4일째—신혼여행에서 돌아와 휴식을 취한다.

5일째—귀국한다.

허허 웃음이 아니라 허어 탄식이 나왔던가. 총각이 유부남으로 변신하는 데 닷새면 된다니. 대학교 사 년의 전공 과정을 일주일 만에 마치고 학위를 받는 식이랄까, 아니면 곰이 동굴에서 쑥과 마늘을 먹으며 버틴 지 한나절 만에 인간이 되는 식이랄까. 세상 모든 일이 이렇듯 신속하고 간단하게 이루어질 수 있다면 인류는 현재의 역사를 기백 번은 더 반복했으리라. 아니, 역사가 완전히 달라졌을 거라고 완구는 생각했다.

"이게 진짜 가능합니까?"

당시 그는 중개소의 직원 사내에게 몇 번이나 되물었다.

"가능하다마다요. 신혼여행을 생략하면 나흘 만에도 되지요."

"만약 하루 사이에 신붓감을 못 찾으면 어떡합니까?"

"아따, 사장님, 양어장에 물고기 없을까봐 걱정이세요?"

"그래도 사람 인연이라는 게 있는 법인데……"

"신붓감 찾을 때까지 아가씨 무제한으로 공급되니까 걱정 마십쇼."

"결혼식을 하려면 제가 준비해갈 게 있지 않나요?"

"저희가 다 알아서 준비해드립니다."

"신혼여행도 준비해가야 할 게 있을 텐데요."

"저희가 다 준비한다니까요."

"그래도 그게……"

"사장님."

"예?"

"사장님은 첫눈에 딱 꽂히는 아가씨를 찾는 거, 그것만 생각하세요."

그러면서 사내는 자사 회원으로 등록된 베트남 처녀들은 전원 이십삼 세 이하로 하나같이 예쁘고 착하고 순종적이라고 했다. 특히 절대 도망가지 않는다고 강조했다. 뉴스에 가끔 나오는 결혼 후 남편 등쳐먹고 가출하는 년들과 질적으로 다르다는 것이었다.

완구는 저더러 '사장님'이라면서 곧 '사모님' 되실 분들을 싸잡아 양어장 물고기니 무제한 공급이니 도망가지 않는다느니 해대는 사내의 화법이 다소 언짢았지만, 그건 그가 너무 깊이 생각해서 그런 것이지 사실 틀린 비유는 아니었다. 깊이 생각하지 않기로 했다. 그리고 계약서에 서명했다.

그래, 여기까지 왔으니 한번 잘해보자.

거울 앞에서 완구는 혼자 고개를 끄덕였다.

일정은 오전 여덟시부터 시작되었다. 통역사가 완구와 황을 이층 응접실로 안내했다. 널따란 실내 한가운데 합판 칸막이를 세워 공간을 두 개로 구분해놓은 곳이었다. 완구는 오른쪽 칸으로 들어갔다. 회색 소파가 직사각형 탁자를 가운데 두고 마주 놓여 있었다. 완구가 먼저 앉고 통역사가 그와 엉덩이 하나만큼의 간격을 두고 떨어져 앉았다.

"마음에 드는 아가씨가 있으면 저한테 번호를 얘기해요."

"예? 번호가 있어요?"

"왼쪽부터 1번이에요."

사전 설명이라고는 그게 다였다. 곧이어 베트남 처녀들이 5인 1조로 들어와 완구 맞은편에 앉았다. 소파가 비좁아 마지막 한 명은 팔걸이에 걸터앉아야 했다. 다들 어리고 예쁘고 날씬했으며 아무 말 없이 배시시 웃었다. 그녀들이 퇴장하자 다른 5인 1조가 완구 앞에 앉았다. 모두 예쁘고 날씬하고 어렸으며 아무 말 없이 웃다가 나갔다. 또다른 5인이 들어왔다. 역시 날씬하고 어리고 예뻤으며 내내 웃기만 했다. 그럼 완구는 어떠했는가. 웃지도 못했다. 그저 멍하니 앉아서 서른 명인지 마흔 명인지를 줄줄이 내보냈다. 통역사가 한숨을 쉬었다.

"마음에 드는 아가씨가 한 명도 없어요?"

"아니, 그게 아니라, 아직 적응이 안 돼서……"

사실 완구는 누가 누구인지 분간하기도 어려웠다. 1번이 괜찮다 싶으면 2번도 괜찮고 3번은 더 괜찮으며 4번은 3번과 비슷한 것 같은데 5번은 또 4번과 비슷해 보이는 식이었다. 혹시 자신이 수능 세대가 아니라서 오지선다형에 익숙하지 않은 것이 문제일까 싶기도 했다. 자꾸 진땀이 났다.

"잠깐 화장실 좀 다녀오겠습니다."

찬물 세수라도 할 생각이었다. 일층으로 내려가는데 건물 뒤쪽이 어째 소란스러웠다. 문틈으로 고개를 들이민 완구는 기겁을 했다. 뒷마당 가득 베트남 처녀들이 5열 종대로 도열해 있었던 것이다. 선글라스를 낀 중년 여자가 중대장이라도 되는 양 허리춤에 양손을 얹은 자세로 처녀들 앞에서 무어라 호령을 했다. 그렇게 뒷마당에서 대기하다가 위에서 신호가 오면 차례대로 다섯 명씩 올려보내는 모양이었다. 선글라스 여자가 일종의 처녀 공급 알선 책임을 짐작하기는 어렵지 않았다. 새로운 처녀들이 속속 도착하여 대열의 맨 뒤에 줄 맞춰 섰다. 완구는 적의 병력이 어마어마하다는 것을 확인한 정찰병처럼 긴장한 채 살그머니 돌아섰다. 찬물 세수 같은 건 이미 할 필요가 없었다.

사장이 응접실 입구에서 뒷짐을 지고 서성이다가 완구를 보더니 따라오라고 했다. 미스터 황이 벌써 후보들을 추려놓았으니 이제 어떻게 하는지 한번 보라는 것이었다. 보고 배우라는 뜻일 터. 아무래도 통역사가 사장에게 뭔가 귀띔을 한 듯했다.

황 앞에는 세 명의 처녀가 앉아 있었다. 첫인상만 보는 대규모 예선을 통과하여 인터뷰 관문이 있는 대망의 본선에 진출한 이들이었다. 남의 일이라서인지 완구도 이번에는 차분하게 상황을 관망할 수 있었다. 황이 질문했다.

"몇 살이에요?"

"영어 할 줄 알아요?"

"직업이 뭐예요?"

통역을 거친 처녀들의 대답은 비슷비슷했다. 나이는 스물에서 스물둘이고 영어는 전혀 못하며 직업은 원래 없거나 현재 없었다. 그중 한 처녀가 영어를 조금 한다고 말을 바꿨다. 황이 아무 말이나 해보라고 했다.

"아이 러브 유."

황이 웃음을 터뜨렸다. 완구도 웃고 모두 웃었다. 이로써 판세는 그 처녀에게 기우는가 싶었다. 그런데 황이 그녀에게 뜬금없이 입을 벌려보라고 요구하는 게 아닌가. 완구가 영문을 몰라 눈만 끔벅거리는데 정작 처녀는 아무렇지도 않다는 듯 입을 벌렸다. 황이 한 손으로 그녀의 턱을 잡고 이쪽저쪽 돌려가며 입속을 찬찬히 살펴보더니 말했다.

"치과에 돈 갖다 바칠 일은 없겠네."

그것이 끝이 아니었다. 처녀는 황이 자신의 몸매를 잘 볼 수 있도록 제자리에 서서 한 바퀴 돌았다. 구두를 벗어 맨발을 보여주고 손가락은 물론 손톱 모양도 검사받아야 했다. 그런데도 황은 여전히 뭔가 미진하다는 표정이었다.

*

하이퐁 시내는 결혼중개소가 위치한 시 외곽과 딴판으로 시끄럽고 번잡했다. 도로는 오토바이로 가득했고 차들은 끊임없이 경적을 울려댔으며 보행자들은 신호가 있거나 없거나 제멋대로 인도와 차도를 넘나들었다. 그 사이를 아슬아슬하게 비집고 달리는 승합차 뒷좌석에서 완구는 사람 일은 알 수 없다는 생각을 하고 있었다. 요 며칠 전까지만 해도 평생 혼자 살게 되리라 낙담했던 자신이 지금 결혼식을 올리러 가고 있다니. 그것도 월요일 한낮에, 낯선 나라에서, 부모형제도 없고 친구도 없이. 옆자리를 돌아보았다. 거기 정말로 베트남 처녀가 다소곳이 앉아 있었다. 화장기 없이 깨끗한 피부와 천진한 눈빛, 선이 고운 목과 가녀린 체구,

화룡점정으로 긴 생머리까지, 외모마저 마음에 쏙 드는 그녀가 곧 그의 아내가 될 여자였다.

이름 후엔. 나이 열아홉. 직업은 화장품 통신판매원. 부모님은 농사를 짓고 남동생 둘은 아직 학생이었다. 그러나 완구에게 그런 정보들은 중요하지 않았다. 어제 맞선 자리에서 그는 물었다.

"저의 첫인상이 어떻습니까?"

"제가 좋아하는 인상이에요. 그리고……"

얼굴을 붉히면서도 후엔은 그에게서 눈을 떼지 않았다.

"아직은 잘 모르지만 앞으로 점점 더 좋아질 거 같아요."

완구는 울컥했다. 그리고 비로소 깨달았다. 자신이 정말로 원했던 신부는 조갯국 잘 끓이는 여자도 아니고 사장 말마따나 잘 웃는 여자도 아니며 그저 자신을 좋아해주는 여자라는 것을. 후엔이라면 그럴 수 있을 것 같았다. 자신을 진심으로 좋아해주고 평생 같은 편이 되어줄 것 같았다. 세상에 그보다 더 큰 복이 어디 있겠는가. 그의 부모와 아우도 두 손 들어 그녀를 환영해줄 것이었다.

모든 일이 일사천리로 진행되었다. 결혼식은 기념사진 촬영부터 피로연까지 한 시간 만에 다 끝났다. 주례도 없고 양가 부모 인사도 없고 부케 던지는 순서도 없었지만 완구도 정신이 없어 그것들이 생략되었다는 사실을 인지하지 못했다. 신부가 어떤 웨딩드레스를 입고 있으며 얼마나 아름다운지조차 눈여겨볼 겨를이 없었다. 다만 그는 서른 명쯤 되는 하객 가운데 베트남 처녀 중대 앞에서 호령을 하던 선글라스 여자가 있던 것만은 또렷이 기억할 수 있었다. 하객들이 지역유지 대하듯 그 여자에게 굽실거리는 것도 인상적이었지만 그들의 연락처를 저장하는 여자의 휴대폰이 출시된 지 얼마 안 된 아이폰6 플러스였기 때문이다.

신혼여행에도 통역사가 동행했다. 사랑에는 국경이 없어도 결혼에는 국경이, 구체적으로는 언어 문제가 존재하는 탓이었다. 완구 일행은 한없이 연착되는 하롱베이행 배를 하염없이 기다렸다. 그래도 어제 맞선 이후로 처음 갖는 여유로운 시간이었다. 별명이 뭐예요? 어떤 음식 좋아해요? 한국 가면 하고 싶은 일은? 남편한테 바라는 게 있다면? 완구는 후엔에게 묻고 싶은 것이 많았다. 하지만 그녀는 결혼식 직후부터 휴대폰을 끼고 살다시피 했다. 통화가 끝나기를 기다렸다가 잽싸게 말을 걸어보기도 했지만 그녀가 대답을 하려고 하면 다시 휴대폰 벨이 울렸다.

"결혼하니까 좋아요?"

머쓱해진 완구를 구해준 것은 통역사였다.

"예? 예. 다 통역사님 덕분입니다."

안 그래도 완구는 그녀에게 고마운 마음이 컸다. 결혼 허락을 받으러 갔을 때 후엔의 부모 앞에서 동네 보습학원 비정규직 강사에 불과한 그를 한국 명문 사학의 정교사쯤 되는 듯 포장해준 것도 그렇고 그의 연봉을 반올림도 아닌 올림으로 사천만원까지 과장해준 것도 그랬다. 처음에는 사기를 친 것 같아 찜찜했지만 곧

이곧대로 말했다가 만에 하나 후엔을 얻지 못했으면 어쩌나 상상하면 아찔했다.

"아 참, 약속을 못 지키면 어떻게 됩니까?"

그럼에도 마음에 걸리는 일이 있었다. 후엔의 부모가 한국에서 딸에게 카페를 차려줄 수 있느냐 물었을 때였다. 완구는 머릿속으로 카페 개업에 필요한 초기 자본과 자신의 재정 상태와 한국말에 서툰 베트남 여자가 운영하는 카페의 성공 확률 등을 재본 후 당장은 어려워도 차려주도록 노력하겠노라 답했다. 그러나 통역사에 의해 옮겨진 말은 원본과 전연 다르게 둔갑해 있었다. 당연하죠. 카페쯤이야 당장 차려주겠습니다. 완구는 그 사실을 한참 뒤에 알고는 아연실색했다. 직업이나 연봉을 부풀려 말한 것과 달리 그것은 약속의 문제가 아닌가.

"약속은 무슨."

통역사가 코웃음을 쳤다.

"저 아가씨 한국 들어가면 일단 임신부터 시켜요. 애 셋쯤 낳아봐, 카페 같은 소리는 쏙 들어가지."

완구는 그녀의 한국말을 누가 알아듣기라도 하면 어쩌나 싶어 흠칫했다. 후엔은 여전히 통화를 하고 있었다. 뭔가 하소연할 것이 떠올랐다는 듯 통역사의 목소리가 높아졌다.

"내가 삼십 년 전에 그렇게 속았어요. 우리 아저씨가 나 한국 가면 백화점 취직시켜준다 했거든. 근데 막상 결혼하니까 애 셋 낳기 전엔 집밖에도 못 나간다는 거예요."

한국말을 어디서 배웠나 했더니 그녀도 까마득한 옛날에 한국 남자와 결혼한 베트남 여성이었다. 말하자면 한국 베트남 간 국제 결혼의 선구자요, 후엔의 대선배인 셈이었다.

"우리 아저씨처럼 팔자 좋은 사람이 어딨어요? 베트남에다 결혼중개소 차려서 마누라한테 통역시키고 회원 관리시키고 운전도 시키고. 사장님 소리는 자기가 듣고!"

"아, 그럼 남편 되시는 분이 혹시……"

예의 그 대머리 사장 노인이 바로 통역사의 남편이었던 것이다. 남을 비난하고 싶지는 않지만 완구가 보기에도 사장은 하는 일이 없었다. 노상 메리야스 차림으로 식탁의 상석에 앉아 부채질을 하거나 그날의 음식을 품평하는 것이 일과였다. 완구는 그런 남편은 되고 싶지 않았다. 언제나 아내를 애지중지하며 고되고 험한 일은 자신이 도맡아 할 것이었다. 그리고 아내는 그런 자신을 변함없이 믿고 사랑해주리라. 그의 가슴이 다시금 뜨거워졌다. 저만치 배가 들어오고 있었다.

그들은 하롱시의 오성급 호텔에 여장을 풀었다. 완구 부부의 방은 최고층에다 바다 전망이라 발코니에 서면 하롱베이 야경이 훤히 내려다보였다. 하지만 야경이고 자시고 완구는 안절부절못했다. 신부와 단둘이 있게 되면 곧 달콤하고 농밀한 밤이 펼쳐지리라 기대했는데, 알고 보니 그 달콤하고도 농밀한 밤이란 자동으로 펼쳐지는 게 아니라 그가 수동으로 펼쳐야 하는 것이었다. 후엔은 창가를 등지고 선 채 휴대폰만 들여다보고 있었다. 그녀도 어색해서 그러는 것 같았다. 문득 매사에 자신만만하고 능수능란하던 황이 떠올랐다. 아까 통역사에게 듣기로 그는 완구보다 하루 늦은 오늘에야 신붓감을 정하는 바람에 내일 결혼식만 올리고 신혼여행은 생략한다고 했다. 어제 자신이 그랬듯 황도 오늘 신부집에 가서 결혼 허락을 받고 신부에게 원피스와 핸드백과 구두와 액세서리 등을 사주러 돌아다녔겠구나 생각하니 동지애가 느껴지면서 웃음이 나왔다.

"안 세 어 라이 바오 러우?"

후엔이 완구에게 무슨 말인가 건넨 것은 그때였다.

"키나오 안 디 베 한꾸옥?"

"……"

피곤하다는 말일까. 빨리 자자는 뜻일까. 완구가 통역사에게 도움을 청하려고 수화기를 들자 후엔이 손사래를 쳤다. 그리고 또 알아들을 수 없는 말을 중얼거렸다. 먼저 샤워하겠다는 뜻이었는지 그녀는 말을 마치자마자 욕실로 들어갔다. 의사소통 문제를 어떻게 하나 고민하던 완구는 캐리어에서 베트남어 기초 회화 책을 꺼냈다. 아무렇게나 책장을 넘기던 그가 눈을 크게 떴다. 옳거니. 신혼 첫날밤에 필요한 것은 말보다 몸이지만 그래도 신부의 모국어로 사랑한다고 속삭여주면 그녀가 얼마나 감동하겠는가.

"안 예우 앰, 안 예우 앰……"

기왕이면 예쁘다는 말도 해주고 싶었다.

"앰 댑 꾸아, 앰 댑 꾸아, 앰 댑 꾸아……"

욕실 문이 열리는 소리에 잽싸게 책을 숨겼다. 이제 완구가 샤워할 차례였다. 보디 클렌저 거품을 물로 씻어내면서도 그는 계속 두 베트남어 문장을 번갈아 읊조렸다. 안 예우 앰, 앰 댑 꾸아, 안 예우…… 후엔은 침대 머리맡 조명을 켜놓은 채 곤히 잠들어 있었다. 가까이에서 보니 신부화장을 지운 맨 얼굴이 처녀가 아니라 소녀였다. 어쩐지 마음이 안 좋았지만 그건 그가 너무 깊이 생각해서 그런 것이었다. 완구는 깊이 생각하지 않기로 했다. 조명을 껐다.

*

배가 또 연착되었다. 완구는 선착장 구석에 쪼그려앉았다. 오늘은 말할 기운도 없지만 딱히 말을 할 사람도 없었다. 통역사마저 줄곧 통화를 하고 있었기 때문이다. 언성이 너무 높아서 지나가는 사람들이 그녀를 흘끔거렸다.

"하, 고것 참, 성깔머리하고는."

통화를 끝낸 통역사가 땅바닥에 침을 뱉었다. 완구는 그녀의 한국어가 대단히 유창하다는 생각을 하고 있었다. 그가 반응을 보이지 않자 통역사는 더욱 인상을 쓰며 고함을 쳤다.

"세상에 무슨 신부가 부부싸움 한 번 했다고 이혼을 해?"

완구도 후엔이 그럴 줄은 몰랐다. 아침에 일어나서도, 하롱베이를 구경하면서도, 고급 요릿집에서 다금바리회를 먹으면서도 오로지 휴대폰만 붙잡고 있기에 남편으로서 한마디한 것뿐이었다. 심하게 다그친 것도 아니었다. 그러나 밥 먹을 때는 개도 안 건드린다는데 하물며 밥도 아닌 값비싼 회를 먹는 도중 잔소리를 들은 것이 자존심 상했던 것일까. 후엔은 그를 향해 눈을 있는 대로 치뜨더니 제 나라 말로 무어라 다다다 쏘아붙였다. 그러고 나서 홀연히 요릿집을 나가버렸다. 금방 돌아오겠거니 했는데 그길로 배를 타고 하이퐁으로 돌아간 것이었다. 이혼 의사는 통역사에게 전화로 밝혔다고 했다. 완구는 결혼 하루 만에 이혼당했다는 것이 실감나지 않았다. 하긴 자신이 하루 전에 결혼했다는 것도 실감나지 않기는 매한가지였다.

배가 출발했다. 통역사는 분노로 길길이 뛰던 선착장에서와 달리 배 안에서는 반쯤 넋이 나간 얼굴을 하고 있었다. 고개를 흔들다가 한숨 쉬기를 반복하던 그녀가 퍼뜩 짚이는 게 있다는 듯 정색을 하더니 완구 앞으로 한 발 다가섰다.

"혹시 어젯밤에 무슨 일 있었어요?"

완구도 정색을 했다. 통역사가 뭔가 원색적인 오해를 하나 싶었던 것이다.

"아무 일도 없었습니다."

"아무 일도 없었다니?"

"정말입니다. 그냥 잤어요."

통역사가 믿기지 않는다는 듯 그를 멍하니 바라보더니 곧 아아 하고 장탄식을 했다. 이제는 나머지 절반의 넋도 다 빠져나간 얼굴이 되었다.

"그러니 이 꼴이 났지. 왜 그랬어요? 첫날밤인데 왜?"

그녀는 완구를 나무랐다. 첫날밤 거사도 안 치렀으니 신부가 신랑을 얼마나 우습게 봤겠느냐며 그의 잘못이 크다는 것이었다.

납득이 가지 않았다. 그럼 잠든 신부를 깨워서라도 성관계를 가져야 했다는 것인가. 신부가 푹 자도록 배려해준 게 어떻게 잘못이란 말인가. 어쨌든 완구는 후엔을 되찾아야 했다. 그녀의 해명은 화장품 통신판매원으로서 고객들과 AS 관련 연락을 주고받았다는 것이었다. 화장품에 무슨 애프터서비스가 있다는 건지 미심쩍었지만 그는 믿고 싶었다. 그녀와 화해하고 싶었다. 두 사람은 부부였다. 하객들 앞에서 혼인서약을 하고 신혼여행까지 다녀왔는데 그 모든 것을 원점으로 되돌릴 수는 없었다. 통역사가 한숨을 쉬더니 알았다며 휴대폰을 들어 보였다. 어떻게든 후엔을 설득해보겠다는 뜻이었다.

마침내 결혼중개소 건물 앞에 당도했다. 완구의 눈에 가장 먼저 들어온 것은 황이었다. 방금 예식장에서 돌아왔는지 아직 턱시도

차림으로 마당에서 혼자 담배를 피우고 있었던 것이다. 승합차에서 내리는 완구를 보고 황이 담배를 구둣발로 비벼 껐다.

"신부는요?"

완구가 먼저 물었다. 황이 입을 여는 찰나 건물 안에서 아오자이를 입은 신부가 걸어나왔다. 팔다리가 길고 이목구비가 오밀조밀한 미인이었다. 완구는 황에게 결혼 축하한다고 말했다. 신부에게도 베트남 말로 인사를 건네고 싶었지만 떠오르는 것이 어젯밤 끝내 발화하지 못한 안 예우 앰, 앰 댑 꾸아, 두 문장밖에 없었다. 고개를 돌렸다. 마당 구석에서 심각한 얼굴로 통화하는 통역사가 보였다.

"신부는요?"

이번에는 황이 물었다. 도망갔다고 해야 하나 어쩌나 완구가 주저하는데 통역사가 휴대폰을 귀에 댄 채로 그들에게 다가왔다. 아직 전화를 끊지 않았는지 그녀는 이쪽 소리가 저쪽 통화 상대에게 들리지 않도록 휴대폰의 마이크 부분을 손바닥으로 틀어막았다.

"아이폰을 사달라는데요?"

"예?"

통역사는 황이 듣거나 말거나 개의치 않았다.

"그거랑 설화수 풀 세트를 사주면 이혼 안 하겠대요."

완구는 잠시 침묵을 지키다가 이윽고 허허 웃었다. 황은 더 크게 웃었다. 황의 신부가 이유도 모르면서 따라 웃었다. 완구가 속으로 아이폰 가격이 얼마쯤 할까, 설화수 풀 세트라는 건 또 얼마나 하나 생각할 때였다.

"형님. 형님이라고 불러도 되지요?"

황이 웃음기 싹 걷힌 얼굴로 완구를 바라보고 있었다.

"예? 아, 예."

"형님, 잊어버리세요. 더 괜찮은 애들 쌔고 쌨어요."

황도 통역사가 듣거나 말거나 개의치 않았다.

"여기 맡긴 돈 어디 안 가니까 그냥 한 타임 더 뛰세요."

"예?"

황의 말인즉슨 이곳 중개소에 미리 지불한 결혼성사금은 한번 실패했다고 없어지는 게 아니니 다시 오란다. 실은 자신도 이게 세번째란다. 첫번째는 실패했지만 두번째는 신혼여행까지 다녀온 후 때려치웠다고. 올 때마다 아가씨들이 더 어려지고 예뻐져서 항공권 값이 아깝지 않았다고. 말끝에 황은 보일 듯 말 듯 웃음을 지었는데 그 웃음이 꼭 내년에 한번 더 오고 싶다고 말하는 것 같아서 완구는 저도 모르게 황의 신부 눈치를 살폈다.

"여행이다 생각하고 다시 오세요, 형님."

"……"

말도 안 되는 소리였다. 그가 원하는 것은 여행이 아니라 결혼이었다. 어리고 예쁜 여자가 아니라 평생의 반려자였다. 물론 더 어리고 예쁜 반려자를 만날 수 있다면 더 좋겠지만 그러기 위해 이곳에 다시 오고 싶지는 않았다. 결혼식을 또 하고 신혼여행을 또 갈 수는 없었다. 황이 작은 소리로 혼잣말을 했다.

"아이폰? 미친. 그게 얼만데."

하긴 꼭 말도 안 되는 소리라고 할 수는 없었다. 아이폰이 문제가 아니었다. 그보다 더 비싼 것도 신부가 원하면 얼마든지 사줄 수 있었다. 문제는 두 사람 관계가 틀어진 상태에서 그녀가 대놓고 물질적 보상을 요구했다는 것이었다. 다음에 또 이런 상황이 되면 그때는 어떻게 나올 것인가. 그런 여자를 과연 평생의 반려자로 맞을 수 있을까.

통역사는 그들의 대화가 뜻밖의 방향으로 전개되자 휴대폰에 대고 짧고 빠르게 무슨 말인가 하더니 전화를 끊었다. 그리고 배터리를 충전해야겠다며 건물 안으로 들어갔다. 황의 신부가 황에게 무어라 귓속말을 했다. 황이 웃으면서 오른팔로 신부의 허리를 감았다.

"그럼 저희는 이만 가보겠습니다."

황은 신부와 함께 자리를 뜨면서 다시 한번 그에게 잘 생각해보라고 했다.

이제 결혼중개소 앞마당에는 완구 혼자 남았다. 그는 한국에 있는 가족을 생각했다. 부모에게는, 아우에게는 대체 뭐라고 할 것인가. 사정을 듣고 이례적으로 사흘이나 수업을 빼준 학원장은 또 무슨 낯으로 볼 것인가. 베트남 처녀와 결혼하기로 마음먹었는데 그게 실패할 수도 있나. 그러니까 베트남 처녀에게도 거절할 권리가 있었단 말인가. 정말이지 상상도 못한 일이었다. 생각할수록 기가 차고 생각할수록 괘씸했다. 어디 그뿐인가. 계약서에 따르면 첫날밤을 보낸 후 신랑이 파혼하고자 하면 위약금을 내야 했다. 하지만 그것을 원하는 쪽이 신부일 때는 아무 징벌이나 제재가 없었다. 그런 조항 자체가 없었다. 이제 와 생각하니 그것도 부당했다. 더구나 그들은 일반적인 의미에서 첫날밤을 치르지도 않았다. 문득 어젯밤 그냥 후엔을 깨울 걸 그랬나 싶었다. 그랬으면 그나마 덜 억울했을 것이다. 결국 통역사 말이 맞았다. 깨우지 않은 것이 잘못이었다.

이제 어떻게 해야 할까. 이대로 귀국해야 할까. 그래서 황의 말대로 다음에 한번 더 와야 할까. 아니면 어떻게든 후엔을 어르고 달래서 이혼만은 막아야 할까. 어느 쪽도 내키지 않았다. 다 그만두고 싶었다. 초점 잃은 완구의 눈이 무심히 마당 이곳저곳을 훑었다. 출입문 옆 담벼락에 부착된 현수막이 새삼 눈에 띄었다. 문구가 베트남어로 인쇄되어 있어 무슨 뜻인지 알 수는 없지만 '도망가지 않아요'는 분명히 아닐 터였다. 그러자 갑자기 궁금해졌다. 베트남 처녀들을 대상으로 하는 문구는 어떤 것일까. '도망가면 안 돼요'도 아닐 테고. '도망갈 필요 없어요'도 아닐 거고.

아, 순간 완구의 머릿속에 조명이 반짝 켜졌다. 그렇다. 도망가지 않는다고 했다. 그 현수막 때문에 내가 여기까지 온 거다, 하고 그는 생각했다. 그렇다면 그 문구와 달리 신부가 도망갈 경우 어떤 식으로든 신랑에게 피해보상이 있어야 하지 않을까. 계약서에 그런 조항이 있었나. 계약 당시 구두로 그런 말을 들었던 것 같기도 한데 기억이 가물가물했다.

그는 숨을 천천히 들이마셨다가 내쉬었다. 이번만은 깊이 생각해야 할 때였다.

연말
특집

거울을 들여다보았다. 밤새 베개에 눌린 자국이 왼쪽 뺨에 붉고 깊게 길을 내고 있었다. 선은 손바닥으로 뺨을 문지르며 쓴웃음을 지었다. 십대 때는 자고 일어나도 베개 자국이 나 있지 않았다. 이십대 초반에는 자국이 생겨도 금방 없어졌다. 이십대 후반에는 금방까지는 아니어도 세수하고 화장을 마칠 즈음이면 원래 피부 상태로 돌아와 있었다. 그런데 이제 삼십대 중반이 되고 나니 자국은 갈수록 더 깊어지고 좀체 사라지지도 않았다. 나이든 거지, 이렇게 또 한 살 나이들어가는 거지, 하고 선은 세면대에 물을 받으면서 생각했다.

문자메시지가 온 것은 그녀가 욕실에서 나와 휴대폰으로 단골 미용실에 예약 전화를 걸려고 할 때였다. 발신자의 번호가 낯설었다.

김영미?

그것은 김영미의 근황을 알리는 단체 문자였다.

아, 김영미!

처음 그녀가 김영미가 누구인지 감을 잡지 못했던 것은 김영미가 너무 흔한 이름이어서가 아니라 그녀가 아는 단 한 명의 김영미를 까맣게 잊고 산 지 오래이기 때문이었다.

문자 때문에 이런저런 생각에 잠기느라 그녀는 예약 전화 거는 것을 깜빡했다. 하지만 아침밥을 먹고 외출 준비를 끝낸 후 집을 나설 즈음에는 문자에 대해서도 다 잊었다. 그녀에게 중요한 것은 오늘의 일정이었다. 12월의 마지막 주말이었고 저녁에는 가족 모임이 있었다. 그리고 모임에 가기 전에 그녀는 전부터 별러왔던 대로 머리 색깔을 바꾸고 싶었다. 보라색이나 초록색으로 과감하게 염색해서 오랜만에 만나는 가족들을 놀라게 해줄 작정이었다. 아마 가족들은 놀라기보다 노처녀가 젊어 보이려 발악한다며 놀릴 것이다. 그럼에도 선은 뭔가 변화를 주고 싶었다. 연말이니까.

미용실에는 대기중인 손님이 셋이나 있었다. 거울 속에서 선과 눈이 마주친 미용사가 뒤를 돌아보더니 앞으로 삼사십 분쯤 기다려야 할 거라고 했다. 그렇다면 실제로는 한 시간쯤 기다려야 한다는 건데, 다른 미용실에 가볼까, 하고 선이 주저할 때였다. 탁자 위에 여성지가 펼쳐져 있는 것이 눈에 띄었다.

'연말 특집, 새해 계획 공개 선물 대잔치!'

제목이 두 페이지에 걸쳐 큼지막하게 박혀 있었다. 그 내용에 관심이 갔다기보다는 이런 기사 나부랭이 읽다보면 시간이 금방 가겠지 싶어 선은 그대로 소파에 주저앉았다.

당신의 새해 계획은 무엇인가요? 당신만의 진실하고도 특별한 새해 계획을 공개해주세요. 세 분을 선정해 명품 화장품 세트를 선물로 보내드립니다.

기사 하단에는 친절하게도 예시까지 적혀 있었다.

관심 있던 남자에게 먼저 고백하기, 자전거 타고 전국 일주하기, 동창회에 섹시한 드레스 입고 킬힐 신고 나가기, 낯선 여행지의 우체국에서 자신에게 편지 보내기, 비자금을 털어 부모님 효도관광 보내드리기.

그리 진실한 것 같지도 않고 특별할 것도 없는 예들이었다. 그저 포장만 그럴듯한 전시용 계획들이라고 선은 생각했다. 잡지에서 고개를 들었다. 나라면 어떤 계획을 세울 것인가. 그녀는 마치 거기 프롬프터라도 있는 것처럼 허공의 어느 한 점을 응시했다. 그때 보조 미용사가 선 앞에 커피잔을 내려놓았다. 동시에 잡지 옆에 있던 그녀의 휴대폰이 진동했다. 대학 동기가 메신저로 말을 건 것이었다.

—영미 언니 소식 들었어?

응, 하고 답장을 보냈다. 그러나 동기가 더 빨랐다.

—너 갈 거니?

—응.

졸지에 선의 대답이 그 질문 뒤에 입력된 것이다. 메신저로 대화하다보면 흔히 일어날 수 있는 일이었다. 그런데도 선은 당황했다. 황급히 자신의 대답은 첫 질문에 대한 것이었노라 설명하려 했다. 하지만 이번에도 동기가 더 빨랐다.

—역시. 넌 갈 줄 알았어.

내가 왜? 그렇게 입력하고 전송 버튼을 누르려다가 선은 그것을 지웠다. 다시 입력했다.

—나 못 가.

동기는 아무렇지도 않다는 듯 그래 하고 대꾸했다. 선은 휴대폰에서 눈을 떼고 커피잔을 들여다보았다. 웬걸, 잔에 든 것은 커피가 아니라 녹차였다. 녹차 티백에 달린 실을 잡고 천천히 흔들었다. 흔들면서 그녀는 생각했다. 왜?

왜 내가 거기 갈 거라고 생각하는 걸까?

김영미는 선의 대학 선배였다. 마지막으로 연락을 주고받은 것이 언제인지 기억도 나지 않을 정도니 친한 사이는 아니었다. 그렇게 생각하다가 선은 문득 자신이 친하지도 않은 영미 언니에 대해 꽤 많은 것을 알고 있다는 사실을 깨달았고, 이어서 대학 시절 자신이 그녀의 자취방에 두세 달 얹혀살았다는 것을 기억해냈다. 그리고 어떻게 그걸 잊고 있었지 하며 아연해했다.

선이 신입생일 때였다. 학기초였고 그녀는 머물 곳이 마땅하지 않은 처지였는데, 어디서 어떻게 전해들었는지 졸업반 선배 하나가 선 앞에 나타났다.

"너 방 구한다며?"

고도비만 판정을 받은 초등학생처럼 체구가 땅딸막한 여자 선배였다. 째진 눈과 통통한 볼살 탓에 얼굴도 심술 가득한 어린애처럼 보였다.

"난 룸메 구해."

선배는 말끝에 양 손바닥을 위로 하고 두 팔을 들어올리며 어깨를 으쓱했다.

"월세는 됐고, 관리비만 분담하면 돼."

선은 말없이 눈만 끔벅거렸다. 일면식도 없는 고학년 선배가 자신의 개인적인 상황을 알고 있는 것이 당혹스럽기도 했고 동거의 조건이 파격적이라 놀란 것도 있지만, 그보다는 선배의 행동이 좀 정신 사나웠기 때문이었다. 자신의 자취방에 대해 설명하면서 선배는 더 구체적이고 실감나게 묘사하기 위해 신체를 적극적으로 활용했다. 특히 두 팔을 아낌없이 썼는데 선의 눈을 사로잡은 것은 그 팔이었다. 팔꿈치부터 손목까지의 길이가 자라다 만 것처럼 유난히 짧은데다 중간에 주름이 한 줄 접혀 있을 정도로 살집이 통통하여 마치 애벌레 같았던 것이다. 선배 말을 듣는 둥 마는 둥 하며 선은 저도 모르게 그 팔만 쳐다보았다.

영미 언니는 앞장서서 선의 짐을 옮겼다. 선이 혼자 하겠다고 만류해도 막무가내였다. 언니가 예의 그 짧고 통통한 팔로 자신의 덩치만큼 커다란 데스크톱 본체를 껴안은 채 뒤뚱거리는 것을 보고 선은 부리나케 달려가 그것을 빼앗았다.

"언니, 이러시면 제가 너무 죄송하잖아요."

그러자 언니는 눈을 크게 뜨고 손으로 두 뺨을 감싸며 말했다.

"어쩜, 너 꼭 윌리엄 같아!"

"네?"

"알잖아, 윌리엄이 나 힘든 일 절대 못하게 하는 거."

윌리엄이 누구지? 선은 머릿속으로 제가 아는 모든 윌리엄들을 꼽아보았다. 저 버킹엄궁의 윌리엄 말고는 떠오르는 이가 없었다.

"나 룸메 구하게 된 것도 걔 때문이잖아. 하도 난리를 쳐서."

통화하다가 무심코 학교 앞 원룸촌에 괴한이 혼자 사는 여학생들의 방을 훔쳐보거나 심지어 침입한다는 이야기를 했더니 윌리엄이 펄펄 뛰며 당장 룸메이트를 구하라고 했다는 것이었다. 통화였다면서 직접 본 것처럼 언니는 험악하게 인상을 쓰고 삿대질을 하는 시늉을 했다.

"걔가 화낸 건 처음이었어. 상상이 안 가지?"

그러더니 갑자기 아 참, 하고는 소리 내어 웃었다.

"넌 새내기라 아직 모르겠구나. 우리 과 애들은 다 아는데."

윌리엄은 영미 언니의 남자친구였다. 어학원 영어 강사로 국적은 미국이라고 했다. 석 달 전에 두 사람은 어학원 건물 앞 횡단보도에서 운명적으로 마주쳤다. 서로 첫눈에 반했다. 언니는 어학원에 다니려던 계획을 접었다. 남자친구가 영어 선생인데 뭐하러 애먼 데 돈을 갖다 바치겠는가. 윌리엄이 너무 바빠 요즈음은 통화만 하고 있지만 바쁜 일이 끝나는 즉시 그는 언니에게 달려올 거라고 했다.

아름다운 한국 여자와 결혼해서 아름다운 한국에서 사는 것이 소원이라는 윌리엄에 대한 이야기를 선은 잠자코 들었다. 짐이 언니 집으로 다 옮겨지기도 전에, 같이 살아보기도 전에, 언니에 대해 벌써 너무 많은 것을 알아버린 기분이었다.

그것은 착각이었다. 영미 언니는 자신에 대해 알려주고 싶은 것들이 마르지 않는 샘처럼 항시 넘쳐흐르는 사람이었다. 동거 사흘째에 선은 언니가 아홉 살 때 초경을 했다는 것부터 언니 어머니는 언니가 어릴 때 집을 나가서 얼굴도 모른다는 것, 언니 아버지가 돈은 많지만 최종학력이 국졸이라 학력 콤플렉스가 있다는 것, 언니의 계모는 중국 여자라서 국산이라는 표현을 중국산으로 이해한다는 것까지 알게 되었다. 함께 산 지 일주일 만에 선은 가만히 앉아 타인의 이야기를 들어주는 것만으로도 육체노동을 할 때처럼 열량이 소모되고 피로가 쌓인다는 사실을 절감했다. 세상에 공짜는 없는 법이었다. 말하자면 그녀는 매달 월세 대신 매일 귀를 내주고 있었던 셈이다.

기이한 것은 영미 언니에 대해 많이 알면 알수록 점점 더 모를 사람이라는 생각이 드는 것이었다. 어느 날 언니는 이부자리를 펴다 말고 물었다.

"넌 장점이 뭐야?"

"장점요?"

선은 자신의 장점에 대해 생각해본 적이 없었다. 머리를 굴려보아도 딱히 떠오르는 것이 없었다. 그래서 장기를 말했다.

"저 달리기 잘해요."

그러면 대부분은 '그래? 백 미터 몇 초에 뛰는데?'라든가 '오, 달리기 잘한다니 부럽다'라든가 그것도 아니면 '그게 장기지 장점이니?' 같은 반응을 보이게 마련이다. 하지만 언니는 말했다.

"내 장점은 뭔 줄 알아?"

선은 언니의 장점에 대해서도 생각해본 적이 없었다. 부랴부랴 머리를 굴려보려고 하는데 언니가 스스로 대답했다.

"인복이 많다는 거야."

"아."

예상 밖의 답이었다. 언니는 예수처럼 두 팔을 좌우로 크게 벌리고 있었는데 아마 어깨동무 동작을 묘사한 것 같았다. 이어진 말은 더욱 예상 밖이었다.

"봐봐. 너를 만났잖아."

가슴이 철렁했다. 고맙다거나 쑥스러운 게 아니라 뭐랄까, 함정에 빠진 기분이었다. 어떻게든 빠져나가고 싶어 선은 제가 뭘 묻는지도 모르면서 일단 물었다.

"그럼 언니의 단점은 뭐예요?"

"말이 많다는 거."

거침없이 대답한 다음 언니는 요 위에 드러누웠다. 선도 언니와 어깨동무 자세만큼의 간격을 두고 제 요 위에 누웠다. 두 다리 쭉 뻗고 누워 있는데도 어째 편하지가 않았다. 단점을 고치지 못해도 정확히 알고는 있다면 불행중 다행한 일일까, 아니면 단점을 알고 있는데도 고치지는 못하니 더 불행한 일일까, 쓸데없이 남의 인생을 걱정하고 있는데 언니가 다시 입을 열었다.

"하지만 그건 내 장점이기도 해."

인간관계가 피곤한 것은 서로 단점을 숨기려고 하기 때문이다, 단점을 스스로 인정하고 보여주면 관계가 더 진솔해진다, 나는 말이 많다는 단점을 그대로 보여줌으로써 타인에게 더 진솔하게 다가가려고 한다, 이것이 내가 인간관계에서 피로를 덜 느끼면서 인간관계를 더 좋게 만드는 비결이다, 하고 언니는 부연했다.

해괴한 논리였다. 그러나 논리적이지 않다고는 할 수 없었다. 선은 언니가 주장하는 단점의 장점에 대해 조금 더 숙고해보고 싶었지만 곧 그러지 않기로 했다. 어쨌든 그녀는 언니의 신세를 지고 있었다. 누군가의 방에 얹혀살아야 한다면 방 주인의 단점에 대해서는 깊이 생각하지 않는 편이 현명하지 않겠는가.

반대로 선은 이따금 언니의 장점들을 하나씩 하나씩 헤아려보곤 했다. 그래야만 할 것 같은 순간들이 있었다.

이를테면 언니가 겨드랑이 털을 뽑을 때 그랬다. 언니는 사각지대에 있어 스스로는 볼 수 없는 털을 매번 선에게 뽑아달라고 부탁했다. 상체에 브래지어만 착용한 채였다. 땀이 촉촉하게 밴 언니의 겨드랑이에 얼굴을 바싹 가져다대고 족집게로 요기조기 숨은 털들을 뽑고 있노라면 언니가 숨을 쉴 때마다 브래지어 컵 밖으로 터질 듯 비어져나온 젖가슴이 눈앞에서 오르락내리락했다. 민망해도 털을 뽑아야 하니 고개를 돌릴 수가 없었다. 선이 극도의 긴장 속에서 털을 다 뽑고 나면 언니는 두 팔을 만세 부르듯 올리며 말했다.

"룸메가 있으니 정말 좋구나!"

언니가 코팩을 할 때도 그랬다. 콧등에 코 모양의 시트를 이십분쯤 붙이고 있다가 떼어내면 되는 팩인데, 언니가 좋아하는 것은 그 과정이 다 끝난 후 떼어낸 팩을 들여다보는 순간이었다. 팩 안쪽에는 언니의 코에서 빠져나온 피지 알갱이들이 붙어 있었다. 상추 뒷면에 붙은 벌레 알처럼 작고 노랗고 기름진 그것들은 보통 두 개였으나 하나일 때도 있고 드물게 세 개이기도 했다. 언니는 그것들을 한참이나 뜯어보면서 선에게도 함께 볼 것을 권했다.

"귀엽지 않아? 귀엽지?"

여차하면 품고 부화라도 시킬 기세라 선은 기겁을 하며 몸을 뒤로 뺐다. 그러나 압권은 그다음이었다. 언니는 그 팩들을 버리지 않았다. 책갈피에 고이 끼워 간직했다. 도스토옙스키의 『죄와 벌』. 그것을 고른 이유는 그 책이 가장 두껍기 때문이었다. 『죄와 벌』은 시간이 지날수록 더 두꺼워졌다. 언니는 그것을 종종 펼쳐보며 흐뭇해했다.

언니의 장점을 헤아려보지 않으면 안 될 것 같던 순간들은 그 외에도 많았다. 언니는 언제부터인가 선에게 너무 사적이어서 곤혹스러운 질문들을 던지기 시작했는데, 돌아보면 그 질문들이 태동되던 그날 그 오후야말로 더없이 사적이고 곤혹스러운 순간이었다.

그날 오후, 갑작스러운 휴강이 있어 선은 집에 들렀다. 언니는 방바닥에 엎드려 자고 있었다. 선은 언니를 깨우지 않으려 발소리를 죽였다. 순간 언니가 엉덩이를 위아래로 격렬하게 흔들기 시작했다. 깜짝 놀란 선이 다시 보니 언니는 두 다리를 꼰 자세였는데 사타구니에 한쪽 손이 야무지게 끼워져 있었다. 움직임을 멈춘 후 언니는 한동안 거칠게 숨을 몰아쉬었다. 그러고는 고개를 들었다가 뒤늦게 선을 발견하고 어머, 하고 소리쳤다.

"왔으면 왔다고 말을 하지."

잠시 얼굴을 붉히는가 싶더니 언니는 곧 몸을 일으켜 앉았다.

"너 자위해봤어?"

선은 순간적으로 제 귀를 의심했다.

"아뇨."

"사실 나도 거의 안 해."

언니는 일어나서 이불을 갰다.

"너 남자랑 자봤어?"

다행히 언니는 곧바로 자신의 질문을 거둬들였다.

"미안. 프라이버시니까 대답하지 않아도 돼."

그런 다음 언니는 자신의 프라이버시를 늘어놓았다.

"난 버진이야."

선은 처음에 언니가 '난 버지니아'라고 말한 줄 알았다.

"난 윌리엄이랑 처음 잘 거야. 결혼할 남자니까."

"……"

"아이 참, 이거 투 머치 인포메이션인가?"

언니는 몰라 몰라 하고 도리질을 하더니 부끄럽다는 듯 손으로 얼굴을 가렸다. 얼굴을 가리고 싶은 것은 저라고 선은 말하고 싶었다. 인포메이션의 문제가 아니었다. 간접적으로 들은 정보가 아니라 직접 현장을 목격했다는 것이 문제였다. 언니를 볼 때마다 선은 방바닥에 다리를 꼬고 엎드려 엉덩이를 격하게 흔들어대던 그녀의 모습이 떠올라 괴로웠다. 물론 언니에게는 잘못이 없었다. 자위를 한 것도 그 장면을 들킨 것도 언니 잘못은 아니었다.

하지만 선이 잊을 만하면 언니는 물었다. 키스는 해봤지? 딥 키스 좋아해? 넌 성감대가 어디야? 아, 미안해. 연애는 몇 번 해봤어? 자위를 안 하면 성욕은 어떻게 해결해? 아, 미안 미안.

언니 잘못이었다. 결론이 그렇게 나왔으니 선의 머릿속은 분주해질 수밖에 없었다. 영미 언니는 장점이 많다. 착하다. 매사에 적극적이다. 누구에게나 친절하다. 남의 흉을 보지 않는다. 편견이 없다. 정이 많다. 솔직하다. 반성을 잘한다. 사과도 잘한다.

그리고 내게 월세를 요구하지 않는다.

반복학습의 효과로 선은 영미 언니의 장점을 줄줄이 읊을 수 있었다. 실제로 그럴 기회가 적지 않았다. 학과 사람들이 언니가 없는 자리에서 선에게 그들의 동거에 대해 묻곤 했기 때문이다. 어떤지, 괜찮은지, 힘들지는 않은지. 선은 그들이 저 없는 자리에서 언니에게 같은 질문을 하지는 않으리라는 것을 알았다. 질문에는 악의가 없었다. 대답 또한 선의로 가득했다. 그런데 어째서인지 그 짧은 문답이 오가는 동안 선은 일말의 죄책감을 느꼈다. 시간이 흐르면서 그 감정은 점차 무뎌졌다. 어쩌면 저 혼자만 그런 감정을 느끼는 것은 아닐지도 모른다고 생각하게 되면서부터였다.

축제가 일주일 앞으로 다가온 무렵이었다. 다들 학과 행사 준비로 바빴다. 선 역시 선배며 동기들과 함께 잔디밭에 앉아 행사 준비에 대해 의논하고 있었다. 잠시 쉬었다 하자며 담배를 꺼내 물던 남자 선배가 별안간 눈살을 찌푸렸다.

"어휴, 진짜."

모두 그가 턱으로 가리킨 곳을 바라보았다.

"쟤는 왜 항상 저런 옷만 입어?"

그들의 대화가 들리되 자세히는 들리지 않을 만큼 떨어진 곳에서 영미 언니가 통화를 하고 있었다. 소매 없는 하얀색 티셔츠는 상체에 꽉 끼어 브래지어 자국이 선명했고 팬티를 겨우 가릴 정도로 짧은 청반바지 밑단으로는 허벅살이 공격적으로 튀어나와 있었다. 선이 아침에 등교할 때 본 옷차림 그대로였다. 언니는 맨발에 통굽 샌들을 신고 있었는데 통화하면서 무심코 다리를 움직일 때마다 종아리의 살덩어리가 따라 출렁거렸다.

"솔직히 보는 내가 다 부담스러워."

"뭐 어때? 옷 입는 건 개인의 자유인데."

후배들이 듣거나 말거나 선배들은 개의치 않았다.

"뚱뚱한 여자들은 보통 노출 싫어하지 않나?"

"아냐. 오히려 노출을 해야 덜 뚱뚱해 보여."

"저렇게 하고 다니면 남자들이 더 안 좋아해."

"그게 무슨 상관이야? 자기 남친만 좋아하면 되지."

"뭐? 영미 남친 있어?"

"당연히 없지."

어, 모르세요, 윌리엄?

그 대목에서 선은 하마터면 끼어들 뻔했다. 윌리엄을 모르다니.

영미 언니는 과에서 윌리엄을 모르는 이가 없다고 했는데. 끝날 듯 끝나지 않던 대화를 끊은 이는 언니가 가장 친한 동기라고 말한 적 있는 여자 선배였다.

"그만하자."

모두 입을 다물었다. 선배는 선의 정면에 앉아 있었다. 무릎을 가지런히 모아서 안은 자세였는데 접어 올린 바짓단 아래 드러난 다리가 희고 날씬했다. 종아리에서 발목까지 내려가는 곡선이 아름다운 다리였다. 그것을 보고 있는데 선은 문득 초조해졌다. 왜 초조한지 알 수 없으니 더 초조했다. 그래서 저도 모르게 입을 열었을 것이다.

"저기, 영미 언니 남자친구 있어요."

모두 선을 바라보았다.

"진짜야?"

"누군데? 니가 봤어?"

"에이, 뻥이지?"

어, 진짜 모르네. 어떻게 윌리엄을 모를 수 있지?

선이 어디서부터 설명해야 하나 고민하는데 여자 선배가 다시 나섰다.

"왜들 그래? 영미는 남친 있으면 안 되니?"

마침 저만치서 영미 언니가 통화를 끝냈는지 이쪽을 바라보았다. 언니는 잇몸이 드러나도록 활짝 웃으며 누구에게랄 것도 없이 손을 흔들었다. 사각지대까지 꼼꼼하게 제모한 겨드랑이가 이쪽에서도 훤히 보였다.

"영미 매력 많아, 인간으로서도 여자로서도."

선배는 영미 언니를 바라보며 나지막이 말했다. 아무도 이견을 달지 않았다. 아름다운 마무리였다. 그러나 선에게는 어쩐지 선배의 말이 다르게 들렸다.

영미 매력 없어, 인간으로서도 여자로서도. 우리 다 알잖아. 새삼스럽게 왜들 그래?

회의가 재개되었다. 선은 어쩌면 이들도 속으로 일말의 죄책감을 느끼고 있을지 모른다고 생각했다. 공범이 된 기분이었다. 그러나 누가 뭘 잘못했다는 것인가. 알 수 없었다. 그저 선은 자신이 이유 없이 초조했던 것이 그 알 수 없음 때문이었나 짐작할 뿐이었다.

보조 미용사가 선에게 다가왔다.

"고객님은 어떤 서비스를 받으실 건가요?"

"염색하려고요."

대답해놓고 보니 아직도 색상을 정하지 못한 상태였다. 보라색이 나을까, 초록색이 나을까. 선이 색상을 저울질할 때였다. 미용사가 선의 찻잔을 들여다보더니 깜짝 놀라는 표정을 지었다.

"어머, 제가 잘못 갖다드렸네요."

녹차를 요구한 이는 다른 고객인데 자신이 헷갈렸다는 것이었다. 그러고 보니 선은 녹차건 뭐건 달라고 한 적이 없었다.

"어떻게, 커피 드릴까요? 다른 차를 드릴까요?"

선이 괜찮다고 하자 미용사는 고개를 숙여 보인 후 염색에 대해서는 더 묻지 않고 가버렸다. 녹차는 아무 맛도 느낄 수 없을 정도로 뜨거웠다. 선은 찻잔을 내려놓으면서 내가 방금 전까지 뭘 하려고 했더라, 생각했다. 휴대폰을 들었다.

—왜 내가 거기 갈 거라고 생각했어?

결국은 그것을 확인해보고 싶었던 것이다. 답장은 금방 왔다.

—그냥.

맥이 빠졌다.

—그냥?

—응. 누구든 가면 좋지.

그랬다. 그런 거였다. 선이 쓸데없이 예민하게 군 것이었다.

—그나저나, 이게 도대체 무슨 일이라니?

동기는 좀체 믿기지 않는 소식이라 처음에는 피싱 문자인 줄 알았다고 했다. 언니를 알 만한 사람들에게 두루 연락해보았는데 다들 믿지 못하기는 마찬가지였단다.

—그래서 누가 간대?

—간다는 사람 없어.

—그래?

—다들 바쁘잖아.

—그렇지.

—더구나 연말인데.

—맞아.

대화가 끝났다. 선은 메신저 창을 닫았다. 그리고 휴대폰을 잠시 만지작거렸다. 다시 확인해보지 않아도 그녀는 아침에 받은 문자메시지의 내용을 떠올릴 수 있었다. 영미 언니의 근황을 전해온 이는 자신을 케이블방송 시사 고발 프로그램의 기자라고 밝혔다. 남도 산속의 빈집에 귀신이 출몰한다는 제보를 받고 가보니 여자 부랑자가 살고 있더라, 몰골은 추레했으나 의사소통에는 전혀 문제가 없는 정신 멀쩡한 여자더라, 스스로 무연고자라 주장하면서 여자는 대학 동문들이 자신의 소식을 듣는다면 당장 달려올 것이니 대신 연락을 해달라고 부탁했다, 이름 김영미, 방송용 소재는 못 되어서 더이상 취재하지 않았지만 어쨌든 김영미씨에게는 도움이 필요해 보였다, 이상이 문자의 요지였다.

모르고 있던 내용을 방금 알게 된 것처럼 선은 새삼스럽게 한숨을 쉬었다. 영미 언니가 난데없이 부랑자 신세가 되었다는 것도 놀랍지만 그보다 대학 동문들이 자신의 소식을 들으면 당장 달려오리라 믿고 있다는 것이 더 놀라웠다. 그 자신만만함은 대체 어디에서 오는 것일까. 가보겠다는 사람이 없는 것은 당연한 결과였다. 만약 그 문자가 언니의 부고였다면 어땠을까. 오히려 몇 사람쯤 조문하러 갔을지도 모른다. 그곳에 김영미가 없으니까. 앞으로 더 엮일 일이 없으니까. 한 번 가면 끝이니까. 그러나 지금 남도로 내려간다면 이제부터 시작이다. 그걸 알고도 갈 사람은 없으리라고 선은 확신했다.

불현듯 영미 언니와 마지막으로 연락했던 때가 떠올랐다. 선이 대학을 졸업하고 첫 직장에 입사한 직후였다. 출근길 버스 안에서 언니의 전화를 받았다. 몇 년간 서로 소식도 모르고 살았는데 언니는 안부도 없이 대뜸 물었다.

"나 너네 집에서 좀 같이 살아도 되니?"

"아, 언니, 무슨 일 있어요?"

거절해야 했다.

"너 혼자 살지 않아?"

"혼자 살아요."

거절하지 못할 수도 있었다. 언니가 과거에 너도 내 집에 얹혀 살지 않았느냐고 따진다면 할말이 없을 터였다.

"그러니까 신세 좀 질게."

언니는 따지지 않았다. 자세한 사정을 말하지도 않았다. 그저 당장 갈 곳이 마땅하지 않다고만 했다.

"상황이 정리될 때까지만. 응? 괜찮지?"

차라리 언니가 한 달만, 혹은 두 달만, 이렇게 기간을 못박았다면 선은 거절하지 못했을지도 모른다. 그러나 상황이 정리될 때까지라니. 그게 언제란 말인가. 그런 때가 오긴 온단 말인가. 머릿속으로 오만 가지 생각이 오갔다. 통화가 길어질수록 불리해지는 것은 자신임을 선은 모르지 않았다. 그래서 재빨리 말했다.

"제가 막 입사해서요. 신입사원이라 너무 정신이 없어요."

그것은 사실이었다. 하지만 직장에 다니지 않았어도 선의 대답은 같았을 것이다.

제가 아직 입사를 못해서요. 취업 준비로 너무 정신이 없어요.

집요하게 매달릴 거라 예상했는데 언니는 순순히 알았노라 했다. 요행히 휴대폰에서 통화중 대기음이 들렸다. 그러면 그렇지. 선은 언니가 자신뿐 아니라 이 사람 저 사람 가능한 이들 모두에게 연락을 취했으리라 생각했다.

"언니, 빨리 전화 받아보셔야지요."

서둘러 전화를 끊었다. 그러나 끊고 보니 통화중 대기음은 선의 휴대폰에서 울리는 소리였다.

휴대폰을 탁자에 내려놓았다. 선은 자신이 오래전 일을 그토록 구체적인 부분들까지 기억하고 있다는 사실에 놀라 조금 떨떠름한 상태였다. 소파 옆자리에 앉아 있던 여자가 일어났다. 그러고 보니 차례를 기다리던 손님의 수가 그새 세 명에서 한 명으로 줄어 있었다.

그래, 보라색으로 하자.

선은 충동적으로 결정해버렸다. 그런데 아직도 결정 못한 일이 남아 있는 것처럼 뭔가 찜찜했다. 내가 방금 뭘 하려고 했더라. 기억이 나지 않았다. 십 년도 더 된 일은 용케 기억하면서.

내가 그때 언니를 집으로 데리고 왔다면 지금 이렇게 부랑자가 되는 일은 없지 않았을까.

하나 마나 한 가정이었다. 하지만 가정을 하면서 깨달았다. 선은 옛날 일을 용케 기억해낸 것이 아니었다. 실은 한 번도 잊은 적이 없었다.

윌리엄이 나타난 것은 축제 마지막날이었다. 막연히 금발에 파란 눈을 상상하긴 했지만 정말 금발에 파란 눈을 가진 남자가 나타나자 선은 꽤 놀랐다. 다만 뺨을 맞아도 별로 안 아프겠구나 싶을 만큼 숱 많은 구레나룻이 얼굴 절반을 덮고 있어서 뭐랄까, 미련한 금색 털북숭이 같았다. 나이도 좀 많아 보였다. 가뜩이나 동안인 언니 옆에 있으니 삼촌 같을 정도였다. 그래도 축제의 깜짝 손님으로는 모자람이 없었다. 어쨌든 금발에 파란 눈 아닌가. 모두 윌리엄을 환대했다. 다들 그 앞에서 되지도 않는 영어로 영미 언니를 치켜세웠다. 그리고 본토 발음을 장착한 윌리엄의 영어 대사를 듣고 싶어 조바심 냈다. 정작 그는 몇 마디 하지 않았다. 누군가가 오래 영작한 긴 문장으로 말을 걸면 빠르고 짧게 응수했다.

"리얼리?"

"오우, 리얼리!"

그게 다였다. 윌리엄은 남들에게는 별로 관심이 없었다. 오로지 언니를 다정한 눈으로 바라보고 언니를 향해 미소 지었다. 언니로부터 룸메이트이자 베스트 프렌드라 소개받은 선에게도 언니에 대해서만 묻고 언니에 대한 당부만 했다. 사람들은 그를 윌리엄 왕세손이라 불렀다. 왕세손 커플은 내내 사람들에게 둘러싸여 있었다. 끊임없이 웃고 떠들며 술을 마셨다.

언니가 귀가한 것은 이튿날 오후였다. 술이 덜 깬 선이 토하느라 변기에 처박았던 머리를 들자 거기 초췌한 얼굴의 그녀가 서 있었다.

"아, 언니, 이제 오시는 거예요?"

언니는 가방을 내려놓을 생각도 안 하고 벽 어딘가를 바라보며 중얼거렸다.

"내추럴하다는 게 무슨 뜻일까?"

"자연스럽다, 뭐 그런 거 아니에요?"

언니는 고개를 갸우뚱했다.

"그건가. 그럼 너무 평범한데."

"뭐가요?"

"윌리엄은 내가 내추럴해서 좋대."

"아."

"근데 끝까지 하지는 않았대."

"네?"

언니가 고개를 돌려 선을 똑바로 바라보았다.

"부탁이 있어."

약국에 가서 임신 테스트기를 사다 달라는 것이었다. 선은 숙취가 한꺼번에 확 깨는 기분이었다. 언니는 여대생이 학교 앞 약국에서 임신 테스트기 같은 걸 사면 당연히 눈치가 보이겠지만 너는 떳떳할 수 있지 않겠느냐고 했다. 단지 남의 부탁을 들어주는 거니까.

해괴한 논리였다. 그러나 논리적이지 않다고는 할 수 없었다. 선은 학교 앞 약국에서 임신 테스트기를 샀다. 그리고 언니가 소변에 적신 종이 쪼가리를 방으로 들고 와서 테스트 결과를 기다리는 동안 그것을 함께 지켜보았다. 다행히도 임신은 아니었다. 언니는 윌리엄에게 곧바로 전화해서 그 사실을 알렸다. 임신이라고 알리는 게 아니라 임신 아니라고 알리기도 하는구나 하고 선은 생각했다.

"윌리엄이 뭐래요?"

"보고 싶대. 항상 날 위해 기도하겠대."

그렇게 말하면서 언니는 눈을 감고 두 손을 가슴 앞에서 모아 잡았다.

언니를 위해 무슨 기도를 했는지는 모르지만 그날 이후 윌리엄은 언니를 보러 오지 않았다. 다시 바빠졌기 때문이었다. 보러 오기는커녕 통화할 짬을 내기도 어려울 정도라고 했다. 그래도 괜찮다고 언니는 말했다. 그는 원래 바쁜 사람이었다. 그리고 바쁜 일이 끝나면 곧장 언니에게 달려올 것이었다. 언니는 그렇게 믿었다.

기말고사 기간이 되었다. 그리고 인터넷에 올라온 지 얼마 안 된 동영상 한 편에 대한 소문이 학과에 퍼지기 시작했다. 한국 여대생과 금발의 백인 남성이 성교하는 장면을 찍은 몰래카메라 동영상이었다. 화면이 어둡고 화질도 형편없어서 침대 위 남녀의 얼굴이 또렷하게 보이지는 않는다고 했다. 아는 사람만 알아볼 수 있을 정도라서 그나마 다행이라고 했다. 모이기만 하면 다들 그 이야기뿐이었다. 그러나 그 동영상을 직접 보았다는 사람은 아무도 없었다. 하나같이 남에게 들었다고만 했다.

선은 다리가 휘청거릴 정도로 큰 충격을 받았다. 문제의 동영상에 대해 생각하고 또 생각했다. 눈을 감아도 눈을 떠도 눈앞에 그 동영상이 재생되는 기분이었다. 물론 그녀도 그것을 직접 보지는 않았다. 하지만 마치 본 것 같았다. 아니, 본 것 이상으로 자세히 알 수 있었다. 그녀도 거기 있었으니까.

축제의 마지막날 저녁, 선에게 함께 움직이자고 제안한 것은 영미 언니였다. 윌리엄도 흔쾌히 좋다고 했다. 세 사람은 윌리엄의 오피스텔에 모여 술을 마시고 음악을 들었다. 언니가 가장 먼저 취했다. 선이 몸을 가누지 못하는 언니를 부축하면서 그만 가보겠다고 하자 윌리엄이 말렸다. 그는 언니를 거실 소파에 눕혔다. 언니가 잠든 소파 앞에서 윌리엄과 선은 계속 이야기를 나누었다. 소재는 주로 한국과 미국의 문화차이 및 언어장벽에 대한 것이었다. 선이 한국말 할 줄 아는 것 있느냐고 물었다. 그가 정색을 하며 고개를 끄덕였다.

"너니 에뿌어."

알아들을 수가 없었다.

"너니 에뻐오."

그가 세번째로 같은 문장을 되풀이했을 때 선은 비로소 알아들었다.

"아, 눈이 예뻐요!"

수수께끼를 풀었다는 것이 기뻐 선은 활짝 웃었다. 윌리엄은 웃지 않았다. 진지한 얼굴로 선을 보며 다시 한번 말했다. 눈이 예쁘다고.

그가 천천히 그녀의 어깨를 끌어당겼다. 숨이 막히는 것 같아 어찌된 일인가 했더니 그녀는 윌리엄과 입을 맞추고 있었다. 그의 입술이 그녀의 귓불과 목덜미를 지나 가슴까지 내려왔다. 그가 눈으로 선의 뒤쪽 어딘가를 가리켰다. 돌아보니 방문이 있었다. 열린 문 안쪽으로 연분홍 시트가 깔린 침대가 보였다.

정신이 퍼뜩 들었다. 선은 윌리엄을 밀치며 일어났다. 언니를 흔들어 깨웠다. 깨기는커녕 언니는 코까지 골기 시작했다. 더 세게 흔들려고 하는데 윌리엄이 막았다. 그는 언니의 남자친구였다.

결국 선은 혼자 그곳을 나왔다.

보지 않아도 알 수 있었다. 동영상은 침대가 있던 방, 선이 들어갈 뻔했던 바로 그 방에서 찍힌 것이었다. 동영상 속의 피사체는 선이 될 수도 있었다. 그녀는 가까스로 탈출한 것이었다. 등뒤에 언니를 남겨두고.

기말고사 기간 내내 선은 언니 곁을 떠나지 않았다. 언니가 걱정되어서라기보다 언니가 혹시 사람들에게 그날의 이야기를 흘리지나 않을까 불안해서였다. 선은 술 취해 잠든 언니 앞에서 언니의 남자친구와 애정행각을 벌였다. 잠든 언니를 그곳에 두고 나옴으로써 결과적으로 몰래카메라의 제물이 되도록 방조했다. 어느 쪽의 죄질이 더 나쁜가. 어떤 것이 언니에게 더 큰 상처를 주었나.

몇 번이고 자문했지만 답은 매번 바뀌었다. 선은 언니가 어디까지 기억하고 있는지 알고 싶었다. 차라리 빨리 추궁당하고 싶었다. 변명할 기회라도 주어지기를 바랐다. 어쩔 수 없었다고. 내가 의도한 것이 아니라고. 우리 둘 다 운이 없었을 뿐이라고.

언니는 아무것도 묻지 않았다. 대신 윌리엄에게 전화를 걸었다. 그는 전화를 받지 않았다. 낮에도 밤에도 낮과 밤 사이에도 부재중이었다. 선은 언니와 함께 윌리엄의 오피스텔로 찾아갔다. 그곳은 이미 비어 있었다. 그가 재직중인 어학원으로 갔다. 강의가 끝나기를 기다려 만난 윌리엄은 다른 사람이었다.

선은 언니가 그날 일을 기억하지 못할 리 없다고 생각했다. 그러나 언니가 계속 별말이 없으니 어쩌면 기억하지 못할 수도 있다고 생각하게 되었다. 시간이 흐르자 언니가 기억하지 못하는 것이 분명하다는 생각이 들었다. 그리고 시간이 더 흐르자 선은 언니가 기억을 못하는 게 아니라 어쩌면 자신이 그날 그 자리에 처음부터 없었던 게 아닐까 하고 생각하기에 이르렀다. 물론 선이 어떻게 생각하든 상관없이 언니는 줄곧 휴대폰만 붙잡고 있었다. 이천 번쯤 걸었을 때 윌리엄의 전화번호는 결번이 되었다.

언니가 없는 자리에서 사람들은 선에게 물었다. 어떤지, 괜찮은지, 힘들어하지는 않는지. 어떤 이는 말했다. 더이상 입에 담지 말자고, 우리부터 잊어주자고. 또 어떤 이는 말했다. 이건 범죄라고, 인격살인이라고, 경찰에 신고해야 한다고. 또다른 이는 요즘은 이런 동영상이 너무 흔하거니와 어쩌면 여자도 동의해서 찍었을 수 있으니 신경쓰지 말자고 했다가 모두의 비난을 받았다. 더 큰 비난을 받은 것은 그나마 금발에 파란 눈이니까 좀 낫지 않냐는 의견이었다.

좌우지간 다들 말만 했다. 그러다가 멀리서 언니가 나타나면 일제히 입을 다물었다. 언니는 아무렇지도 않은 것처럼 보였다. 사람들 앞에서 여전히 쉬지 않고 뭔가를 이야기했고 이야기하는 내내 두 팔을 몸에 붙였다 뗐다 흔들었다 머리에 올렸다 내렸다 하며 열성적으로 뭔가를 묘사했다. 사람들은 전보다 진지하고 성실하게 언니의 이야기를 경청했다. 하지만 이야기가 길어지면 전과 다름없이 딴청을 피우거나 하나둘 자리를 떴다. 결국 달라진 것은 아무것도 없어 보였다.

기말고사가 끝났다. 이제 방학이었다. 선은 잠자리에 누워 파란만장한 대학 첫 학기가 끝났다는 생각을 하고 있었다. 그녀는 조만간 부모가 있는 고향집으로 내려갈 계획이었다.

"자?"

일찍이 잠자리에 든 언니가 자지 않고 있을 줄은 몰랐다.

"아뇨."

"있지, 나 말이야."

"네."

정적이 흘렀다. 선은 언니의 얼굴을 보려고 고개를 옆으로 돌렸다. 방안이 어두워서 잘 보이지 않았다.

"나…… 휴학할까?"

"갑자기 휴학은 왜요?"

다시 침묵이 흘렀다. 선은 천장만 바라보았다. 어둠에 익숙해지면서 천장의 형광등이며 도배지 무늬 같은 것들이 차츰 선명하게 눈에 들어왔다.

"있잖아."

"네."

"왜 나한테……"

"……"

"나한테 왜 그래?"

"……"

선은 무슨 말을 해야 하는지 알고 있었다. 학과 사람들이 언니 없는 자리에서 이미 여러 번 했던 말들을 자신이 언니에게 직접 들려줄 때가 된 것이었다. 입속으로 말을 고르고 있는데 언니가 몸을 뒤척였다. 이불이 크게 한 번 들썩이면서 바람이 이는가 싶더니 곧 얕게 코 고는 소리가 들려왔다. 언니가 말하다 말고 그대로 잠든 모양이었다. 언니 잘못이 아니에요. 단지 운이 없었을 뿐이에요. 자책하지 마세요. 사람들은 금방 잊을 거예요. 기운 내세요. 다들 언니 편이니까요.

"넌 왜 툭하면……"

아, 잠든 게 아니었나.

"안경을 내 옷에 닦아?"

선은 누운 자세 그대로 굳었다.

"그 블라우스 비싼 건데."

등줄기로 식은땀이 흘렀다. 어디까지 알고 있을까. 아니, 어디까지 기억하고 있는 것일까. 선은 뭔가를 애써 찾아보려는 사람처럼 어둠 속에서 눈을 부릅뜨고 있었다. 시간이 얼마나 흘렀을까. 언니가 높낮이 없는 목소리로 아니야, 아니야, 하고 중얼거렸다. 잠꼬대였다. 코 고는 소리가 점점 커졌다. 그것을 들으면서 선은 조만간이 아니라 내일 당장 고향으로 내려가는 게 낫겠다고 생각했다.

언니는 졸업을 한 학기 남겨놓고 휴학했다. 그리고 선이 졸업할 때까지 학교로 돌아오지 않았다.

내가 뭘 하려고 했더라. 선은 녹차를 한 모금 더 마셨다. 차는 여전히 뜨거웠지만 못 마실 정도는 아니었다. 고개를 들었다. 소파에 아무도 남아 있지 않았다. 다음이 선의 차례였다. 근데 내가 뭘 하려고 했지. 다시 고개를 숙이자 탁자에 펼쳐져 있는 잡지가 눈에 들어왔다. 당신의 새해 계획은 무엇인가요?

계획이야 많았다. 일단 담배를 끊을 것이고, 새벽반 수영 강좌에 등록할 것이고, 승진시험에 지원할 것이고, 집안의 가구 배치를 바꿀 것이고, 부모님을 자주 찾아뵐 것이고, 차를 한 대 뽑을 것이다. 그리고 소개팅에서 괜찮은 남자를 만나……

혀끝에서 쓴맛이 났다. 담배 생각이 간절해졌다. 사실 선이 마시고 싶었던 것은 커피였다. 그녀는 녹차를 좋아하지 않았다. 게다가 미용실에서 이렇게 오래 기다리게 될 줄은 몰랐다. 예약 전화를 빼먹은 탓이었다. 이게 다 그 문자 때문이었다. 선은 갑자기 이 모든 상황이 마음에 들지 않았다. 어쩐지 새해 계획을 끝까지 세우기도 전에 이 계획들이 결코 이루어지지 않으리라는 것을 미리 알아버린 기분이었다. 모든 계획이 수포로 돌아가고 헛되이 나이만 한 살 더 먹은, 커피든 녹차든 주는 대로 마시면서 속으로나 불평하고 있을 내년 연말 자신의 모습이 머릿속에 훤히 그려졌다.

"고객님, 고객님."

거울 속에서 미용사가 선을 바라보고 있었다.

"고객님, 이쪽으로 앉으세요."

보라색으로 염색하려면 먼저 탈색을 해야 한다는 둥 컬러 샴푸로 보색 작업을 하면 더 좋다는 둥 장황하게 이어지는 설명을 선은 건성으로 들었다.

"근데 늦잠 주무셨나봐요?"

귀가 번쩍 뜨였다. 거울을 들여다보았다. 아, 왼뺨의 베개 자국이 아직도 그대로였다. 아침에 발견한 후 세 시간도 더 지났는데. 화장으로도 가리지 못한 저 붉고 깊은 자국이 혹 영원히 사라지지 않는 건 아닐까 하고 선은 잠시 부질없는 상상을 했다.

숨을 깊이 들이마셨다. 신이 어쩌면 자신을 시험하고 있는지도 모른다고 생각했다. 혹은 이제라도 기회를 주고 있는 것인지도 모른다고. 변명이라도 할 수 있는 기회를. 다시 한번 숨을 깊이 들이마시고 천천히 내쉬었다.

"저 그냥 커트만 할게요."

미용사와 선의 눈이 마주쳤다.

"염색 안 하시고요?"

"네. 염색은 다음에."

보라색은 아무래도 무리였다. 머리색을 너무 과감하게 바꾸면 오랜만에 만나는 사람은 알아보지 못할 수도 있을 테니까.

가위 끝에서 잘려나간 머리카락 뭉텅이가 바닥에 툭툭 떨어졌다. 머리 위 스피커에서 〈올드 랭 사인〉이 흘러나오고 있었다. 연말이었다. 누구나 새해 계획을 마음에 품는 시간이 올해도 어김없이 돌아온 것이다. 선에게도 물론 세워야 할 계획들이 있었다. 그러나 이제 그녀 앞에 새로운 무엇인가가 느닷없이 던져졌다. 그것이 무엇인지 자세히 들여다보아야 했다. 그 일이 우선이었다.

만보 걷기

서울역을 빠져나올 때까지만 해도 아무렇지 않았다. 최소한 아무렇지 않은 척이라도 할 수 있었다. 그러나 지하철 좌석에 머빈과 나란히 앉은 순간 정화는 마치 유체이탈이라도 한 것처럼 제 머리 꼭대기에서 실은 안절부절못하는 제 꼴을 훤히 내려다볼 수 있었다. 그럼 그렇지. 아무렇지도 않을 수 없기는 머빈도 마찬가지인 것 같았다. 부산에서 서울까지 세 시간도 안 걸렸다며 고속열차가 정말 고속이더라는 하나 마나 한 이야기를 꽤나 흥분한 얼굴로 늘어놓은 후 줄곧 침묵을 지키고 있었으니까.

그가 짐이랍시고 달랑 하나 들고 온 배낭을 무릎에 내려놓고 그 끈을 만지작거리는 것을 보며 정화는 그럼 저 배낭에 정장이 들어 있는 것인가 하고 생각했다. 설마 털모자 달린 허름한 점퍼에 무릎 나온 청바지와 목이 긴 운동화 차림으로 해외출장을 온 건 아닐 테니까 말이다. 하긴 그 차림으로 왔다고 해도 대단히 놀랄 일은 아니었다. 바로 지금 이곳에 머빈과 자신이 함께 있다는 것보다 더 놀라운 일은 없을 터였다.

정화가 '오랜만이야'라는 제목을 단 머빈의 메일을 받은 것은 한 달쯤 전이었다. 처음 메일함에서 그의 이름을 보았을 때 그녀는 반사적으로 손에 아무것도 들려 있지 않다는 것부터 확인했다. 머빈에게서 두번째로 받은 메일이었다. 그에게 최초로 메일을 받은 것은 아마 사오 년 전이었으리라. 그때 정화는 하필 사과를 깎던 참이라 손에 과도를 쥐고 있었다. 메일을 다 읽고 나서도 한참 후에야 그녀는 오른손 엄지에서 피가 흐르고 있다는 것을 알아차렸다. 정화는 그 첫번째 메일에 답장을 하지 않았다. 할 수가 없었다. 그러나 언젠가 한번 답장을 보내는 꿈을 꾸었는데, 그 꿈이 하도 생생하여 한동안 자신이 실제로 답장을 보냈다는 착각에 시달려야 했다.

머빈의 두번째 메일은 답장 쓰기가 쉬웠다. 예스 아니면 노, 둘 중 하나였던 것이다. 그는 회사 업무차 너희 나라 부산이라는 곳에 출장을 가게 되었는데 기왕 가는 김에 며칠 더 머물면서 한국 여행을 하고 싶으니 혹 네가 안내를 해줄 수 있겠느냐 묻고 있었다. 예스. 정화는 별로 고민해보지도 않고 즉각 답장을 보냈다. 고민이 시작된 것은 답장을 보낸 후부터였다. 내가 그를 만나서 무슨 말을 할 수 있을까. 그가 아미 이야기를 꺼내면 어떻게 반응해야 할까. 그가 내게 원하는 것은 무엇일까. 고민이 지나쳐 의식뿐 아니라 무의식의 영역까지 잠식했던 것인지 어느 밤에는 꿈을 꾸었다. 노. 미안하지만 너무 바빠서 여행 가이드를 해줄 수 없노라는 내용의 답장을 보내는 꿈이었다. 꿈이 놀랍도록 생생하긴 저번과 마찬가지였지만 어째서인지 이번에는 자신이 실제로 그런 답장을 보냈을 리가 없다는 것을 확신할 수 있었다.

어디쯤 왔을까. 정화가 정차역 안내방송에 귀를 기울이려는 참이었다. 그녀의 맞은편 좌석에 앉아 있던 서양인 무리가 한꺼번에 일어나더니 기내용 캐리어를 끌며 출입문 앞으로 다가갔다. 그들을 무심히 눈으로 좇다가 문득 정화는 머빈에게 서울의 어디를 가보고 싶은지 아직 물어보지 않았다는 사실을 깨달았다. 명동에 데려가야지, 남대문시장에도 가야지, 인사동에도 가고, 북촌과 삼청동과 한강에도, 그리고 또 어디에 간다? 하며 그녀는 지난 한 달 동안 틈날 때마다 서울시 관광 안내 지도를 들여다보며 궁리했다. 그러나 정작 그가 가보고 싶어하는 곳은 따로 있을지도 몰랐다. 이를테면 홍대입구라든가 이태원, 혹은 대학로나 강남역.

"혹시 가보고 싶은 곳 있어?"

머빈이 고개를 돌려 정화를 똑바로 바라보았다.

"춘천."

"춘천?"

너무 뜻밖의 대답이라서 정화는 저도 모르게 큰 소리로 되물었다. 그러면서 한편으로 그의 한국어 발음이 대단히 정확하다는 생각을 했다. 머빈이 고개를 끄덕이며 한마디 더 보탰다.

"스프링 스트림."

세상에, 영어 발음은 더 정확하군, 하고 지극히 당연한 상황에 감탄하다가 정화는 뒤늦게 그의 말뜻을 파악했다. 아, 하고 그녀는 무슨 말인가 더 하려다 그만 입을 다물었다. Spring stream. 봄내, 봄날의 시내. 춘천春川이라는 지명이 한자로 그렇게 예쁜 뜻을 갖고 있다는 것을 처음 일러준 이가 바로 아미라는 사실이 떠올랐던 것이다.

청량리역에서 춘천으로 가는 열차는 삼십 분 후에 출발할 예정이었다. 정화가 역사 안 카페에서 따뜻한 아메리카노 두 잔을 주문한 후 그것을 머빈과 하나씩 나눠 들고 대합실 의자로 돌아온 후에도 이십 분이라는 시간이 남았다. 아니, 그가 자신의 나라로 돌아가기까지 이틀이라는 시간이 남았다. 정화는 우리가 어쩌다 지금 이곳에 나란히 앉아 있는 것일까 생각했다. 그들은 이제 겨우 두번째 만나는 사이였다. 처음 만났을 때 그 자리에는 모두 네 명이 있었다. 그들 자신을 뺀 나머지 두 명 중에서 정말 궁금한 한 명의 안부는 물을 수 없었으므로 정화는 별로 궁금하지 않은 다른 한 명의 안부를 물었다.

"제이드 말이야?"

그의 여자친구 이름이 제이드였나. 기억이 나지 않았다. 그것보다 정화는 두 사람이 어쩌면 지난 몇 년 사이에 헤어졌을 수도 있는데 괜한 질문을 했다는 것이 더 마음에 걸렸다. 하지만 그런 것 말고 또 무엇을 물을 수 있겠는가. 그녀의 표정을 읽었는지 머빈이 얼른 우리는 잘 지내고 있다고 대꾸했다.

"결혼은 안 했어?"

"그녀는 상하이에 있고 나는 홍콩에 있지."

엉뚱한 대답이었다. 하지만 그가 결혼을 했는지 안 했는지는 그다지 중요한 일이 아니라서 정화는 더 묻지 않았다. 머빈이 문득 생각났다는 듯 점퍼 주머니에서 휴대폰을 꺼냈다.

"제이드는 요즘 강아지를 키우고 있어. 이름이 치치야."

치치 사진을 보여주려는 것인가 했는데 그의 휴대폰 사진함에 저장되어 있는 것은 초밥이니 우동 같은 음식 사진들뿐이었다. 얼마 전 도쿄에 출장 갔을 때 먹은 것들이라고 했다. 역시 엉뚱한 반응이었다. 정화는 커피를 홀짝이며 고개를 들었다. 저만치 매점 가판대에 삶은 달걀이 가득 든 바구니가 놓인 것이 눈에 띄었다. 최불암 시리즈던가. 케케묵은 유머 한 토막이 떠올랐다.

삶이 뭔 줄 알아?

삶은…… 달걀이야.

우리말 언어유희에 바탕을 둔 이런 식의 유머를 머빈은 납득하지 못할 것이었다. 아미도 그랬으니까. 어쩌면 자신이 아미에게서 견디기 힘들었던 것은 그처럼 사소한 부분들이었는지도 모르겠다고 정화는 생각했다. 그러니까 삶이 달걀이 아니라 삶은 달걀이라는 것 말이다.

"이게 춘천에서 유명한 음식이지?"

머빈이 불쑥 내민 휴대폰 화면에 떠 있는 것은 닭갈비 사진이었다. 그는 손가락으로 화면을 옆으로 넘겨 막국수 사진도 보여주었다. 정화는 소리 내어 웃고 말았다. 이미 먹은 음식이 아니라 장차 먹을 음식 사진을 가지고 다니는 사람을 보기는 처음이었다.

"그거 먹으려고 춘천에 가고 싶었던 거야?"

"오, 천만에. 난 먹보가 아니야."

그가 두 팔을 들어 엑스 자를 그어 보이며 세차게 부인했건만 정화는 방금 본 그의 휴대폰 속 음식 사진들이 떠올라서 다시금 웃었다.

사람들 말마따나 춘천은 아름다운 곳이었다. 특히 외국인들에게는 십여 년 전에 방영된 작품인데도 여전히 한류열풍을 논할 때면 빠지지 않고 언급되는 드라마 〈겨울연가〉의 촬영지로 잘 알려져 있어 그 환상이 더 클 수밖에 없었다.

"춘천이 〈윈터 소나타〉 촬영지라는 거 알아?"

"물론이지."

"거기 가면 남자 주인공 준상이네 집도 있어."

그리고 아미의 집도 있지. 있었지. 정화는 속으로만 덧붙였다.

물론 그녀가 잠시 살았던 집도 있었다. 당시 정화는 대학을 막 졸업한 상태였다. 그녀의 장기 계획은 전공을 살려 해외유학을 가는 것이고, 단기 계획은 유학 경비 마련을 위해 아르바이트를 하는 것이었다. 그래서 대학 시절 두어 번 엠티 갔던 것을 빼면 아무 연고도 없는 춘천에 무턱대고 내려갔다. 그곳에 조건 좋은 아르바이트 자리가 있었기 때문이다.

춘천문화예술회관의 상설 도서 원화 전시회에서 그녀는 관람객들에게 원화에 대해 설명해주는 일을 했다. 그러나 일반적인 도슨트가 무보수 자원봉사인 것과 달리 그녀는 적지 않은 보수를 받았다. 부동산 중개인을 통해 얻은 원룸도 서울에서라면 같은 조건의 방을 얻었을 때 석 달밖에 못 살 월세로 일 년을 살 수 있을 만큼 쌌다.

신이 덤으로 주신 것 같은 세월이었다. 밤에는 잠이 절로 왔고 아침에는 눈이 절로 뜨였다. 관람객이 많지 않은 전시회장의 근무 환경은 쾌적했고 그녀에게 사사건건 이래라저래라 까다롭게 구는 직장상사도 없었다. 다만 퇴근 이후부터 잠들기 전까지의 시간이 다소 길게 느껴지긴 했다. 그녀에게는 친구도 없고 텔레비전도 없고 이렇다 할 취미도 없었기 때문이다.

그래서 그녀는 매일 혼자 발 닿는 대로 춘천 시내를 걸어다녔다. 어디가 어디인 줄도 모르고 일단 직진했다가 나중에 갔던 길을 되짚어 오는 식이었다. 사람들은 춘천이 그렇게 아름답다고들 하는데 그녀의 눈에 비친 춘천은 그냥 조용하고 아기자기한 소도시일 뿐이었다. 하여 별 감흥도 없이 걸었다. 어느 날은 걷다가 시장에서 칼국수를 사 먹었고 어느 날은 걷다가 상영관이 하나밖에 없는 극장에서 영화를 보았다. 그리고 또 어느 날 그녀는 걷다가 모든 물건이 다 천원이라는 잡화점에서 충동적으로 오천원짜리 만보기를 샀다.

그 이튿날부터였다. 정화는 날마다 퇴근 후에 그 성냥갑만한 만보기를 허리춤에 차고 걸었다. 예상외로 만 보를 채우는 일은 쉽지 않았다. 한 시간쯤 걸으면 능히 채울 수 있을 줄 알았는데 웬걸, 한 시간이 지나도 만보기의 숫자는 고작 육천 언저리에 머물러 있곤 했다. 만 보보다 언제나 피로가 먼저 오고 허기가 먼저 왔다. 그리고 나중에는 급기야 오기가 찾아왔다.

전시회장이 정기 휴관한 어느 월요일, 정화는 오늘 기필코 만보 고지를 넘기리라 마음먹었다. 배를 든든하게 채우고 얼굴에 선크림을 바르고 MP3플레이어와 생수병이 든 배낭을 등에 메고 운동화 끈을 조였다. 허리에 만보기를 찬 것을 확인한 후 걷기 시작했다. 자취방이 있는 효자동에서부터 무작정 북쪽으로 걸었다. 걷다보니 한림대학교가 나왔다. 왼쪽으로 방향을 틀었다. 향교를 지나치고 춘천여고를 지나치고 시청을 지나쳤다. 중앙로터리에 다다랐을 때 만보기 숫자가 오천을 돌파했다. 그때부터 가속이 붙었다. 그녀는 어디를 어떻게 지나고 있는지 신경쓰지도 않고 그저 남쪽으로 걸었다. 숫자가 칠천을 넘고 팔천을 넘었다. 구천, 구천오백, 구천팔백부터는 걷다 말고 수시로 허리춤을 더듬어 만보기를 확인했다. 늘 네 자리에서 맴돌던 숫자가 바야흐로 다섯 자리를 꽉 채워 '10000'을 찍는 순간 그녀는 걸음을 멈추었다.

고개를 들었다. 눈앞에 붉은 벽돌로 지어진 단층집이 있었다. 여기가 어디일까. 제자리에 선 채로 고개만 돌려 주위를 살펴보았다. 그녀는 고만고만한 단층 건물들이 늘어서 있는 웬 주택가 한복판에 서 있었다. 가로등과 헌옷 수거함과 주민들이 간밤에 내놓았을 쓰레기봉투 더미를 일별한 후 새삼스레 다시 한번 만보기를 확인했다. 10000. 내내 풀지 못해 끙끙거리다가 마침내 푼 난이도 상上 수학 문제의 정답을 보고 있는 기분이 이럴까 싶어 그녀는 혼자 웃었다. 그러느라 바로 앞 벽돌집의 창문이 열려 있고 그 안에서 한 남자가 자신을 내다보고 있었음을 뒤늦게 알아차렸을 때 당연히 소스라칠 수밖에 없었다.

"안뇽하세요?"

남자가 웃으면서 고개를 숙였다. 한국어를 모국어로 갖지 않은 자 특유의 우스꽝스러운 발음이 오히려 낯선 이에 대한 정화의 경계심을 누그러뜨렸던 것일까. 그녀는 엉겁결에 저도 따라 묵례를 하고 말았다. 그것이 아미와의 첫 대면이었다.

열차가 춘천역에 당도한 것은 오후 두시가 막 지난 무렵이었다. 해가 아직 중천에 걸려 있는데도 정화는 오늘밤 어디에서 잘지 그것부터 걱정했다. 머빈에게 춘천 구경을 시켜주는 일이야 어려울 것 없었다. 일반 코스는 명동과 공지천, 소양댐. 심화 코스로 가면 중도나 청평사, 남이섬. 관광객이 주로 찾는 명소들쯤은 그녀도 익히 알고 있었다. 그러나 묵을 곳을 정하는 것은 쉽지 않은 문제였다. 서울이라면 중저가 비즈니스호텔에 투숙하면 될 텐데 춘천에는 그런 호텔이 있는지 없는지도 모르겠거니와 그렇다고 사방에 널린 모텔로 가자니 그 특유의 야릇한 분위기가 켕겼다.

머빈이 손가락으로 정화의 어깨를 톡톡 건드렸다.

"가자니까."

가자고 앞서 말했는데 정화가 듣지 못한 모양이었다. 머빈이 앞장서서 걸어나갔다. 마치 잘 아는 곳에 왔다는 듯 내딛는 걸음에 거침이 없었다.

"어디로 가는 거야?"

묻고 나서야 그녀는 그것이 제가 아니라 머빈이 저에게 했어야 할 질문이라는 것을 깨달았다. 그러나 어이없어하리라는 예상과 달리 그는 기다렸다는 듯 명쾌하게 대답했다.

"스프링 스트림."

"뭐라고?"

정화는 당황한 나머지 걷다 말고 멈추어 섰다. 스프링 스트림이라니. 춘천에 실제 봄날의 시내 같은 것은 존재하지 않았다. 로스 앤젤레스에 천사들이 없고 울란바토르에 붉은 영웅이 없듯이. 그것은 그냥 지명일 뿐이었다.

"오, 그런 의미가 아니었어."

머빈이 손사래를 치며 웃었다.

"내 말은 이제 이 도시를 본격적으로 보고 싶다는 거였어."

그러니까 바로 지금 이곳 말이라는 듯 그는 말끝에 고개를 들어 주위를 천천히 둘러보았다. 봄날의 시내는커녕 한겨울의 잿빛 거리가 그의 눈앞에 펼쳐져 있었다. 대기는 날숨도 얼어붙을 만큼 차가웠고, 길바닥은 질퍽하게 녹다 만 눈과 흙이 뒤섞여 지저분했으며, 행인들은 무채색만 있는 왕국의 시민들처럼 하나같이 시커먼 외투 차림이었다. 이게 아닌데, 하고 정화는 생각했다. 머빈이 기대한 춘천은 이런 게 아닐 텐데. 어디를 가야 그가 원하는 풍경을 찾을 수 있을까. 그녀는 갑자기 초조해졌다.

머빈은 그런 정화의 속을 아는지 모르는지 다시 빠르게 걷기 시작했다. 횡단보도에 이르렀다. 그보다 한 발 뒤에서 걷던 정화가 그의 옆에 섰다. 보도 맞은편의 붉은 신호등을 바라보고 있던 머빈이 그녀를 향해 고개를 돌렸다.

"나를 여기까지 데려와줘서 매우 고마워."

그가 엄지손가락을 치켜들었다. 외국인 특유의 과장이 섞였으리라 감안해도 정말 들뜬 얼굴이었다.

"여기 정말로 꼭 한번 와보고 싶었거든."

"그래?"

"응. 예전에 블로그에서 이곳 그림을 봤을 때부터 쭉."

머빈이 흥분한 목소리로 말하다 말고 별안간 입을 다물었다. 순간적으로 그의 안색이 어두워졌다. 그 얼굴이 대놓고 '아차, 실수했네' 하고 말하는 것 같았다.

블로그라니. 이곳 그림이라니.

그거라면 정화도 알고 있었다. 그녀는 올 것이 왔구나 싶었다. 결국 이렇게 될 줄 알았다. 어차피 하게 될 이야기였다. 그래서 일부러 아무렇지도 않은 척 물었다.

"그 블로그 지금도 있어?"

"아니. 오래전에 폐쇄됐어."

정화는 잠시 아무 말도 하지 않았다. 추웠다. 횡단보도에 서 있으니 더 춥네 하고 생각하다가 횡단보도에 서 있으면 왜 더 추울까 하고 의아해했다. 좌우지간 이제 그녀는 아미의 블로그를 영영 볼 수 없게 되었다. 하기야 그것을 얼마든지 볼 수 있던 시절에도 제대로 본 적은 없었다. 볼 필요가 없다고 생각했기 때문이다. 아미의 그림을 원화로 직접 볼 수 있고 그것에 대한 설명을 그의 입을 통해 바로 들을 수 있는데, 뭐하러 블로그에서 그의 그림을 보고 그의 글을 읽겠는가 말이다.

신호등 불빛이 초록색으로 바뀌었다.

"가자."

이번에는 정화가 앞장서서 걸었다. 횡단보도를 절반쯤 건너다 말고 머빈이 잘 따라오고 있나 한번 뒤돌아보기도 했다. 그런데 춘천을 그렸다는 그 그림, 대체 어떤 것이었을까. 아무리 기억을 더듬어보아도 딱히 떠오르는 것이 없었다.

그림 그리는 여행자.

아미는 자신을 그렇게 소개했다. 그것은 그의 블로그 이름이기도 했다. 아미는 세계 이곳저곳을 돌아다니며 각 여행지에서 인상적이었던 풍경을 펜으로 스케치한 후 그것을 스캔하여 블로그에 올리곤 했다. 그의 그림은 펜화인 만큼 많은 것을 생략하고 있었지만 그래서 더 많은 것을 말하고 더 많은 것을 상상하게 했다. 원래는 순전히 재미삼아 한 일이었다. 그러나 그의 블로그에 들른 네티즌들의 입소문을 통해 점점 유명세를 타게 되었다. 그의 그림을 보고 여행지를 고르는 이들이 생겼고 그의 그림을 사고 싶다는 이들이 생겼으며 더 나아가서는 그에게 삽화를 곁들인 여행 서적을 출간하자고 제안하는 출판사까지 나타났다. 어느 날 문득 돌아보니 아미는 블로그에 여행지 그림을 올리기 시작한 지 삼 년 만에 국적을 막론한 구독자 수십만 명을 거느리고 블로그 구석구석에 여행 관련 다국적기업의 광고 배너를 줄줄이 매단 유명 블로거가 되어 있었던 것이다.

그가 춘천에 체류하게 된 것도 뜻하지 않은 일이었다. 도쿄에 여행을 갔다가 한국인 유학생을 만났고 그것을 계기로 한국에 여행을 왔다. 유학생이 추천해준 대로 서울과 경주와 제주를 여행했다. 그곳들을 그린 아미의 그림은 블로그 방문자들에게 폭발적인 인기를 얻었다. 사실 어느 정도 예상한 반응이었다. 그 자신이 그림을 그릴 때 이미 그곳들에 크게 매료된 상태였기 때문이다. 아미는 한국을 떠나기 전 마지막으로 딱 한 군데만 더 가보리라 생각했다. 여행지를 추천해준 그 유학생의 고향. 아무 정보도 없는 그곳에 왠지 가보고 싶었다. 그곳이 바로 춘천이었다.

"새벽에 소양강 다리를 걸어서 건너본 적 있어?"

정화가 없다고 대꾸하자 아미는 저 혼자만 아는 비밀을 털어놓듯이 갑자기 목소리를 낮추었다.

"거기에 춘천의 특산품이 있어."

그것은 물안개였다. 새벽에 그 다리를 건너보기 전에는 아미도 몰랐다. 다리 한가운데, 강 한복판에 이른바 안개의 구역이 있다는 것을 말이다. 한참을 난간 너머 강만 내려다보며 걷다가 문득 앞을 보았더니 시야가 이미 부예져 있었다. 무시무시한 안개였다. 손바닥을 눈앞에 대고 흔들어도 아무것도 보이지 않았다. 아미는 뒤를 돌아보았다. 자신이 방금 지나온 길이 안개 속으로 사라지고 없었다. 돌아가기에는 너무 늦었다. 앞이나 뒤나 안개에 포위되어 있기는 매한가지인지라 그는 계속 앞으로 나아갔다. 안개가 점점 짙어졌다. 그 정도가 최고조에 이르러 이제 더이상은 짙어질 수 없으리라 판단하는 순간에조차 계속 짙어졌다. 그 대목을 묘사할 때 아미는 눈을 감았다. 안개 입자가 어찌나 촘촘한지 옷이 다 젖는 것 같았다고, 걷고 있는 것이 아니라 마치 헤엄을 치고 있는 것 같았다고, 앞은 전혀 보이지 않고 사방에서 강물 냄새가 진동하는데 이상하게 그 안에 갇혀 있는 것이 그렇게도 따뜻하고 포근할 수가 없었다고 그는 말했다.

"마치 고향에 와 있는 것 같은 기분이었어."

"고향?"

"응, 여행지가 아니라 고향."

아미는 덧붙였다. 여행은 본디 그곳에서 태어나야 했으나 어쩌다보니 태어나지 못한 또다른 고향을 찾아다니는 일이라는, 늘 믿고 싶었던 그 말을 춘천에서 비로소 믿게 되었다고. 그래서 춘천에 눌러앉게 되었다고 말이다.

정화는 그날 아미와 나눈 대화를 아직도 생생하게 기억할 수 있었다. 대화 내용이 특별해서가 아니었다. 각자 언어가 다르고 상대방의 언어에 서툰데도 어찌된 일인지 그 순간에는 서로의 말을 완벽하게 이해하고 있다는 느낌을 받았기 때문이다.

아미는 사대부고 근처의 가정집 방 한 칸을 월세로 얻었다고 했다. 낮에는 산책을 하고 음악을 들었다. 밤에는 글을 쓰고 그림을 그렸다. 다시 말해 하루 이십사 시간 중에서 이십사 시간을 원하는 일만 하면서 보냈다. 게다가 집주인 가족은 늘 친절했고 그들이 제공하는 음식은 항상 입맛에 맞았으며 그 집의 무선 인터넷은 심지어 생각의 속도보다도 빨랐으니 세상에 신이 존재하는 것은 물론이요 신이 자신의 편임을 믿을 수밖에 없는 날들이었다.

그러던 어느 날, 누군가가 그의 방문을 두드렸다. 집주인의 친척이라는 소녀가 그를 찾아온 것이었다. 소녀는 아미에게 대뜸 눈을 보러 왔다고 말했다.

"눈? 나의 눈?"

"네. 당신의 눈."

당신의 눈이 무척 아름답다는 이야기를 들었는데 좀 보여줄 수 있겠느냐고 소녀는 물었다.

그날부터였다. 사나흘 간격으로 계속해서 집주인의 친척, 집주인 자녀의 친구, 이웃 사람들, 그들과 어떤 식으로든 관련이 있는 사람들이 소문을 듣고 오로지 아미의 눈을 보기 위해 그의 방문을 두드렸다. 그래서 허리춤에 만보기를 찬 정화가 자신의 방 창문 앞에 서 있었을 때에도 놀라지 않았던 것이다. 자신을 만나러 온 줄 알았다고, 그녀도 자신의 눈을 보러 왔겠거니 생각했다고 그는 말했다.

아닌 게 아니라 아미가 이야기를 하는 내내 정화는 그의 눈을 관찰하고 있었다. 시선이 저절로 그리 갔다. 과연 크고 아름다운 눈이었다. 그러나 그보다 더 강렬하게 정화의 눈길을 끈 것은 그의 눈썹이었다. 색이 짙고 숱이 풍성한데다 유선형으로 우아하게 이어지는 모양새가 흡사 새끼 물고기 두 마리가 그의 이마 위에서 앞서거니 뒤서거니 헤엄치고 있는 것 같았던 것이다. 그녀는 무심코 중얼거렸다.

"아미."

"응?"

"네 이름 말이야."

"응."

"그거, 한국말로 아름다운 눈썹이라는 뜻이야."

흥미롭다는 듯 아미가 눈을 크게 떴다. 그의 아름다운 눈썹이 덩달아 실룩거렸다.

"정말 아름다운 단어구나."

"응."

"프랑스어로 아미는 친구를 뜻하지."

"아, 프랑스어도 할 줄 알아?"

그때 아미가 무어라 대답했는지는 기억나지 않는다. 어쨌거나 그날 두 사람은 친구가 되었다. 친구였다가 시간이 더 지난 후에는 연인 비슷한 무엇이 되었다. 사실 서로의 관계를 말로 규정한 적은 없었다. 미래를 약속한 적도 없었다. 그가 언젠가 떠날 사람이기 때문이었다. 아미는 여행자였다. 여행자를 사랑하려면 함께 여행자가 되는 수밖에 없었다. 정화는 스스로에게 묻곤 했다. 내가 여행자가 될 수 있을까. 그는 내가 여행자가 되는 것을 달가워할까. 그때도 그랬지만 그건 지금도 여전히 답할 수 없는 문제였다.

그랬다. 정화는 아미에 대해 많은 것을 알고 있었지만 모르는 것이 더 많았다. 아미와 함께 나눈 추억이 많지만 그게 어떤 추억인지는 이미 다 잊었다. 아미는 누구인가. 우리는 어떤 사이였나. 무엇이 그와 나의 관계를 증명해줄 수 있을까. 그의 친구인 머빈이 우리를 기억한다는 것? 그러니까 우리가 홍콩으로 여행을 가서 그곳에 머물고 있던 머빈을 만났다는 것? 머빈에 제이드까지 모두 네 사람이 더블데이트를 한 적이 있다는 것?

그날의 데이트에서 정화가 기억하는 것은 머빈이 무척 수다스러운 사람이었다는 것이다. 그는 아미에게 끊임없이 어디서 어떻게 정화를 만났는지 물었다. 그녀가 만보기를 산 후 처음으로 만 보 걷기에 성공한 순간 눈앞에 우연히 내가 있었다, 하고 아미가 대답하자 그때부터 머빈은 화제를 바꿔 정화에게 만보기에 대해 물었다. 하루에 만 보 이상 걷는 것이 건강에 좋다는 말은 이해할 수 있다, 그렇지만 만보기가 있어야 만 보를 걸을 수 있는 것은 아니지 않느냐, 만보기 없이도 계속 걸으면 자연히 만 보 이상 걷게 되는데 대체 그게 왜 필요한 것이냐 하면서. 정화가 머릿속으로 대답을 영작하느라 진땀을 빼는 사이 제이드가 나섰다. 그게 바로 동기부여라는 거야. 그냥 무작정 걸으면 만 보씩이나 걷기가 힘들어. 하지만 만보기가 있으면 숫자를 채우기 위해서라도 계속 걷게 되거든. 체중계가 있어야 살을 더 열심히 뺄 수 있는 것과 같은 이치라고. 그러고 나서도 머빈과 제이드는 한참이나 더 만보기의 필요성에 대해 공방을 벌였다. 하여 정화의 기억에는 그들과 함께 홍콩에서 어디에 가고 무엇을 먹었는지보다 그들이 쉬지 않고 이야기를 하던 모습이 더 또렷하게 남았다.

그런데 그렇게 다변이던 머빈이 오늘은 통 말이 없었다. 아마 무슨 말을 하든 아미 이야기를 빼고는 할 수 없을 것이기 때문이리라. 아미의 부재는 그렇게 존재 이상으로 강력한 힘을 발휘하고 있었다.

정화와 머빈은 없는 아미와 함께 춘천 곳곳을 돌아다녔다. 먼저 명동에 갔다. 공교롭게도 무슨 연예인 초청공연이 곧 열릴 예정이라 어마어마한 인파가 모여 있었다. 간신히 그곳을 빠져나오고 나니 이미 진이 다 빠졌다. 그래도 곧장 다음 행선지인 공지천으로 갔다. 가장자리가 얼어붙은 강이 스산한 대로 그 나름의 정취를 풍기고 있어 머빈은 휴대폰으로 연방 사진을 찍어댔다. 그러나 습기 머금은 강바람이 너무 차고 매서워 오래 버티기는 힘들었는지 커피를 마시자고 먼저 제안한 것도 그였다. 마침 전망 좋기로 유명한 카페가 멀지 않은 곳에 있었다. 서둘러 그곳으로 갔으나 주말이라서인지 빈자리가 없었다. 근처의 다른 카페들도 시끄럽고 어수선해서 들어갈 마음이 생기지 않았다. 정화가 차라리 이른 저녁을 먹자고 제안했다. 그들은 택시를 타고 시내로 가기로 했다. 택시가 잡히지 않았다. 길 위에 서서 칼날이 촘촘히 박혀 있는 듯한 한겨울 강바람을 맞으며 이십여 분을 떨었다. 정화가 시내까지 그냥 걸어갈까 심각하게 고민할 무렵 드디어 택시가 섰다.

그들이 강원대학교 후문 앞에 도착한 것은 딱히 이른 저녁도 아닌 여섯시 무렵이었다. 다행히 정화가 가고자 했던 닭갈빗집은 옛날 그 자리에 그대로 있었다. 주요리인 닭갈비보다 곁요리인 볶음밥으로 더 유명한 곳이었다. 남녀 손님이 가면 백발의 식당 주인은 그들이 어떤 사이인지를 한눈에 파악했다. 그래서 철판에 밥을 볶아줄 때 연인들에게는 주걱으로 밥을 눌러가며 하트 모양을 만들어주고 친구 사이로 보이면 별 모양을 만들어주었다. 그 자리에서 장사해온 이십여 년 동안 그의 눈썰미가 틀린 적은 단 한 번도 없다고 했다. 그가 친구 사이 남녀에게 하트 볶음밥을 만들어준 경우가 몇 번 있었는데, 그들이 오래지 않아 결국 연인이 됨으로써 그 백발백중 눈썰미가 급기야 전설이 되었다던가. 사실 여부를 떠나 그런 흥미로운 이야깃거리 때문에 젊은 층에게 특히 인기가 많던 그 식당을 오래전 정화와 아미도 즐겨 찾곤 했다. 그들이 처음 식당을 방문했던 때 주인은 어떤 볶음밥을 만들어주었던가. 정화는 기억을 더듬으며 출입문을 열었다. 아미와 자주 왔던 곳이라고 머빈에게 알려주고 싶었다. 그러나 그새 주인이 바뀐 것 같았다. 신장개업이라도 한 듯 사방에서 새것 냄새가 났고 실내 분위기도 전과 영 달랐다. 결정적으로 젊은 남녀가 마주앉은 탁자가 서너 개 있었으나 철판 안에는 하트도 별도 없었다.

닭갈비를 먹는 내내 머빈은 맛이 환상적이라며 감탄사를 연발했다. 그러면서도 여독이 풀리지 않아서인지 틈만 나면 하품을 했다. 하트도 아니고 별도 아니고 그냥 규정할 수 없는 모양의 볶음밥이 그들 앞에 놓였다. 하기야 정화와 머빈의 관계는 연인도 아니고 친구도 아니고 그냥 규정할 수 없는 어떤 것이었다. 머빈이 휴대폰을 꺼내느라 배낭의 지퍼를 열었다. 윗부분의 덮개를 젖히자 가방 안쪽이 고스란히 들여다보였는데 책과 서류, 세면도구와 무엇이 들었는지 모를 검정 비닐봉지가 뒤엉켜 있을 뿐 정장은 보이지 않았다.

"옷은 어디에 있어?"

"옷이라니? 무슨 옷을 말하는 거야?"

"한국에 회사일로 출장 온 거라면서."

"응."

"출장 오는데 설마 그런 복장으로 왔단 말이야?"

머빈은 제 옷차림을 흘깃 내려다보더니 볶음밥을 입으로 가져갔다. 긍정도 부정도 하지 않았다. 정화는 추궁하는 것처럼 비칠까봐 더 캐묻지 않았다. 그러나 의혹이 솟구치는 것까지는 어쩔 수 없었다. 출장은 거짓말이었나. 그럼 왜 이곳에 왔을까. 나를 만나고자 한 이유가 무엇일까. 오래전 그날 왜 아미를 보러 오지 않았느냐고 따지기 위해서? 아니면 이곳에 살던 시절의 아미가 어땠는지 듣고 싶어서?

머빈은 몰랐겠지만 오래전 아미의 죽음을 전하는 그의 첫번째 메일을 받았을 때 정화는 이미 아미와 헤어진 후였다. 물론 헤어졌기 때문에 그의 장례식에 가지 않은 것은 아니었다. 가게 된다면 사람들에게 그와 진즉 헤어졌음을 말할 수밖에 없으리라는 것이 두려웠을 뿐이다. 그녀는 그 자리에 갈 것도 아니면서 고민했다. 어느 쪽이 지금 이곳에 없는 그를 진정으로 기리는 방식일까. 남아 있는 사람들에게 실은 그와 이미 헤어졌음을 알리는 쪽일까, 혹은 끝내 그 사실을 털어놓지 않고 사람들이 우리를 예전 관계 그대로 오해하게 내버려두는 것일까. 아니, 그보다도 그때 우리는 왜 헤어진 것일까.

정화가 아미를 아직까지 잊지 못했는가 하면 그런 것은 아니었다. 그를 지금도 사랑하는가 하면 그것도 아니었다. 그저 인생의 어느 한때 아미가 옆에 있었고 지금은 없다는 사실이 허무했다. 저만 아는 아미의 사소한 습관, 그에게만 털어놓은 자신의 유치한 비밀, 처음에는 서로 달랐으나 나중에는 같아진 취향, 그와 주고받은 말이나 감정이나 선물 같은 온갖 유형무형의 기억들. 그 모든 것이 이제 아무짝에도 쓸모없게 되어버렸다는 사실이 쓸쓸했다. 머빈을 쳐다보았다. 그는 부지런히 볶음밥을 먹고 동치미 국물을 마시고 그러다가 휴대폰으로 음식 사진을 찍었다. 정화는 음식을 먹기 전이 아니라 음식을 먹는 도중에 사진을 찍는 사람은 처음 보는구나, 하고 생각했다. 그리고 그가 묻기 전에 먼저 말해버리고 싶었다. 그 시절의 아미에 대해 얘기해줄까?

아미의 셔츠 주머니에는 언제나 펜이 세 개씩 들어 있었어. 똑같은 검정색 수성펜이었지만 각각 펜촉 굵기가 달랐지. 우체통을 그릴 때, 구름을 그릴 때, 재래시장 풍경을 그리고 꽃과 나무와 유모차를 그릴 때, 그는 대상에 따라 펜을 바꿔 썼어. 물론 하나의 대상을 그리면서 펜 세 개를 다 쓰기도 했지. 아미는 말했어. 펜화에는 색이 없지만 그걸 계속 들여다보고 있으면 어느 순간 색이 보인다고. 우체통 색깔, 구름 색깔, 시장 상인들의 얼굴 색깔, 그런 것들이 하나씩 하나씩 덧입혀진다고. 그래서 채색을 할 필요가 없다고 말이야. 솔직히 난 아무리 들여다봐도 모르겠던데. 내가 흑백 그림이나 사진을 대하면 한참을 들여다보는 버릇이 생긴 것도 그때부터야. 그런데 아직도 색을 발견해본 적이 없어. 글쎄, 그건 그림 그리는 여행자의 눈으로 봐야 가능한 것이었을까.

아미와 나는 날마다 함께 춘천 시내를 걸었어. 걸어다녀야 진짜 춘천을 볼 수 있다며 그는 제 고향을 소개해주듯 이 도시 곳곳을 내게 보여주었지. 우리는 팔호광장에 김밥과 만두를 먹으러 갔고, 조각공원에서 야외 그림 전시회를 보았고, 춘천여고 운동장 한복판의 목백합 나무 밑에 앉아 수다를 떨었고, 무엇보다 새벽에 소양강 다리 건너는 것을 좋아했어. 그와 걸을 때마다 나는 늘 만보기를 차고 있었어. 일부러 리셋 버튼을 누르지 않아서 걸음 수가 날마다 누적되었어. 내가 아미를 처음 만났을 때 만보기의 숫자는 10000. 그를 마지막으로 보았을 때는 99999. 만보기가 보여줄 수 있는 최대 숫자였지. 그 이상을 기록하려면 리셋 버튼을 누르고 다시 0부터 시작해야 했어. 하지만 난 어쩐지 그게 아미와 나만의 추억이고 역사이고 정표인 것 같아서 그와 헤어진 후에도 리셋을 하지 않았어. 그런데 말이야. 그 만보기, 지금은 어디에 있는지도 몰라.

머빈이 철판 위 볶음밥을 휘젓던 나무 주걱을 탁자에 소리 나게 내려놓았다. 그 표정이 어딘가 비장해서 정화는 그가 드디어 뭔가 말하려고 하는구나 짐작했다.

"그런데 이 도시에 왜 봄날의 시내라는 이름이 붙은 거야?"

예상 못한 질문이었다. 정화가 그것을 어찌 알겠는가. 그러나 머빈 입장에서는 의아할 수도 있겠다는 생각이 들었다. 방문 시기가 하필 겨울이라 춥고 황량한 풍경밖에 없으니 원래 춘천이 늘 이런 것으로 착각할 수도 있지 않겠는가. 비 오는 날 태어난 하루살이가 세상이 비만 오는 줄 아는 것처럼.

정화는 대답 대신 물었다.

"너무 추워서 이름과 안 어울린다는 뜻이지?"

"나 안 추운데?"

머빈은 눈을 크게 뜨고 어깨를 으쓱하며 양팔을 들어올렸다. 그의 눈길이 문득 맞은편 탁자 쪽을 향했다. 민망할 정도로 오래 그 쪽을 주시한다 싶던 차 그가 다시 입을 열었다.

"다음에는 밥 말고 면에 도전해보겠어."

뜬금없는 소리였으나 정화는 곧 상황을 이해했다. 맞은편 탁자의 철판에서 밥 대신 우동 사리가 익어가고 있었다. 머빈은 방금 그녀와 무슨 대화를 나누고 있었는지 까맣게 잊은 듯 철판 위의 붉고 통통한 면발에서 눈을 떼지 못했다.

그들은 조금 걷다가 적당한 카페를 찾아 들어가기로 했다. 강대 후문 일대는 방학 기간인데도 여전히 학생들로 북적였다. 주변의 편의점과 식당과 노래방과 술집과 안경점 들을 눈으로 훑다가 정화는 변한 게 없네, 하고 생각했다. 그러고 보니 춘천에 내려온 것이 대략 육칠 년 만이었다. 아미와 헤어진 후 처음이었다. 후문을 등지고 서서 그녀는 어느 쪽으로 갈까 잠시 고민했다. 오른쪽으로 가면 사대부고가 나오고 왼쪽으로 가면 팔호광장이 나왔다. 오른쪽으로 가면 오래전 아미가 살았던 집이 나오고 왼쪽으로 가면 그녀가 살았던 집이 나오는 것이었다.

길을 건넜다. 정화는 왼쪽도 아니고 오른쪽도 아닌 정면으로 머빈을 이끌었다. 십 분쯤 걸었을까. 행인이 눈에 띄게 줄더니 신축 빌라들이 모여 있는 동네가 나타났다. 처음 와보는 곳이었다. 아직 빈 가구가 더 많은 듯 불 켜진 창이 드물었다. 가로등도 별로 없어 거리가 전체적으로 어둡고 삭막했다. 정화는 오늘 머빈과 돌아다닌 곳들이 전부 그가 춘천에 기대했던 이미지와 동떨어져 있는 것 같아 그에게 미안한 마음이 들었다.

머빈이 걸음을 멈추었다. 그는 휴대폰으로 빌라 담장 위에 앉은 고양이 사진을 찍었다. 빌라 일층 보일러실 창밖으로 나와 있는 연통의 고드름 사진을 찍었다. 그가 눈 쌓인 길가의 소화전 사진을 찍는 것을 보며 정화는 새삼 저 사람이 왜 여기에 있지, 하고 생각했다. 나는 지금 어쩌다 춘천에 와 있는 것일까. 그녀는 계속 부질없이 생각했다. 그때 만약 아미와 헤어지지 않았다면. 그랬다면 지금까지 춘천에 살고 있었을지도 모른다. 그럼 애초에 그를 만나지 않았다면. 부지런히 돈을 모아 더 일찍 춘천을 떠났을 것이고 목표했던 대로 유학을 갔겠지. 완전히 다른 인생을 살았을 것이다. 아미를 만나지 않았다면.

그러나 억울하냐고 묻는다면 그녀는 일 초도 망설이지 않고 대답할 수 있었다. 아니라고, 아미를 만난 것을 후회한 적은 한 번도 없다고. 남들이 어떻게 생각할지는 모르지만 정화에게 인생의 한 때 아미를 알았고 한 시기를 그와 함께했다는 것은 충분히 특별한 사건이었다. 아미가 있는 삶이 그를 모르고 사는 삶보다 나을 것 없다 해도, 오히려 더 초라하다 해도, 과거로 돌아간다면 그녀는 여전히 같은 길을 택할 것이었다.

두 사람은 다시 걷기 시작했다. 모퉁이를 돌자 저만치 빌라들이 늘어선 골목 끝에 큰길이 보였다. 거기까지 가면 카페를 찾을 수 있을 것이었다.

"여긴 정말 다르구나. 서울과도 다르고 홍콩과도 달라."

머빈이 방금 찍은 사진들을 들여다보면서 말했다.

"응. 춘천은 아주 작은 도시니까."

"규모를 말하는 게 아니야. 분위기를 말하는 거야."

"그래? 이곳 분위기가 어떤데?"

그는 주위를 두리번거리며 말을 이었다.

"설명하기 어렵지만, 음, 여기에는 계절이 있어."

"계절?"

설명이 부족한 것 같았는지 그가 얼른 말을 보탰다.

"내 말은, 지금이 겨울이라는 것을 느낄 수 있다는 뜻이야."

그래도 부족하다고 느꼈는지 그는 답답하다는 표정으로 눈살을 찌푸렸다. 부족하지 않았다. 무슨 말인지 알 것 같았다. 하지만 정화는 대꾸 없이 고개만 끄덕였다.

큰길이 나올 줄 알았는데 난데없이 야트막한 둑길이 나타났다. 그들은 두 사람이 나란히 서면 어깨가 부딪힐 정도로 폭이 좁은 계단을 밟고 둑 위로 올라갔다. 그 너머는 개천이었다. 시내라고 해야 할지 도랑이라고 해야 할지, 하여간 폭이 아주 좁은 물줄기가, 꽝꽝 얼어 있어 물소리조차 안 나는 작고 볼품없는 실개천이 그들 앞에 있었다. 그리고 물가에서 서너 발짝 떨어진 곳에 두 남녀가 다정하게 붙어 서 있는 것을 그들은 뒤늦게 알아차렸다. 무엇을 하고 있는지 몰라도 남녀는 뒷모습을 보이고 선 채 꼼짝도 하지 않았다.

"저 사람들, 안 추울까."

정화는 그렇게 말하고 나서야 실은 그들이 별로 추워 보이지 않는다고 생각했다.

"뭘 보고 있는 거지? 저기 뭔가 있나?"

그녀가 목을 빼고 두 남녀의 앞쪽을 기웃거렸지만 너무 어두워서 잘 보이지 않았다. 남자가 팔로 여자의 등을 감쌌다. 여자가 머리를 남자의 어깨에 기댔다. 순간 두 남녀의 머리 위로 스포트라이트 같은 불빛이 쏟아졌다. 실개천 건너편의 가로등에 불이 켜진 것이었다. 그게 뭐 그리 대단한 사건이라고 두 남녀는 가로등을 바라보며 웃음을 터뜨렸다. 몸을 들썩이며 웃는 그들의 앞쪽에서 무엇인가가 반짝였다. 거기 뭔가 있는 것이 분명했다. 정화는 그것을 확인하기 위해 서 있던 자리에서 몇 걸음 옆으로 가보았다. 아무것도 없었다. 얼어붙은 수면이 가로등 불빛을 받아 빛나고 있을 뿐이었다.

"스프링 스트림."

머빈이 옆에서 혼잣말하듯 중얼거렸다.

"이 도시와 잘 어울리는 이름이야."

"응?"

정화는 고개를 돌려 머빈을 바라보았다.

"왜 그렇게 생각해?"

그가 손끝으로 실개천을 가리켰다.

"겨울이 지나면 얼어 있는 저 시냇물도 녹겠지."

"……"

"녹아서 흐르겠지, 봄이 오면."

정화는 아무 말도 하지 않았다. 다만 그가 오래전 블로그에서 보았다는 그림, 아미가 그린 그 춘천 그림이 어떤 것이었는지 어렴풋이 알 것 같다고 생각했다. 머빈이 휴대폰을 눈높이까지 들더니 사진을 연거푸 찍었다. 실개천을 찍는지 그 앞에 다정한 자세로 서 있는 두 남녀를 찍는지 아니면 다른 무엇인가를 찍는지 알 수 없었다.

아 참, 오늘 어디서 잔다?

둑길의 비좁은 계단을 걸어내려오면서 정화는 다시 고민에 빠졌다. 물론 그보다 더 큰 문제는 따로 있었다. 내일은 어디를 갈 것인가 하는 것. 등뒤에서 머빈이 콧노래를 불렀다. 정말이지 내일은 그에게 꼭 진짜 춘천을, 아미의 그림처럼 아름다운, 그러니까 봄날의 시내 같은 이 도시의 진짜 얼굴을 보여주어야겠다고 그녀는 생각했다.

해설

'서른이'는 자란다

이지은
(문학평론가)

서른 이후의 플롯은 가능한가

사람들은 과거를 돌아볼 때 '한 일'보다 '하지 않은 일'을 더 아쉬워한다고 한다. 하지 않은 일은 미지의 가능성으로 남아 있기 때문이다. 그런데 이렇게 말하면 어떤 선택을 하더라도 가능성은 '하지 않은 일' 쪽에 남아 있는 것이 되고, 그럼 우리의 선택은 무엇이건 간에 정답이 아니라는 결론에 도달한다. 그러니까 타고난 '꽝손'이라 꽝을 집어온 게 아니라, 우리의 선택이 곧 '꽝'이 된다는 얘기다. 다행인지 불행인지 인간은 그리 미련하지만은 않아서 삶이 내놓는 선택형 문제에 반복해서 속다보면 이래도 저래도 망하는 게 인생이라는, 그리 절망적이지도 않은 담담한 경험적 진리에 도달한다. 생에 대한 열정과 의욕이 사그라들고 좌절과 절망 같은 감정의 동요도 다소 귀찮아질 때쯤엔 '한 일'과 '하지 않은 일'은 '그래봤자'라는 부사어를 매개로 등가가 되는 것이다. 우리는 인생이 깔아놓은 질 수밖에 없는 게임에 참여한 플레이어들일까. 결론이 이렇다면 이야기는 더 진행될 수가 없는데?

> 주인공은 서른 살이었다. 서른 해 이후의 생사를 단칼에 결정할 만큼의 절대적이고도 필연적인 이유가 없다는 것에 그는 충격을 받았다. 거기에서 소설은 멈춰 있었다.(「질문들」, 179쪽)

'죽느냐 사느냐'라는 절체절명의 선택에도 별반 필연적인 이유가 없다면, 삶보다 소설이 먼저 멈춘다. 플롯도 구성도 불가능하니까. 그런데 여기서 중요한 게 하나 더 있는데, 플롯도 구성도 불가능한 것은 모든 삶이 그런 게 아니고, 그가 서른이라서 그렇다. 그러고 보면 『옛 애인의 선물 바자회』의 인물들은 삶의 각 단계에서 '한창' 시절을 넘긴 이들로, 대학 동기 중 마지막까지 취업을 못한(「아직 일어나지 않은 일」) 나이 서른의 아르바이터다(「질문들」). 혹은 사랑을 오래전에 떠나보내고(「2월 29일」 「만 보 걷기」) 관성적으로 회사와 집을 오가는 싱글 여성들(「가장 아름다운 마을까지 세 시간」 「오늘의 운세」 「연말 특집」)이거나, 베트남까지 '원정 맞선'을 나선 사십대 노총각(「도망가지 않아요」), 회사의 폐업으로 직장을 잃은 기혼 남성(「옛 애인의 선물 바자회」)이다. 말하자면 "인생의 반은 한 일에 대한 후회요 나머지 반은 하지 않은 일에 대한 회한으로 보내는 나"(「가장 아름다운 마을까지 세 시간」, 11쪽)들의 이야기. '희망-좌절' '도전-실패'를 충분히 왕복한 후, 삶의 관성이 평안으로 느껴질 만큼 연륜이 쌓인 이들은 엉거주춤 멈춰 서서 뒤를 돌아보고 있다. 대체 서른 이후의 플롯은 무엇이란 말인가?

"너 그런 기분 알지?"

"……"

"내일이 시험이고 공부는 하나도 못했는데 벌써 밤이 된 것 같은 기분."

"알지."

"내 기분이 딱 그랬어. 이번 생은 망했구나 싶었지."(「가장 아름다운 마을까지 세 시간」, 19~20쪽)

(이번 생이 망해도) 지구는 돈다

내 인생의 결론이 '이생망(이번 생은 망했구나)'이라면, 지구라도 함께 망해야 하는 게 아닐까? 이는 '나'라는 인식주체의 붕괴가 곧 세계의 멸망을 의미하기 때문이기도 하지만, '망'이 한순간의 절멸로 와야지 '이생망망망망망망……' 이런 식으로 백 세 시대 평균수명을 꽉 채워 성실하게 망하는 건 너무 잔인한 일이지 않은가.

"그냥 이대로 앉아서 죽을 수는 없습니다!"

"이것은 미국의 거대한 음모입니다, 여러분!"(「아직 일어나지 않은 일」, 42쪽)

「아직 일어나지 않은 일」의 '나'는 지구 종말까지 남은 서른 시간 중 열한 시간을 술을 먹고 자는 데 썼다. 함께 마신 '공'은 '나'와 더불어 대학 동기 중 아직도 취직하지 못한 친구. 취준생 둘의 음주와 숙취는 어느 철학자의 사과나무만큼이나 일관된 삶의 태도이나, 이는 꼭 취준생만의 이야기는 아니다. 택배 기사는 택배를 배달하고, 엄마는 밭으로 고추 따러 나가고, 피아노 교습소 원장은 피아노를 치며, 약장수는 가짜 약을 판다. 내일 멸망이 와도 이번 생을 끝까지 수행해가는 삶의 현장을 목도하니, '이생망'이라는 게 대체 무엇인지 되물을 수밖에 없다. 이번 생이 망했다는 건 무슨 뜻인가?

그러니까 내일 지구가 멸망한다는 건 그런 것이었다. 내일 죽는다는 게 문제가 아니라, 죽기 전까지 매 순간 모든 생각 모든 행동이 부질없어진다는 것이 문제였다. 아직 살아 있는데도 세상에 의

미 있는 일이 하나도 없다는 것, 그게 죽는 것보다 더 무서운 일이 었다.(55쪽)

그러니까 인생이 망한다는 건 그런 것이다. 망한다는 게 문제가 아니라, 죽기 전까지 이번 생의 매 순간 모든 생각 모든 행동이 부질없이 느껴진다는 것. 「아직 일어나지 않은 일」의 '지구 멸망 서른 시간 전'이라는 설정은 N포 세대 청년 담론이 세계 파국에 대한 상상력을 불러일으켰던 것처럼, '이생망'에 대한 작가의 성찰을 드러내기 위한 유머러스한 문학적 장치로 읽힌다. 소설이 말해주는 작은 깨달음이란, 망한 삶을 견디는 일도 고통스럽지만 '망했다'는 감각이 우리 생애의 나머지 전부를 무의미하게 만드는 것이 더 큰 문제라는 것이다. '전지적' 작가라지만, 작가는 지구를 멸망케 할 수도 없고 이번 생을 구원해줄 수도 없다. 다만 소설가는 사고실험을 통해 우리가 미처 알아채지 못한 사소한 기쁨의 가능성을 제기할 수 있다. 그 가능성이 지구(=인생)가 망하는 와중에 황도 통조림 하나 따지 못하여 끙끙댔으나 뒤집어보니 원터치캔이더라는 황당한 기쁨이라도 말이다.

세상에 그렇게 쉬운 일을, 통조림을 뒤집어보기만 해도 되었을 것을. 우리는 마주보고 웃었다.(67쪽)

이번엔 '통조림'의 자리에 '이번 생'을 넣어서 읽어보자. '이번 생을 뒤집어보기만 해도 되었을 것을, 우리는 마주보고 웃었다.' 「아직 일어나지 않은 일」에서 '이번 생'은 '지구'만큼 중요한 것이었다가 '통조림'처럼 사소한 것이 된다. '지구 멸망'만큼 거대한 재앙이었다가 '통조림 원터치 고리'처럼 사소한 행복이 된다. 물론 망한 인생의 동반자가 짝사랑했던 사람이라는 점은 소설 주인공의 특권이긴 하지만. 그런데 제목의 '아직 일어나지 않은 일'이 의미하는 것은 '지구(=이번 생) 멸망'일까, 두 주인공의 '썸'일까. 소설에서 후자의 가능성이 제기됨으로써 둘 모두 충족되므로 굳이 따지지는 말자.

매일 똑같은 하루를 보내며 회사 동료와의 불화를 겪는 직장인이라면 멸망의 상상마저 피곤한 일인지도 모르겠다. 김미월식으로 보자면, 카프카의 『변신』에서 그레고리 잠자는 회사에 가기가 너무 싫은 나머지 벌레가 되었다. 「오늘의 운세」는 김미월의 『변신』 다시 쓰기인데, '나'는 어느 날 아침 갑자기 움직일 수도, 말을 할 수도 없게 된다. 이 와중에도 '나'는 출근 걱정을 하지만, 그간 회사가 '나'를 어떻게 배제해왔는지를 생각해보건대 결근을 하더라도 회사와 '나'는 피차 아쉬울 것이 하나도 없다. 정신만 멀뚱히 깨어 있는 가운데 옆방 남자의 알람이 울리고, '나'의 알람이 울리고, 또 누군가의 알람이 울린다. 아무도 끄는 이 없이 맹렬히 울리는 다종의 알람 소리를 들으며 '나'는 퍼뜩 깨닫는다. "어쩌면 이

세계 전체가 그런 것은 아닐까."(154쪽) 그러나 멸망은 '일어나지 않은 일'일 뿐, 멸망의 그림자가 걷히자마자 사람들은 서로에게 전화를 걸어 생사를 확인하고 서로를 위로할 것이다. 그렇담 외톨이인 '나'는 어떻게 해야 하나? "나 역시 휴대폰부터 찾을 것이다. 일단 알람을 해제할 것이다. 그리고 평소대로 운세풀이 앱을 실행할 것이다."(156쪽) 지구가 도는 이상 알람은 해제해야 하고 그리고 내일 아침엔 또 울려야 한다. 오늘의 운세가 어떤 절망을 예언하든 별반 달라질 것도 없는 삶 아닌가. 그러니 지금은 좀더 자자. "나는 다시 눈을 감았다."(같은 쪽)

'3040-싱글-여성'의 불안 1: 혼자가 좋지만 이대로 괜찮을까?

'원터치 고리'를 발견할 때까지 알람을 끄고 켜고, 오늘의 운세를 확인하고, 토정비결을 보고, 타로 카드를 뽑다보면 딱히 이룬 것도 없이 어영부영 서른 중반을 넘기기 십상이다. 『옛 애인의 선물 바자회』에는 유독 '3040-싱글-여성'이 많이 등장한다. 이들은 결혼 경험이 있든 없든 현재 혼자 살아가는 삼사십대 여성들로, 직업이 있고 경제적 여건이 비교적 안정되어 있어 사회에 막 진입하는 이삼십대 여성 청년과는 다른 결의 불안을 드러낸다. 이들을 찾아오는 불안은 무엇일까?

첫번째 불안은 스스로 선택한 삶의 방식에 대한 의심이다. 이들은 '혼자인 삶'을 선택했는데, 나이가 들어가며 이대로 괜찮은 것인지 고민하게 된다. 「가장 아름다운 마을까지 세 시간」에서 '양희'의 특기는 회사를 사직하고 멀리 여행을 다니는 것이다. 능력도 능력이지만, 어디 묶인 데 없는 싱글이기에 가능한 삶이다. 그러나 최근의 프랑스 여행에서 그녀는 문득 혼자라는 것이 두려워졌다고 고백한다.

> 돌부리에 걸려 넘어진 것처럼 급작스러운 깨달음이었다. 이제껏 그녀는 자발적으로 혼자였다. 혼자 하는 여행을 선호했고 혼자 사는 삶을 즐겨왔다. 그런데 별안간 혼자라는 사실이 지긋지긋했다.(27~28쪽)

양희를 지켜보는 '나' 또한 비슷한 고민을 한다. "이혼을 하지 않았다면 어땠을까. 만약 아이를 가졌더라면. 아니, 아예 결혼을 하지 않았다면. 그랬다면 어땠을까."(14쪽) 「오늘의 운세」의 '나'는 갑작스레 몸이 마비되자 주위에 아무도 없다는 사실이 불안해진다. "나는 십여 년째 혼자 살고 있었다. 십여 년 전에 자발적으로 이산한 내 가족이 뜬금없이 오늘 나를 수소문해서 찾아올 리는 없"(139쪽)다. 가족과 부대끼며 산다는 것, 가사노동을 전담하고 아이를 돌보며 산다는 것이 결코 쉽지 않음을 안다. 그러한 까닭에 이들은 싱글 라이프를 선택했는데, 나이가 들어가면서 싱글의 의미는 자유로움보다 서글픔이나 외로움으로 기우는 듯하다. 양희가 '가장 아름다운 마을' 근방에서 되돌아온 것도 그러한 까닭에서다. "혼자 간 곳이 가장 아름다울 수는 없었을 테니까."(28쪽)

겨우 서른 무렵부터 혼자 사는 삶에 불안을 느낀다고 하면 이상하게 들릴지 모르나, 한국 여성에게 서른에서 마흔으로 넘어가는 나이는 골드미스, 올드미스 같은 온갖 (여성혐오) 수식어로도 '구제'가 안 되는, '정상 가정'(이라 믿어지는 삶의 방식)으로 편입될 수 있는 마지막 시기다. 사실 이들에겐 앞으로 독거·동거·결혼·재혼·공동생활 등 다양한 삶의 선택지가 열려 있고, 함께 살아갈 존재가 반드시 사람·이성·법적 남편일 필요도 없다. 그럼에도 아직까지 우리 사회는 세상에 존재하는 다양한 삶의 방식을 이분법적으로 인식해 '정상 가정'과 '그 외'로 구분 짓는다. 삼사십대 여성들은 '아내/엄마'로 표상될 뿐, 그녀들이 선택할 수 있는 다른 많은 가능성은 떠올려지지 못한다. 실례도, 상상력도, 언어도 빈곤하다. 양희와 '나'가 문득 외로운 것은 "서른아홉은 그런 나이"(같은 쪽)이기 때문이라지만, 서른아홉을 '그런 나이'로 만든 것은 기실 우리 사회의 편협과 무지다.

혼자인 것에 외로움과 두려움을 느낀 양희는 오래전에 헤어진 아버지를 찾아 나선다. 소설의 결말에서 중요한 점은 양희가 그녀의 혈육을 찾아 나섰다는 것이 아니다. 그녀의 여정이 혼자가 아니라 친구 '나'와 함께였다는 점을 기억해야 한다. 돌아오는 길에 '나'와 양희는 언젠가 함께 '가장 아름다운 마을'에 가기로 약속한다. 정말 여행을 할 수 있을지 모르지만, 둘은 벌써 여행을 떠난 기분이다. 서른아홉의 싱글 여성 둘은 외롭지 않고 자유롭게 사는 법, '혼자이자 함께' 사는 법을 이제 좀 알아가는 듯하다. 그날 "나는 옆에 누군가가 있다는 것을 잊지 않을 수 있었다"(38쪽).

'3040-싱글-여성'의 불안 2: 그때는 틀렸고, 지금은 알아가는 중

사십대로 넘어가며 엄습하는 또하나의 불안은 갑작스레 찾아오는 과거다. 특히 그 기억이 미처 치르지 않은 윤리적 책임을 심문할 때, 그로 인해 겪게 되는 심리적 혼란과 갈등은 일상을 위협한다. 「연말 특집」의 '선'은 대학 선배 '김영미'가 부랑자가 되었고, 도움이 필요해 보인다는 연락을 받는다. 김영미는 말이 많고, 자기애가 지나치게 강하며, 분위기 파악을 못하는데다, 부담스러운 옷차림 때문에 학우들에게 비호감을 사곤 했다. 대학 시절 사람들은 김영미를 대놓고 비하하기도 하고, 은근히 배제하기도 했다. 선은 김영미에게 적지 않은 호의를 입었지만, 한 학기가 끝날 무렵엔 하루바삐 그녀에게서 도망치려 했다. 그런데 선에게는 누구에게도 말하지 못한 더 큰 잘못이 있다. 선은 김영미를 "까맣게 잊고"(244쪽) 살았지만, 술에 취한 김영미를 '윌리엄'의 집에 두고 혼자 빠져나온 일은 "한 번도 잊은 적이 없었다"(263쪽). 그날 이후 학내에는 비동의 성적 촬영물이 유포되었는데, 영상과 관련하여 사람들의 입에 김영미의 이름이 오르내렸다.

마흔이 넘은 '최은주'가 여고 시절 자신의 잘못을 고백하고 있는 「선생님, 저예요」를 함께 이야기하자. 수학 선생님을 짝사랑했던 고등학생 최은주는 당시 선생님께 익명의 편지를 지속적으로 보냈다. 그러나 선생님은 그녀에게 관심이 없었고, 이에 실망한 최은주는 자신이 보낸 편지들을 같은 반 '황미선'이 보낸 것이라고 거짓말을 했다. 최은주는 이민 가기 전 거짓말을 바로잡기 위해 열한번째 편지를 썼지만 그것을 부치지는 않았다. 이십 년도 지난 현재, 선생님은 황미선에 대한 성범죄 혐의를 받고 있다. 선생님은 두 사람이 연인 관계였다고 주장하며 그 증거로 황미선이 보냈다는 자필 편지를 들려고 하고, 최은주는 자신의 거짓말을 바로잡으려 한다. 이 소설은 최은주가 수학 선생님께 보내는 열두번째 편지인 셈이다.

두 소설 모두 주인공이 현재 시점에서 과거에 저지른 잘못에 대해 인식하고 있다는 점, 그 문제가 과거의 성폭력 문제와 관련 있다는 점에서 '미투#MeToo'를 강하게 환기한다. 물론 소설에는 미투 운동이 묘사되지 않으며, 주인공은 피해 당사자나 가해자가 아니다. 그러나 「연말 특집」의 선은 술에 취한 김영미를 윌리엄의 집에 두고 혼자 빠져나옴으로써 부작위不作爲를 범했고, 「선생님, 저예요」의 최은주의 거짓말은 황미선에 대한 수학 선생님의 성폭력에 어떤 계기로서 작용했을 수 있다. 이들은 당사자가 아닐지라도 성폭력 문제에 직·간접적으로 연루되어 있는데, 이들 소설과 미투는 '가해자/피해자' '당사자/연대자'의 틀이 아닌 조금 더 거시적인 지평에서 결부되어 있다.

「연말 특집」과 「선생님, 저예요」에서 적극적인 해석이 필요한 지점은, 삼사십대 여성들이 친구의 성폭력 문제에 대한 자신의 연루·동조·방관·부작위 등의 행위를 십수 년이 지난 현재의 시점에서 되짚고 있는 소설의 구조다. 미투를 겪으며 소설에 투영된 '작가-쓰기'/'독자-읽기'의 (무)의식은 주인공의 책임 정도를 가리는 일 이상의 것이다. 그때는 맞았던 것, 불편했지만 왜 불편한지 설명하지 못했던 것, 무엇이 잘못되었는지 명확히 몰랐던 것 등이 지금-여기에서 반추되고 있다는 점을 눈여겨봐야 한다. 선이 취직한 직후 김영미의 전화를 받았을 때, 그때는 감각되지 않던 것이 지금-여기에서 선의 내면을 괴롭힌다면, 그것은 단지 김영미가 부랑자가 되어서가 아니라, "한 번도 잊은 적이 없었"던 어떤 장면의 의미가 이제는 명확해졌기 때문이다. 「연말 특집」과 「선생님, 저예요」에 대한 최소한의 독해가 '과거 행위에 대한 윤리적 책임'이라는 비대한 언어로 이 소설들의 의미를 뭉뚱그리는 것이라면, 최대한의 독해는 과거를 돌아보는 지금-여기 여성들의 인식

변화를 포착하는 것이다. 과거는 현재의 삼사십대 여성들에게 묻고 있다. 그때 그 일은 무엇이었냐고. "어째서인지 (……) 일말의 죄책감을 느꼈"던 모호한 마음은 이제 '어째서 죄책감을 느껴야 하는지' 말하기 위해 우리 안에서 언어를 찾는 중이다.

> 질문에는 악의가 없었다. 대답 또한 선의로 가득했다. 그런데 어째서인지 그 짧은 문답이 오가는 동안 선은 일말의 죄책감을 느꼈다.(「연말 특집」, 255쪽)

'3040-남성'의 (좋은) 남편 되기는 가능한가

「도망가지 않아요」와 「옛 애인의 선물 바자회」는 이 소설집에서 드물게 남성 주인공이 등장하는 텍스트다. 먼저, 「도망가지 않아요」의 주인공은 올해로 마흔두 살의 노총각 '완구'다. 보습학원 강사인 그는 단조롭고 평화로운 삶에 만족하지만 칠순을 넘긴 고향집 부모는 장남의 결혼이 걱정이다. 완구는 주말마다 맞선 자리에 나갔지만, 만남을 두 번 이상 이어가지 못했다. 그러던 중에 그는 국제결혼 알선업체의 광고를 발견한다. 완구는 얼떨결에 '맞선-결혼-신혼여행'까지 한 번에 해결해준다는 업체의 말을 믿고 베트남으로 간다. 완구의 맞선 풍경은 참담하다못해 희극적이기까지 하다. 완구 앞으로 처녀들이 5인 1조로 선을 뵈는데, 그녀들은 번호로 불리고 건물 밖에는 또다른 "베트남 처녀들이 5열 종대로 도열해"(224쪽) 자기 순서를 기다리고 있었다.

완구의 맞선 일정을 따라가다보면 숨이 턱턱 막히는 장면이 자주 등장한다. 몸매를 봐야 한다느니, 얼굴이 예뻐야 한다느니, 아니 그 무엇보다 생글생글 웃으며 남편을 맞아야 한다느니 떠들어대는 '황가'나 업체 사장 이야기를 듣고 있으면, 젠더 감수성의 'ㅈ'도 모르는 완구지만 속이 거북해진다. 어디 그뿐인가. 황가는 맞선 보는 아가씨들의 입속을 요리조리 살피더니 "치과에 돈 갖다 바칠 일은 없겠"(226쪽)다며 만족한다. 베트남 아가씨들의 존재는 여성, 상품, 소유물…… 등으로 한없이 추락한다.

완구는 자신의 유일한 생존법, "이래도 허허, 저래도 허허"(214쪽) 하는 정신으로 어찌되었든 여기까지 온 거 잘해보자고 다짐한다. 그리고 마침내 완구는 한 아가씨—열아홉 살 화장품 통신판매원 '후엔'—를 '고른다'. 완구는 후엔과 단둘이 호텔방에 남게 되었는데, 자는 후엔을 깨우지 못하고 첫날밤을 보낸다. 그런데 다음날, 사소한 말다툼 끝에 후엔은 집으로 돌아가버리고, 이혼하고 싶지 않으면 '아이폰과 설화수 풀 세트'를 사달라고 한다. 완구는 후엔의 요구를 듣자마자 부부간의 다툼이 물질로 해결되는 것 같아 마음이 편치 않다. 그러나 애초 이 만남과 결혼 자체가 돈으로 성사된 것이 아닌가? 그렇다면 완구는 어떻게 해야 하나. "베트남 처녀와 결혼하기로 마음먹었는데 그게 실패할 수도 있나. 그러니까 베트남 처녀에게도 거절할 권리가 있었단 말인가."(237~238쪽)

완구의 맞선 여행의 저변에는 결혼을 매개로 이동하는 제3세계 여성의 문제, 동남아에 대한 한국의 신식민주의, 신인종주의 등 가부장제와 자본주의가 결합한 거시적인 문제가 얽혀 있고, 이 구조 속에서 완구는 '남성-한국인'이라는 주체가 되어 베트남 아가씨들을 선택하는 위치에 자리한다. 완구는 "언제나 아내를 애지중지하며 고되고 험한 일은 자신이 도맡아"(230쪽) 하는 그런 남편이 되려고 한다. 그러나 완구의 선량함과 별개로, 그가 서 있는 위치는 '가부장제-자본주의'가 그에게 부여한 것이다. 물론 이렇게 말해버리면, 거대한 구조 속에서 주체의 행위가 만들어낼 수 있는 가능성들이 폐쇄되어버린다. 완구는 무엇을 할 수 있을 것인가. 그는 (좋은) 남편이 될 수 있을 것인가?

답을 잠시 미루고, 「옛 애인의 선물 바자회」를 살펴보자. 남자는 회사의 폐업을 맞아 책상 정리를 하다가 짝사랑했던 옛 친구 '희수'가 준 선물을 발견한다. 근 십 년 만에 우연히 만난 그녀는 남자에게 48색 크레파스를 선물했다. 희수가 남자에게 크레파스를 선물한 사연은 이렇다. 초등학교 사생대회 날, 가난한 소년은 반장의 크레파스를 빌려서 그림을 그렸는데 반장의 온갖 눈치 주기에도 불구하고 대상을 받았다. 그러자 반장은 자신의 크레파스로 그린 것이니 상도 자기 것이라 우기고, 담임의 중재하에 소년은 상장을, 반장은 48색 크레파스를 가지게 되었다. 희수는 십 년 가까이 남자의 이야기를 잊지 않고 있다가 크레파스를 선물한 것이다. 그녀는 그렇게 남자의 유년을 위로하며 둘의 옛 관계를 모두 청산하듯 크레파스를 남기고 떠났다.

그러나 문제는 남자가 가난한 소년이 아니라 재수없는 반장이었다는 것. 그는 자기 얘기를 희수에게 '삼인칭'으로 전했고, 희수는 자신의 친구가 가난한 소년이라 여겼다. 희수의 오해는 대학 때부터 십 년 가까이 지속되었고, 앞으로도 영원히 계속될 것이다. 남자 쪽에서 말하자면, 그는 그렇게 사랑했던 사람에게도 자기를 보여주지 못했던 것이고, 수십 년간 친구에 대한 양심의 가책을 안고 살면서도 자기 문제를 제대로 발화해보지 못한 것이다. 남자는 회사를 정리하며 집으로 가져갈 수도 없는 옛사랑의 선물을 자선 바자회에 기증하기로 한다. 그의 아내는 전부터 남편이 일을 도와주길 바랐던 터라, 그의 실직을 오히려 반길 것이다. 그런 면에서 그는 운이 좋았다. 이제 48색 크레파스만 떨치면 된다. 바자회측에서는 선물에 대한 사연을 써달라고 한다. 과연 남자는 자신의 과거를 마주할 수 있을까? (좋은) 남편이 되어 집으로 돌아갈 수 있을 것인가?

아무것도 떠오르지 않았다. 다만 한 가지 분명한 사실은 일인칭으로 쓸 수는 없으리라는 것이었다. 오래전 마주앉은 여자에게 처음으로 자신의 이야기를 들려주던 그날처럼 그는 이번에도 삼인칭을 택해야 할 것이었다.

그는…… 어쩌면 그는…… 하고 말이다.(97~98쪽)

「도망가지 않아요」와 「옛 애인의 선물 바자회」의 두 남자를 같은 선상에 놓고 얘기하기엔 어려운 점이 많다. 한 남자는 남편 되기에 사활을 걸고 있고, 다른 한 남자는 남편 이전에 자신을 찾아야 한다. 한 남자는 지구적 자본주의의 역학에 끼여 있고, 다른 한 남자는 초등학교 시절의 죄책감을 아직까지 안고 있다. 그럼에도 두 남자를 함께 이야기하는 건, 두 남자가 디뎌야 할 출발선이 같기 때문이다. 처방은 같다. '도망가지 말아요.' 완구는 이 결혼이 잘못되었다고 느낄 때 어떻게 했나? "완구는 깊이 생각하지 않기로 했다."(232쪽) 맞선 자리에서 완구와 후엔의 위치는 동등하지 못했는데, 완구는 그것을 즐기는 황가나 업체 사장의 날것 그대로의 발화를 불편해하면서도 자신이 차지한 위치에 대해서는 슬쩍 눈을 감았다. 이는 크레파스를 처분하려는 남자가 끝끝내 부끄러운 과거를 일인칭 '나'의 문제로 말하지 않는 것과 같다. 삼사십대 남성의 (좋은) 남편 되기는 이 일인칭의 자리로부터 도망가지 않는 데서 시작된다.

'서른이'는 자란다

『옛 애인의 선물 바자회』에 수록된 사랑에 관한 이야기들은 공교롭게도 사랑이 끝난 이후의 시간을 다룬다. 「2월 29일」의 '나'는 단 한 번 준비 없이 떠난 여행에서 잊을 수 없는 추억을 만들었다. 모든 것이 연인과 '나' 둘만을 위해 준비되어 있었고, 오직 둘밖에 없었으며, 모든 것이 흡족했다. 그러나 2월 29일이 자취를 감추듯 여행의 모든 흔적은 사라졌고, 사랑은 끝났으며, 연인은 '나'와의 여행을 기억하지 못한다. '나'는 이렇게 결론 내린다. "이 세상에 사랑이 존재한 적이 없었다."(127쪽) 그러나 '나'의 특별한 여행은 우리가 한 번쯤 겪어본 사랑을 닮지 않았는가? 우리 외에 아무도 보이지 않고, 무엇을 해도 행복하며, 모든 것이 흡족한 것. 비극은 이 완벽한 사랑이 상대방에게는 전혀 다르게 기억될 수 있다는 데 있다. 사실 세상의 모든 사랑이 그렇다. 둘이 함께 했지만 서로 다르게 기억하는 것. 이것은 우리만의 비극은 아니다. 연인과 내가 똑같이 기억하는 사랑은 세상에 존재한 적이 없었다.

한편, 「만 보 걷기」의 '정화'는 춘천에 머물던 잠시 동안 그림 그리는 여행자 '아미'와 사귀었는데, 여행자와의 사랑은 필연적인 헤어짐으로 끝이 났고 아미의 죽음으로 둘의 사랑을 증명해줄 사람은 어디에도 존재하지 않게 되었다. "아미는 누구인가. 우리는 어떤 사이였나. 무엇이 그와 나의 관계를 증명해줄 수 있을까."

(294쪽) 「2월 29일」의 '나'와 달리 정화는 지난 사랑을 증명할 수 있을까? 아미는 춘천을 그려 블로그에 올리곤 했는데, 정화는 아무리 기억을 더듬어보아도 연인이 그렸다는 그 그림을 떠올릴 수 없다. 정화와 아미가 춘천 곳곳을 다니던 그 시절, 아미는 무엇을 보았을까? 「2월 29일」이 '나'에게 완벽했던 사랑이 연인에게는 기억조차 나지 않는 일일 수 있음을 극적으로 보여준다면, 「만 보 걷기」는 "아미가 그린 그 춘천 그림이 어떤 것이었는지 어렴풋이 알 것 같다"(305쪽)는 독백을 통해 과거 연인이 보고 느꼈던 것들을 오랜 시간이 지난 후에 깨닫는 연인의 모습을 보여준다. 두 소설은 서로 다른 결론에 도달하지만, 그럼에도 그 시절 함께 보고 듣고 느꼈다고 여겼던 것들이 사실은 '나'만의 기억일 수 있음을 이야기하고 있다는 데서 공통적이다.

사랑의 비대칭적 속성을 깨달은 뒤 찾아오는 '서른이'의 사랑은 무엇일까? '서른이'의 사랑에 대한 감각을 하나로 정의하는 건 여러모로 위험한 일이겠다. 그럼에도 사랑 이후의 시간을 견뎌본 이들이 알게 되는 공통의 감각 같은 것을 이야기할 수는 있을 것이다. 함께한 시간이 똑같이 기억되지만은 않는다는 걸 발견한 사람들에게 사랑의 의미는 달라질 테니 말이다. 그들은 새로운 사랑이 찾아오더라도 또다시 각자의 눈에 비친 것만을 기억하게 될 테지만, 적어도 이제는 그것이 연인과 '나'의 동일한 기억이 아닐 수 있음을 안다. 사랑의 시차視差/時差를 인지하는 것, 그로 인해 사랑의 신비를 믿지 않는 것, 그러나 신비 없는 사랑에 실망하지 않는 것, 이것이 '서른이'들의 사랑에 대한 감각이 아닐까. 다만, 실망하지 않음으로써 새로운 사랑에 다시 한번 속을 것이므로 이들의 사랑에 '성숙'이라는 말을 붙이지는 않기로 한다. '서른이'는 자랄 뿐이다.

김미월의 세번째 소설집 『옛 애인의 선물 바자회』는 '서른이'들에 관한 이야기다. 선택한 삶이 안정을 찾아가고 있지만 미래가 불안한 나이. 과잉된 울분이나 원한이 없는 나이. 어느 날 문득 과거로부터 윤리적 심문을 받게 되는 나이. 이들은 이러한 시련이 '어쩌면 이 세계 전체가 그런 것'임을 안다. '이래도 허허, 저래도 허허' 하며 버텨보고, 그것도 안 되면 '깜빡한다'. 이들은 지하철 증명사진기로 늙어가는 자기 모습을 적나라하게 기록하며 마음을 단련하지만, 정작 결정적인 순간에는 '나'의 문제를 삼인칭으로 바꿔버리는 소심함도 가지고 있다. 이러한 태도는 '서른이'들이 배운 생존법으로, 삶으로부터 몸을 사리는 그들만의 방법인지 모른다. '서른이'들은 사랑이 떠나간 이후의 시간을 견뎌본 사람들이며, 그 시간을 통해 사랑이라는 것이 얼마나 불완전한 기억인지도 알아차린 사람들이다. 과거를 돌이켜보며 그때는 알지 못했던 것들에 대해 고민하기도 하고, 생활의 피로에 짓눌린 가운데 '오늘의 운세'를 확인해보기도 한다. 삶이 던지는 질문엔 번번이 속지만, 그럼에도 지금 보이는 이것이 다가 아닐 수 있음을 아는 이들이 '서른이'가 아닐까. 단색의 펜화에 색깔이 깃들어 있음을 아는 사람. 이들이 김미월이 그려낸 '서른이'의 모습이다.

> 아미는 말했어. 펜화에는 색이 없지만 그걸 계속 들여다보고 있으면 어느 순간 색이 보인다고. 우체통 색깔, 구름 색깔, 시장 상인들의 얼굴 색깔, 그런 것들이 하나씩 하나씩 덧입혀진다고. 그래서 채색을 할 필요가 없다고 말이야. (「만 보 걷기」, 299쪽)

작가의 말

무려 팔 년 만의 소설집이다. 소설쓰기가 어렵다는 것은 소설을 안 쓸 때에도 알고 있었으나 '작가의 말' 쓰기가 어렵다는 것은 그것을 몇 차례 쓸 때에도 몰랐는데, 이번에 마침내 알게 되었다. 무슨 말을 써야 하나. 쓰고 지우기를 반복하는데 문득 오래된 기억 하나가 떠올랐다.

그러니까 대학 사학년 때 간 농활에서 일학년 후배와 오이를 따다 말고 나누었던 대화.

"언니는 죽을 때 뭘 남기고 싶어요?"

"난 아무것도 안 남기고 싶어."

"정말요?"

"응. 나에 대한 게 뭐든 남아 있다고 생각하면 끔찍해."

"저도 그래요, 언니. 그래서 걱정이에요."

"뭐가?"

"점점 더 그럴 수 없는 세상이 되어가는 것 같아서요."

후배는 누구든 원치 않아도 의식하지 못해도 끊임없이 뭔가를 남기며 살 수밖에 없는 무시무시한 디지털 세상의 공포에 대해 이야기했다. 그러면서 덧붙이기를 자신은 특히 작가는 절대로 되지 못할 거라고 했다. 자신의 생각을 글로 써서 활자화한다는 게, 책이라는 물질로 남긴다는 게 너무나 무섭다는 것이었다.

나도 동의했다. 그랬다. 정말이지 그때만 해도 작가가 되겠다는 생각은 전혀 없었으니까.

그로부터 몇 년 후 얼떨결에 작가가 되었고 통산 네번째 소설책에 실릴 '작가의 말'을 쓰는 지금, 내가 대체 무슨 짓을 하고 있나 새삼 돌아보게 된다. 글을 쓴다는 것. 책을 출간한다는 것. 이 세상에 증거를 남긴다는 것. 후배 말마따나 생각할수록 무서운 일이다. 그런데도 나는 왜 이 일을 하고 있는가. 아무것도 남기지 않고 깨끗이 사라지고 싶다면서 왜 쓰고 있는 것일까. 무엇을 위해?

사실 그 답을 찾지 못해 지난 팔 년간 더더욱 책 출간을 미루어 왔다. 지금도 정답은 찾지 못했다. 그러나 내가 이 길을 계속 걷는 한 결국은 찾게 될 것이다. 답이 이 길 위에 있다는 사실만은 처음부터 알고 있었으니까.

부끄럽고 두렵지만 또 책을 낸다. 내가 덜 부끄럽고 덜 두렵도록 더 근사한 책을 만들기 위해 애쓰신 정은진 선생님을 비롯한 문학동네 편집부 여러분, 내 소설을 실제보다 한층 풍요롭게 해설해주신 이지은 선생님, 자신의 소설처럼 속깊고 다정한 추천사를 써주신 김금희 선생님께 두 손 모아 감사 인사를 올린다.

그나저나 그때 후배는 알았을까? 뙤약볕 쏟아지던 춘천 오월리 어느 오이밭 구석, 짧지만 묵직했던 대화가 끝난 후 목장갑 낀 손으로 다시 오이 따기에 열중하면서, 내가 지금 이 순간을 아주 오랫동안 기억하게 되리라는 것을. 어쩌면 앞으로도 작가로 사는 내내 상기하게 되리라는 것을, 알까?

2019년 10월

김미월

| 수록 작품 발표 지면 |

가장 아름다운 마을까지 세 시간 …… 신동엽 50주기 기념 소설집 『너의 빛나는 그 눈이 말하는 것은』(창비, 2019)

아직 일어나지 않은 일 …… 『황해문화』 2012년 가을

옛 애인의 선물 바자회 …… 『실천문학』 2013년 봄(발표 당시 제목은 '어느 날 문득')

2월 29일 …… 『현대문학』 2017년 1월

오늘의 운세 …… 『한국문학』 2013년 가을

질문들 …… 『현대문학』 2011년 5월

선생님, 저예요 …… 『문학3』 2019년 2호

도망가지 않아요 …… 『현대문학』 2015년 8월

연말 특집 …… 『문학과사회』 2017년 겨울

만 보 걷기 …… 『문학과사회』 2014년 봄

문학동네 소설집
옛 애인의 선물 바자회

초판 인쇄 2019년 10월 8일
초판 발행 2019년 10월 23일

지은이 김미월
펴낸이 염현숙
책임편집 정은진 | 편집 김필균 김내리 이성근 이상술
디자인 강혜림 최미영 | 마케팅 정민호 박보람 나해진 최원석 우상욱
홍보 김희숙 김상만 오혜림 지문희 우상희
제작 강신은 김동욱 임현식 | 제작처 영신사

펴낸곳 (주)문학동네
출판등록 1993년 10월 22일 제406-2003-000045호
주소 10881 경기도 파주시 회동길 210
전자우편 editor@munhak.com | 대표전화 031) 955-8888 | 팩스 031) 955-8855
문의전화 031) 955-3576(마케팅) 031) 955-8864(편집)
문학동네카페 http://cafe.naver.com/mhdn | 트위터 @munhakdongne
북클럽문학동네 http://bookclubmunhak.com

ISBN 978-89-546-5802-7 03810

* 이 도서의 국립중앙도서관 출판예정도서목록(CIP)은 서지정보유통지원시스템 홈페이지(http://seoji.nl.go.kr)와 국가자료공동목록시스템(http://www.nl.go.kr/kolisnet)에서 이용하실 수 있습니다.(CIP 제어번호: CIP2019037628)

www.munhak.com